U0094897

GOBOOKS
& SITAK
GROUP©

我還沒摁住她

04

星球酥——著
虫羊氏——繪

高寶書版集團

目錄

CONTENTS

第二十七章　浪跡天涯

長夜中，雨水如同傾瀉的銀河，潑到世上的眾生之間。

許星洲拉開了一點通往露臺的玻璃門，鑽了出去，在屋簷下避著雨。秦渡點了個他八百年前買的、落了灰的香薰蠟燭，因而她身後燈火搖曳，闌珊又溫柔。

她放空了自己，坐在屋簷下的小凳子上。

夏天總是很短，暑假的尾聲也總是在大雨聲中悄然而至。

開學就是大三了。

許星洲把腳伸出去，任由雨水打在自己光著的腳丫上。

考慮未來是人類的本能。

大三和大二截然不同，大二的大家還都是學生，可大三會清晰地感受到周圍的同學不過是自己人生的過客。他們短暫地在學校相遇，最終卻各懷抱負，有學霸開始準備GRE和資料，他們將拿到Top 10的offer，有人將畢業工作，有些人會留下，也有人會回老家，最終也會有同學轉系離去。

程雁想和別人一起運營影片自媒體，李青青想入行吃一碗踏實的飯，譚瑞瑞部長正在兩手抓地準備司法考試和考研，目標院校政法大學，肖然姐姐開學就要回維也納繼續學小提琴，與許以後會在那裡定居。

二十歲的每個人，幾乎都有他們的規劃。

就像現代漢語詞典從第一版保留到第七版的「張華考上了北京大學，李萍進了中等技術學校；我在百貨公司當售貨員：我們都有光明的前途」一樣。

可是許星洲卻沒有任何雄心壯志。

許星洲想起秦渡家裡的條件，又想起霸道總裁文裡那些「給妳二十萬離開我的兒子」，又想起網路上反覆提及的「門當戶對有多重要」……

不！是不可能放棄師兄的！許星洲握住了小拳頭幫自己打氣。

雖然感覺他只值二十萬！

「幹嘛呢？」雨聲嘩嘩的，秦渡在她身後問。

許星洲想都不想就把腦海中最後三個字重複了出來：「二十萬！」

秦渡：「……」

許星洲被敲得眼淚花都出來了，不住地捂著額頭。

秦渡手機喀噠一聲解鎖。

「師兄，雖然你只、只值二十萬，」許星洲帶著哭腔道：「可是在我的眼裡你是無價之寶呀！別做這種事了，我最喜歡師兄了。」

秦渡冷漠道：「妳以為嘴甜一下我就會放過妳？」

許星洲捂著額頭，淚眼朦朧而聲音糯軟：「粥粥害、害怕。」

秦渡還是老樣子，他半點美人計都不吃，將鏡頭對準了她。

許星洲真的要哭了：「師兄有什麼事情我們不能去床、床上解決嗎！」

「手拿下來，」秦渡惡意道：「許小師妹，皮了一天了，師兄的後腰也擰了，嗆也嗆了，今晚還讓二十萬的故事重出江湖？膽子不小嘛。」

許星洲結結巴巴：「我、我們還是可以去床上……」

秦渡冷漠重複：「手拿下來。」

許星洲紅著眼眶，眼眶裡滿是硬擠出來的鱷魚眼淚，乖乖地把遮在額頭上的爪子拿了下來。

「放心，師兄幫妳拍好看點，」秦渡惡劣地道：「這個角度不錯嘛，小師妹還真是挺漂亮的，怎麼拍都好看。」

怎麼拍都好看的許星洲，此時都要哭了：「嗚嗚……」

接著，秦渡擺弄了一下手機，閃光燈一閃，咔嚓一聲。

許星洲生得確實漂亮，拍照時連閃光燈都不怕，在黑暗中被光映得膚色白皙透亮，面頰潮紅眸光水潤，猶如穿過大海的水鳥——美色惑人，除了額頭上的字。

那字真的太直白了，那是剛剛被秦師兄死死摁著寫的字，許星洲被拍完照片，簡直成了一隻鬥敗的公雞，用手揉了揉額頭，發現擦不掉——它是用油性馬克筆寫的。

許星洲簡直想和秦渡同歸於盡。

秦渡渾然不覺許星洲周身散發出的的殺氣，翹著二郎腿，拿著那照片得意洋洋地發了篇貼文，照片裡的許星洲忍著不哭，額上被秦渡摁著寫了五個字：「秦師兄所有」。

五個大字就這樣赫然印在許星洲頭上。

他到底為什麼要發貼文啊嗚嗚嗚！而且他們共同好友還特別多，頭頂大字的許星洲越想越羞恥，簡直覺得不能做人了。

外面雨勢稍小了些，許星洲赤腳踩在漆黑木臺板上，煩躁地用小腳後跟砸木頭，砰砰乓乓，活像個啄木鳥。

秦渡發完貼文，將手機一收。

「許星洲。」

他的語氣，陡然正經了起來。

「——妳剛剛，到底在想什麼？」

許星洲聞言，微微一愣。

風疏雨驟，雨滴劈里啪啦砸著房簷，簷下盆栽中的橘子樹都蔫蔫的。黑茫茫的大雨被客廳的小夜燈映著，許星洲和秦渡背著那溫暖的光，坐在露臺上。

秦渡在許星洲額頭上搓了搓，以指腹搓他寫的字。

「說說看，」秦渡專注地搓著許星洲額頭上的「秦」字，又重複道：「妳看起來不是在發呆，有心事──說出來吧，我看看能不能直接幫妳解決。」

許星洲：「嗯……」

許星洲抬起了頭，秦渡探究地望著她。

他的確是一個很細心的人。許星洲想。

而她所想的這些，是不應該對他有所隱瞞的。

「就是……」許星洲認真地說：「我思考了一下我的未來規劃，覺得我得跟你道歉。」

秦渡一怔：「哈？」

許星洲想了想，有點語無倫次地道：「是這樣的，我們系畢業的話無非就是……出國，考研，就業這三條路。前者和後者都不少，考研的無非就是本校或者往上，就業的話無非就是記者啊編輯啊……我有一個學姐在Vogue，沒出過國，工作之後說話都和以前不太一樣了，感覺特別像郭敬明……」

秦渡欲言又止地說：「嗯，這些都是路，沒錯的。你們新聞學院又一向活泛……」

他頓了頓，又道：「星洲，妳想做哪個？對我道歉做什麼？」

許星洲說：「我想做什麼？也……也許是，就業吧。道歉也是因為這個。」

秦渡搓掉了許星洲額頭上那個秦字，莫名其妙地問：「不讀了啊──所以到底為什麼道歉？」

「這是道歉的鋪墊。不讀了，畢竟條件擺在這裡嘛。」許星洲被師兄搓得額頭那個點點通紅一片，小聲道：「我爸爸顯然也不太想養我讓我繼續讀研了，出國更是不可能，出國更貴。」

秦渡笑道：「我跟妳一起出去讀也行啊，星洲，想去哪，我跟妳去？」

許星洲也笑：「不是，師兄，我是真的不想念啦。」

秦渡就使勁捏住了許星洲的小腮幫。

「不想念了就不念了唄，」秦渡瞇起眼睛：「所以道歉到底是為了什麼？」

額頭上寫著「師兄所有」的許星洲被捏得話都說得含糊不清了，支支吾吾地說：「我就是……想問問師兄，是不是……就是……那個，未來規劃——」

秦渡危險地又捏了捏：「嗯？直接說主題。」

許星洲都要被秦師兄扯扁了，喊道：「別捏！」

秦渡知道再捏可能就要捏疼了，這才鬆了手。

耳邊傳來雨聲嘩啦嘩啦，雨後露臺還算涼快，

「——是、是不是，我得有個了不起一些的工作呀？」許星洲不住地揉臉：「這樣會比較好一些……以後也比較拿得出手……」

秦渡一愣。

許星洲臉紅地補充道：「不……不是說情侶要般配嗎？我現在已經和師兄差很多了！感覺需要在工作上彌補一下，否則感覺師兄好吃虧……然後想到我的ＧＰＡ什麼的也有點發愁，以前有學長告訴我，應聘有些職位的時候ＧＰＡ低於三點三，ＨＲ直接刷履歷……」

許星洲說得極其瑣碎而羞恥，但是中心思想明確，就是要幫自己規劃一個「不讓秦渡吃虧」的未來。

秦渡皺起眉頭：「然後呢？」

許星洲愧疚地補充道：「可是我ＧＰＡ現在只有三點二六。」

「師兄，對不起。」許星洲羞愧地說：「我會繼續努力的。」

秦渡：「……」

天穹之下，悶雷轟隆滾過。

漆黑的夜裡，女孩的臉都紅透了，有些訥訥地低下頭去，小夜燈映著她的耳尖，緋紅得猶如春天第一枝桃花。

「星洲……妳剛剛想的就是這個？」秦渡憋著笑問：「想著是不是得找個好點的工作，才能配得上我？」

那一剎那沉悶雷聲穿過長夜，花園落雨綿長，女孩子踢了拖鞋，赤著兩腳拍了拍地板，那模樣極其幼稚——秦渡那一瞬間甚至能在那姿勢裡，看到小許星洲的影子。

許星洲自己也知道這個問題過於羞恥了。

她有點訥訥地不敢開口，同樣也知道這是個不好答覆的問題——它牽扯到無數現實的、瑣碎的，甚至有時過於家長裡短的現狀。

但是許星洲知道秦渡會回答她。

「對。」許星洲紅著臉說：「就是這個意思。」

秦渡忍著笑道：「行，那我知道了。」

然後他又說：「妳的疑問我知道了，那我問妳一個問題，許星洲，妳想做什麼？」

許星洲一愣。

「就……」許星洲立刻慌張地解釋道：「就是畢業就想工作嘛。繼續讀是不可能的了，我對科系也沒有那麼多熱情，我在圖書館遇到一個阿姨，她就很喜歡讀書，我覺得我過不了她那種生活……」

在背著光的、幾乎化不開的陰影中，秦渡卻搖了搖頭。

「我沒問妳想不想工作，」秦渡盯著許星洲的眼睛道：「我的意思是——星洲，妳到底想做什麼？」

許星洲茫然地張了張嘴。

「——我知道妳對妳的科系不算太熱衷。」秦渡低聲道：「可是我想知道的，不是妳打算就業或者是做什麼，我想知道——如果拋去『為了我』這點之外……」

那一剎那，沉重大風颳過沖天的樓宇。

「……許星洲，妳原本想做的是什麼？」

他在大風中，專注地看著許星洲，這樣說道。

許星洲連想都不想脫口而出了四個字：「浪跡天涯。」

「哪裡都會去，」許星洲道：「只要能吃飽飯，就不會在意我到底賺多少錢，旅行，風土人情，如果沒有師兄你需要考慮的話，我應該會成為一個自由撰稿人。」

許星洲笑著說：「一旦心血來潮，我就會說走就走，命中注定漂泊又流浪。我可能都不會有存款，但是會去無數地方，也會寫很多不同的東西。」

我會寫下我見到的北極極光、凜冽寒風與雪原。

彭巴茫茫草原，天穹下自由的牛與羚羊，我的人生將有雄鷹穿過火焰晚霞，溫柔星辰墜入村莊，海鷗流浪於陽光之下，一切都危險又迷人，猶如我這樣的孤光。

我將寫下它們，也寫下我所遇到的一切。

許星洲會是穿了裙子的雲。

許星洲笑了笑說道：「師兄，如果沒有你的話……」

「我會把我眼裡的世界，全部都走過一遍。」

秦渡怔怔地看著她。

「說實話，」許星洲揉了揉眼睛，鼻尖紅紅地道：「師兄，這些規劃無論說給誰聽，他們都會覺得我遲早會英年早逝，或者窮得要死，然後在死後手稿拍賣到千萬的價格……」

許星洲又帶著鼻音道：「那時候畢竟孤家寡人的，一人吃飽全家不餓，規劃的時候根本不會想這麼多。」

「可是現在，我不想讓師兄擔心……也不想配不上你……」

「就是說，」許星洲語無倫次地抹著眼睛道：「我、我就是……想問問……」

雨聲滂沱，天河傾瀉。

女孩子話也沒說完，抹了兩下眼睛，肩膀發抖，在躺椅上縮成了顆球。

她那一瞬間，有些無法面對秦渡。

秦師兄分明對她那麼好，甚至把她當作命來看——可是許星洲心底的願望居然是這樣的。

那願望差不多是通向一場燦爛的自毀。

許星洲計畫了流離失所也計畫了自己的浪跡天涯，儘管計畫了自己的八十歲，卻沒有半點強求的意思。

秦渡沙啞地開口：「許星洲，妳他媽……」他停頓了一下，痛苦地道，「妳他媽，還真是個王八蛋。」

糟了！要挨罵！許星洲立刻一縮。

也對呀，不挨罵才怪呢……許星洲捫心自問秦師兄沒有現在打斷自己的狗腿然後逼著自己下週洗所有的盆盆碗碗，都已經算涵養有所進步了。

許星洲立刻慌張地道：「師兄你聽我講！可是我現在……現在已經不這麼想了！師兄你別打斷我的狗腿！」

然後許星洲趕緊摁住了自己的小膝蓋。

秦渡：「……」

秦渡怒道：「許星洲妳閉一下嘴能死嗎？腿放下去！」

許星洲立刻哆哆嗦嗦地把嘴閉上了，過了一下又乖乖地將兩條腿放了下去，哧哧拉拉地跩上了小人字拖。

秦渡看了許星洲一眼，簡直對她無話可說，半天嘆了口氣。

「妳這些亂七八糟的想法……」秦渡悵然道：「我一點也不意外。」

許星洲眼巴巴地看著秦師兄。

秦渡說：「妳剛剛問我是不是要有很好的工作才能配得上我，我先回答妳這個問題。」

許星洲把小腿挪開一點點，認真嗯了一聲。

秦渡道：「答案是——不需要。」

許星洲：「……」

許星洲的聲音立刻變得極其小白菜，哀戚地道：「哎不需要嗎？師兄是因為我們中間差太多了嗎？師兄我們中間是不是有工作也沒辦法彌補的鴻溝？需不需要小師妹和你暫時分手去做個總監然後再回來追你什麼的……」

秦渡：「……」

許星洲屁話真的太多了，這對話簡直無法繼續，秦渡拿了張小卡片啪啪抽她額頭——許星洲被那張小卡片拍得眼睛都睜不開，哭唧唧地用手臂去擋，額頭上「師兄所有」四個字一晃一晃的。

她那小模樣簡直撓心，秦渡被萌得立刻收了手，又在許星洲額頭上揉了揉。

「……知錯就行。」他嘆了口氣說：「真的不需要。我不在意這個，更不許和我分手。」

他想了想，又惡狠狠地說：「頭上我寫的四個字，妳他媽能不能記著點？」

「師兄所有」的許星洲摸了摸額頭，用小鼻子哼了一聲。

可是，秦渡說完那句話之後，就變得極其沉默。

那時候都快十一點了，兩個人坐在屋簷下賞雨，許星洲穿不住拖鞋，又伸腳丫去接雨——她下雨時要麼用手接雨要麼用腳接雨，總之就是無法做一個秦渡那種沒有罹患過動症的、會思考的成年人。

秦渡似乎在思考什麼，一開始並沒有管她，直到過了一下，風一吹，許星洲打了個大噴嚏。

秦渡：「……」

許星洲渾然不覺，打完噴嚏就開始逗自己玩，一腳踢飛了人字拖，把人字拖踢到露臺邊緣，似乎還打算自己去撿。

秦渡：「……」

秦渡漠然道：「進去睡覺。」

許星洲就頂著頭上的「師兄所有」四個黑字，去浴室洗漱。

浴室之中，燈悠悠地亮著。

許星洲低著頭去看手機。開學時間已經不太遠，而且還要開第三次選課，可以說第三次選課是想選熱門課程的學生們的最後一次機會。

她的室友群裡正如火如荼地交流著下個學期的選課清單，程雁報了一串課名，許星洲在裡面看了一下，挑了幾個公共政策學院的課名，讓程雁幫忙一起刷一刷。

——以後。

這簡簡單單的兩個字，突然變得前所未有的沉重。

可能是從一個人變成了兩個人的緣故，連未來的重量都變得截然不同了。

孤家寡人的計畫和兩個人的計畫是不一樣的。不能在有了秦師兄的時候還做那麼不負責任的選擇，有了歸屬之處就應該意味著安穩。

社群軟體上曾經有一個人說：你不可以罵一個單身無牽掛的人，因為他會馬上辭職——可是你可以隨便罵一個有房貸上有老下有小的人，因為你無論怎麼罵他，他都不會走。

那些冒險——八十歲去月球，浪跡天涯，天南海北的遊蕩，西伯利亞的凜冬與伏特加，高空彈跳的生死一線，她滿腦子堆著的計畫和瘋狂——最後，是師兄在漫天的燈光中說「我沒有妳會死」。

我沒有妳會死，他酸澀地說。

我需要妳，我的星洲。

許星洲看著鏡中的自己，她的額頭上寫著「師兄所有」，看起來特別蠢。

可是許星洲捨不得伸手去擦。

許星洲直到那天晚上才明白，秦渡說的那句「能不能幹死妳」並非戲言。

他們頻率其實很高，第一次之後許星洲幾乎每晚都會被摁著來幾次，可是那天晚上的一切尤其要命。

他一開始，甚至，看起來還很正常。

「是不是生給我玩的？」他居高臨下地問：「嗯？」

許星洲還生嫩著，被折磨得大哭不已，哭著說：「是、是啊、啊……」

許星洲到了後面，連神智都不甚清明了。

窗戶開著，臥室裡潲進了些雨，床單被子上被潲了大片水漬，甚至往下滴著水，許星洲頭髮濕漉漉的，也不知是淚水還是汗流進去了，抑或只是雨水而已。

秦渡點了根菸，姿態極其煩躁，許星洲顫抖著拽被子蓋住自己，眼睫下全是淚水。

像是個被欺負壞的小女孩。

秦渡坐在打開的窗邊，看著窗外連綿的雨，可他還沒抽兩口，許星洲就孱弱地咳嗽了起來。

——靠。

他幾乎要瘋了，摁滅了剛燃的菸，起來幫許星洲倒水，又細心地摸她額頭，看看有沒有發燒。

許星洲一感受到秦渡的手掌，就幾乎整個人都想貼著他，聲音軟糯地說：「師兄……」

秦渡那一瞬間，覺得自己已經離瘋不遠了。

許星洲真的是他的。

那一刻他眼眶都紅了——許星洲是他的，可是他的星洲想做的是什麼？她想要的是什麼？秦渡拚了命地想將她護在羽翼下，令她免於風暴，免於疾苦。

可她心裡卻想流浪，想往外衝，想活著。

她是注定想要離去的候鳥。

秦渡看著許星洲，就這樣看了很久，許星洲眼睛裡還都是被他弄出的淚花，可是她就這麼專注而癱軟地，帶著全身心的依賴，望著秦渡。

江南夜雨聲陣。

秦渡和許星洲對視，她眼睛水濛濛地凝視著他，一雙杏眼裡滿是情意和柔軟。

猶如山澗之中深情的野百合。

片刻後秦渡痛苦地抽了口氣，把自己床頭的一張卡拿起來，對著窗外幾不可察的光看了看卡號，啪地甩給了許星洲。

許星洲：「……」

他不待許星洲發聲，就道：「我們資本家有個規矩。」

「我們資本家說支持的時候，只是口頭說說的話，從來都等於放屁——」秦渡沙啞道：「支持的定義是錢得到位才行，這叫投資，也算參股。」

許星洲眼眶裡還都是淚，摸起那張卡，呆呆地點了點頭。

秦渡道：「許星洲。」

他一叫名字，許星洲緊張得腰都繃直了。

「我想告訴妳一件事情。」他說。

許星洲囁嚅著點了點頭。

她的嘴唇紅紅的，猶如春夜的玫瑰。

「我希望……」秦渡停頓了一下，又沙啞地道：「妳不要因為我，而放棄自己喜歡的事情。」

黑夜中，許星洲傻傻地看著他。

秦渡沉默片刻，將指間夾的菸頭扔了，又把許星洲手中的卡戳了戳，道：「別誤會。這只是我支持妳出去而已，這叫給妳的天使輪投資。」

許星洲：「……」

秦渡耐心道：「而投資者是有本錢跟妳談條件的——用妳這種好歹簽過幾份合約的大學生能聽懂的話來講的話，妳是乙方，我是甲方。」

甲乙方……許星洲終於不害怕了，捏著卡，啞啞地想談條件：「什……什麼條件呀？」

秦渡：「條件？很簡單。」

「條件只有一條。妳想出去浪的時候……妳他媽居然還想去南美，還想去中東？敘利亞索馬利亞去不去啊？算我第一次認識妳許星洲，妳他媽的是真的能耐。」

接著，秦渡瞇起眼睛，使勁一捏許星洲的臉。

「——投資者跟妳一起去，不過分吧？」

秦渡說。

那一刹那夏夜長風夾著雨吹了進來，濕透的窗簾嘩啦作響，漫天的雨猶如自天穹墜落的繁星，秦渡恨得牙癢癢，使勁捏著許星洲的臉。

「不、不過分，」許星洲又被捏得口齒不清：「師兄別慌，我帶你一起。」

秦渡又用力捏了一把，許星洲被師兄捏得有點痛，眼睛裡還噙著小淚花，可是看到秦渡的臉，又露出了一點困惑又難過的目光。

秦師兄一怔：「嗯？有什麼問題？」

許星洲難過地說：「嗯？沒什麼——師兄到時候我帶你飛！」

許星洲停了一下，又掰著卡，心塞地問：「不對，我還是有問題。這種問題不能過夜的。師兄……這張卡是什麼卡呀？」

原來是這個問題。

秦渡漫不經心道：「——簽帳金融卡，實習的那張，一個月五千塊，扣了稅四千一百八十二塊三毛六，多了沒了。」

許星洲：「……」

許星洲氣鼓鼓道：「我還以為是什麼呢！姓秦的你果然還是小氣鬼！就知道你不會給太多的！可是你明明那麼有錢！」

秦渡欠揍地道：「對，所以妳還是得靠自己，我就這些投資，妳愛要不要。」

許星洲：「……」

許星洲發自內心地說：「師兄，你果然還是你。」

秦渡從鼻子裡哼了一聲。

「……」

許星洲認命地長吁口氣，說：「不過，的確也不是我想得最差的樣子。」

秦渡一愣：「哈？」

「我一開始還以為是什麼呢，」許星洲慶幸地撫了撫胸口道：「我還以為師兄你要加時，嚇死我了。不是加時費就行。」

許星洲得意洋洋道：「大哥，許星洲不做黑的。」

秦渡：「……」

八月中旬，盛夏，許星洲抽了一個週六出來，陪著柳丘學姐清空了她的家。

柳丘學姐住得非常偏遠。

她畢業之後離開F大，那時候她還在CDC上班，月薪近萬，不至於拮据——於是她租的第一間房子在CDC旁邊。

可是她只做了半年就辭職了，轉而去圖書館工作，圖書館的工作不僅清閒，而且還相當窮，顯然支撐不起每個月近三千的房租。

因此柳丘只得換了個租房。許星洲以前只知道學姐上下班要坐一個多小時的地鐵，可這是她第一次看到學姐究竟住在什麼樣的地方。

柳丘學姐站在昏暗的小出租屋中，不好意思地讓開了門。

樓上有夫妻在大聲吵架，鐵格窗透進一絲狹長陽光，整棟鴿子樓悶熱如同蒸籠。

小出租屋逼仄而潮濕，沒有開空調，牆板摸起來濕乎乎的，浸滿了囤積數年的上海潮氣——那甚至都不是牆，只是一塊複合板，即將被主人丟棄的東西堆得到處都是。

許星洲那一瞬間，甚至想起了香港的籠屋。

柳丘學姐對許星洲笑道：「反正學姐也帶不走了。」

「有什麼想要的就拿吧。」

許星洲問：「學姐，是八月二十的火車嗎？」

柳丘學姐點了點頭，伸手一摸窗簾，說：「嗯，去了再找房子。」

許星洲點了點頭，柳丘又莞爾道：「說起來，當年考編制的筆記，居然有一個學妹要買……我還以為這種東西都賣不出去了呢。」

許星洲酸楚地點了點頭。

「這裡的一切……」柳丘學姐淡淡道，「都是我在這五年裡，慢慢攢下來的。」

——那是名為歲月的重量。

許星洲幫柳丘學姐打包好了行李。

柳丘要帶走的東西並不多，她畢竟只是去認真備考的，隨身攜帶的行李無非就是一些衣服，外加一些紙筆文具和課本。一部分冬裝因為體積龐大，所以柳丘暫時託許星洲將它們收了起來，等冬天的時候再寄去給她。

一些多餘的、她帶不走的小東西，就讓許星洲挑，讓她拿去玩。

許星洲挑了個骷髏頭筆筒、一堆雜書和小布偶，最後還拿走了柳丘學姐人生唯一一次成功從夾娃娃機裡夾出來的卡娜赫拉小兔。

「剛入學的時候我豪情萬丈，」柳丘學姐悵然道：「我告訴我自己，我要成為一個能讓父母驕傲的人，星洲，妳知道的，我們入學的時候都有銳氣，也有一些夢想。」

「可是在入學後、見識過更多可能性之後，我開始後悔。」

許星洲悵然嗯了一聲。

柳丘學姐自嘲一笑道：「……星洲，妳知道我付出了什麼嗎？」

於是許星洲抬起頭來，看著她。

柳丘學姐道：「我和我父母大吵一架。」

「我的父母哭天搶地，揚言要和我斷絕關係……」柳丘學姐道：「我父親說我丟臉，說如果我辭職去重考的話，他們就等於沒有養過我這個女兒，我媽詛咒我將一事無成，她說我腦中滿是空想。」

柳丘學姐認真地說：「可是，星洲，我不這麼想。」

「那些他們覺得是空想的，我的想法——」柳丘學姐望著那扇窗戶說：「我卻覺得那些想法和老舊的我截然不同。它意味著我的新生，意味著我自己的選擇。我將為了它拚命，因為它，我在此時此刻，年輕地活著。」

柳丘學姐長相寡淡，許星洲甚至有時候都記不起她的臉——她就是這麼的平凡，像宇宙間千萬繁星中最樸素的那一顆，毫無特殊之處。

可是在她說話的那一刻，許星洲卻覺得，柳丘學姐的靈魂猶如一顆爆炸的超新星。

許星洲又忍不住想哭，小聲地問：「……是不是我以後就見不到妳了呀，學姐？」

柳丘學姐想了一下，眼眶紅紅地道：「也不是啦。」

「以後妳去北京還會再見到我的，」柳丘學姐沙啞道：「到時候請妳吃烤鴨，全聚德，說不定以後我也會回來。」

許星洲帶著鼻音嗯了一聲，又認真揉了揉眼眶。

接著柳丘學姐捉著小兔子粉紅色的小耳朵，一邊拽著擰擰擰一邊猛男落淚：「……嗚嗚我真的好捨不得！！兔兔都怪媽媽不爭氣……」

許星洲寬慰她：「以後還會有的，學姐妳放心。」

「世界上有這麼多夾娃娃機，」許星洲說：「而且還會有這麼多夾娃娃的機會，我們總會夾到的，對吧。」

於是柳丘學姐用兔子耳朵，抹了抹小紅眼眶。

「妳說得對。」

她用兔兔粉紅色的小耳朵擦著眼眶道：「畢竟人生這麼長。」

八月盛夏，柳丘學姐背著一個行囊，離開了她生活了近六年的城市。

她買了十六個小時的綠皮火車T1462，搭上火車去了北京，去那裡上編導專業課輔導班。

人生又能有幾個六年呢？

柳丘學姐曾經說她來上學時就是搭到上海火車站，那個站似乎是全上海唯一一個還能搭快速列車和特快列車的站了——那個站外面猶如迷宮，廣場寬闊，卻奇形怪狀，連地鐵站都長了一副和人過不去的嘴臉。

而戲劇化的是，柳丘徹底離開這座城市的那一刻，也是從那個火車站走的。

許星洲後來總是想起，柳丘學姐在過安檢通道前，最後向外看的那個充滿酸楚和希望的眼神。

她們都曾拿著錄取通知書，背著一袋袋的行李拖著大行李箱，在那一年九月二日的驕陽下尋找新生群裡反覆提及的、位於北廣場的接駁大巴士——那些來自外地的孩子幾乎沒有一個不渴望能在這座城市留下，然後擁有一個家的。

二十四歲的柳丘學姐，在六年後，背著一無所有的行囊離開。

許星洲為她難受了許久，卻又無法不為她的勇氣和選擇感動。

二十歲的許星洲趴在桌上，一抽鼻涕，用手指擦了擦眼眶。

趙姐關心地問：「小柳走了，妳就這麼難過？」

許星洲抽了張紙巾，擦了擦鼻涕，說：「嗯、嗯……受學姐這麼多照顧，最後卻一點忙也幫不上……」

「而、而且……」許星洲抽著鼻涕道：「我的假期社會調研寫歪了，調研方法和統計方法都有問題，我男朋友昨天晚上隨便瞄了兩眼就指出來了好長一串毛病！現在又得徹底推翻重來，我的暑假只有七天了……」

趙姐同情道：「真慘，我兒子的社會實踐報告也還沒寫，現在在家補作業。」

許星洲想著秦渡指出的問題，充滿希望地問：「趙姐妳兒子今年……？」

趙姐說：「小學二年級。」

許星洲：「……」

圖書館下午明媚至極，許星洲憂鬱地坐在一堆紮小馬尾戴髮箍的小學生中間，做著自己的暑假作業。

高中老師說，大學裡沒有暑假作業，都是假的。

她高中時期的所有朋友如今沒有半個是有空的，他們要麼在寫社會實踐報告要麼寫社會調研，或者被迫出去實習做義工充實履歷，總之愉快的暑假完全不可能發生。

最淒慘的當屬讀師範的幾位朋友，在師範就讀生其中最慘的當屬一位男生——他從高中時寫字就相當醜，於是他大學的粉筆書法課理所應當地被當了，接著就順理成章地喜提六本字帖的暑假作業外加一份社會實踐報告，左手補考右手作業，站在寶塔灣就能聽見長江哭的聲音。

如今他在同學群裡瘋狂求購大家寫完的字帖。

許星洲想起學姐的離去，又想起秦師兄，接著，她對著電腦螢幕，又嘆了口氣。

「——星洲？」

她旁邊的姚阿姨關心地問：「怎麼了？一下午都唉聲嘆氣的。」

許星洲一愣，沒精神道：「哎？啊……沒什麼……」

姚阿姨十分堅持：「有什麼不好解決的問題？和阿姨說說看。」

許星洲挫敗地搖了搖頭。

——這已經是老問題了。

這些令她唉聲嘆氣的東西，甚至從她發病的時候就已經存在了。許星洲在無數個夜晚中意識到自己與師兄的不相配，意識到他們之間的家庭鴻溝，和那些所復甦的、許星洲的骨子中銘刻的對一個家的渴望，和對「不相配」一事的、近乎逼人逃避的恐懼。

許星洲害怕得要命，卻又不能對任何人提起。

許星洲不知道該如何對別人說，也懼怕別人的嘲笑，那些她的認知中存在的「門當戶對」與「豪門聯姻」。更可怕的是這些東西並非杜撰，而是真實存在的。

許星洲望向姚阿姨。

姚阿姨看起來至少已經四十多歲了，她是一個天真善良的人，卻又活得極其通透、人情練達。許星洲對這個年紀的人的現實感有著極其明確的認知——四五十的人已經非常現實了，何況姚阿姨還天天想著勾搭自己做她兒媳婦，總之不可能看好許星洲和秦師兄。

但是姚阿姨卻說：「星洲，我們也算認識一個暑假了呀。」

許星洲：「哎……？」

「我們都認識一個暑假了呀！」姚阿姨皮皮地眨了眨眼睛：「阿姨是什麼人妳還不知道嗎？」

「所以，星洲，阿姨請妳喝杯咖啡。」

「——我們去聊聊好不好？」

大概是瘋了。

星巴克裡咖啡豆磨碎的香氣撲鼻，落地櫥窗灑進碎金。分明是下午時分，人卻不太多，姚阿姨笑著和熟識的店員女孩點了點頭。

許星洲撓了撓頭，靦腆道：「阿姨，不讓妳破費啦，我自己買就好。」

姚阿姨說：「大學生能有多少錢——」

「可是我現在有工作了嘛。」許星洲笑道：「阿姨，還是我請妳吧，妳都請我這麼多次了。」

姚阿姨不再推辭。

許星洲點了一杯紅茶拿鐵和一杯美式，兩個人在窗邊落了座。

姚阿姨抿了一口美式，莞爾笑道：「星洲，妳居然還知道我的口味？」

「嗯？加糖去冰多水嘛——」許星洲笑了起來：「阿姨，不是我吹牛，我討我家後宮歡心就是靠我的細心！沒有人不會為細心的我淪陷！」

姚阿姨笑得發抖，說：「行吧——來，說說看，妳一下午都在嘆氣些什麼？」

許星洲停頓了一下。

要不然裝作是作業的問題算了？許星洲那一瞬間閃過一絲大膽的想法，接著就聽到了姚阿姨的聲音。

「除了作業。」姚阿姨冷酷地說。

許星洲：「……」

「如果妳和我說是妳的暑假作業的話，妳就是在糊弄我，」姚阿姨漠然地說：「請我喝咖啡就是為了緩解糊弄我的愧疚。這種招數我五歲的時候就用過了。」

許星洲：「……」

這是哪裡來的秦渡的精神摯友！許星洲簡直驚了，覺得兩人分析的腦迴路都一模一樣。

許星洲：「嗚好吧……」

「是、是這樣的，」許星洲愧疚而痛苦地道：「阿姨，我……確實是我男朋友的原因，我以前沒有提過他的……嗯，他的家庭。」

對面的姚阿姨一怔。

「是、是這樣的……」

許星洲羞愧得耳朵都紅了：「他家，其實，特別有錢……」

第二十八章 去宇宙航行

「他家，其實，特別有錢。」

許星洲說完，觀察了一下姚阿姨的表情——姚阿姨表情似乎非常漂移。

……似乎不太理解，許星洲想。

畢竟大多數人對有錢二字的概念是和他們同一個次元的——而家裡有一個那種規模的上市公司顯然是另一個維度了。

有錢人分兩種，只需要對自己和少數人負責的普通有錢人和需要對成千上萬員工和社會負責的企業家，秦渡家裡顯然屬於後者。

「非常、非常有錢，」許星洲認真道：「具體有錢到什麼地步，我其實也不了解——我師兄……就是我男朋友，曾經告訴我，他家的公司在他讀國中的時候上市了。他曾經和我開過玩笑，讓我要分手費的時候朝著九位數要。」

姚阿姨深深地看著她：「……嗯。」

許星洲端起紅茶拿鐵摸了摸，塑膠杯身外凝了一層涼涼的水霧。

「而他本人，」許星洲撓了撓頭：「雖然我經常吐槽他，罵他是個老狗比。可是他真的很優秀。是我們學校的學生會會長，念書為人都無可挑剔，玩也玩得來，念書也比所有人都強，人生的履歷，當得起金碧輝煌四個字。」

姚阿姨點了點頭，示意許星洲繼續說。

許星洲坐在陽光裡，又微微停頓了一下。她的頭髮紮在腦後，脖頸細長，眼睫毛垂著，手指搓揉著柔軟的杯子。

「……可是我，」許星洲低聲道：「姚阿姨，我和路人甲也沒有兩樣。」

許星洲撓了撓頭，自嘲地說：「……不對，也許我還不如他們呢。」

「我從小就沒有家。」

許星洲垂下了腦袋，低聲道：「……我爸媽離婚了，都沒有人要我，從小就有小孩嘲笑我是沒人要的野孩子，說是因為我不聽話爸媽才離婚的。只有奶奶是愛我的，可是她在我國中那一年就去世了。」

「我精神一直不健康，」許星洲囁嚅道：「憂鬱症重度發作過三次，最長的一次住院住了半年，最近的一次是今年五月份，我一旦發作，就滿腦子都想著去死……」

姚阿姨怔怔地看著她。

許星洲莞爾道：「阿姨，是不是很神奇？其實我自己有時候都不理解……」

「為什麼我明明這麼喜歡這個世界，我自認為我挺活潑也挺開朗的，」許星洲沙啞道：「可是卻受了來自死亡的詛咒。」

姚阿姨酸楚地喚道：「星洲……」

許星洲又撓了撓頭，笑著說：「不過，這個都不重要啦。」

「還是說回我師兄好了，」許星洲笑道：「他對『師兄』這個稱呼可執著了，說是有很親密的感覺——我不理解，但是叫得也挺順口的。」

「我師兄，和我不一樣，他出生在一個很和睦很溫暖的家庭裡。」

許星洲說著，喝了一口紅茶拿鐵。

「他的父母對他放手不管，卻也非常愛他。」許星洲笑道：「是不是很奇怪？明明是面對那麼多誘惑的家庭呀……所以我真的覺得，他父母應該會是非常美好的人。」

姚阿姨嗯了一聲。

許星洲說：「而我從小到大，最想要的就是那樣的家庭。」

然後許星洲又起了一小塊三明治。

「我從小就想要那樣的家庭，」許星洲低聲道：「可是我也知道，他的父母沒有任何理由喜歡我。」

姚阿姨難受地道：「星洲……」

許星洲自嘲地說：「我這種人，就算放到我們當地的媒婆堆裡，都是會被嫌棄的。」

姚阿姨似乎隱忍了一下，拿著咖啡說：「星洲，妳怎麼會擔心這個呢，妳男朋友那麼愛妳，我要是妳，我根本都不會操心的。」

許星洲笑了起來：「阿姨，妳和我好朋友都是同個論據耶。」

「我家雁雁也說，妳男朋友愛妳不就好了嗎。」許星洲笑得眉眼彎彎地道：「她說只要男朋友站在我這邊就不會有問題。他既然都說了，肯定會把家裡那邊頂住的。我男朋友確實也是這麼說的，他讓我別擔心，他家那邊他會搞定。」

姚阿姨放鬆地道：「嗯……這不就行了嗎？」

「長輩晚輩關係就是這樣的哦，」姚阿姨調皮地笑道：「只要男人能爭氣，那麼所有問題就都不是問題啦！我老公就很爭氣。」

許星洲卻說：「……不是的。」

姚阿姨一愣。

「我怕他從此和他家裡有隔閡了。」許星洲小小地捏住了自己的虎口，「那畢竟是我從小就想要的家庭，我不願意……」

「──就算我沒有辦法擁有，」她說：「我也不願意破壞它。」

那一刹那燦爛的陽光澆沒了那個女孩。

窗外行人與車匆匆而來攘攘而往，白色大鳥穿過城市上空，遮陽傘上雲流如川，爍金萬里。

姚阿姨怔怔地看著她。

──面前的女孩幾乎不以任何傷口示人，赤誠而乾淨，甚至從未細想過這個對她這麼好的阿姨究竟是誰。

姚汝君第一次見到許星洲，還是五月份的時候。

那時這個女孩以一個無助而絕望的姿態蜷縮在床上，她的兒子站在門口——而姚汝君對這個女孩的第一印象，只不過是「長得漂亮」，可是卻「總是在哭」。是憂鬱症發作了。

怎麼能在這個舉目無親的城市經歷這種事，一個這麼年輕的女孩？姚汝君覺得可憐，她撫摸了那女孩的額頭，於是許星洲奇蹟般地睡了下去。

姚汝君直覺認為，她其實會很喜歡這個女孩。

——可是再喜歡也不行，那時的姚汝君這樣想。

她畢竟是母親。

而母親總是負責想東想西。

如果秦渡只是受了蠱惑呢？

他們家庭狀況終究不太一樣，如果這女孩其實居心叵測呢？那是她從小到大尖銳到交心都困難的兒子，對這家庭出身平凡甚至惡劣的女孩，這個連自己的情緒都無法控制的女孩露出了死心塌地的神情——她的身上會有什麼令兒子如此著迷的東西嗎？

五月份的姚汝君這樣詢問自己。

想談戀愛就隨意吧，但是「家庭」兩個字太奢侈了。

姚汝君不願意干涉，也不願意接納她。

可是，儘管如此，姚汝君還是能從她身上覓出一絲「特別」之處。

那一絲溫柔的情緒牽著姚汝君的手指，另一頭則細細地拴在許星洲的指尖——那個蜷縮在床上的、猶如凜冬大宅門前的繈褓一般的孩子。

所以姚汝君很擔心。所以姚汝君和姪子打聽她的現況。因此姚汝君親手熬了雞湯送到醫院，希望許星洲能快點好起來。

——我會有接納她的想法嗎？

暮春時節在廚房熬著雞湯的姚汝君，還不知道。

盛夏靜安，店外長天當日，熱浪滾滾。

店裡面冷氣十足，有老阿姨在裡面帶小孩，此時吵得要命——那個小孩驀地一聲撕心裂肺的、表達快意的尖叫，喚回了姚汝君的思緒。

她只是走了一下神，許星洲現在居然已經笑咪咪的了。

姚汝君看著對面的許星洲，歉疚道：「抱歉，阿姨剛剛在發呆……星洲，妳說到哪了？」

許星洲立刻將眼睛彎作了兩彎小月牙。

她是真的討人喜歡。

姚汝君經過兩個月的相處，如今已經毫不懷疑許星洲自稱的「婦女之友」身分。

「原來在發呆呀。」許星洲甜甜地道：「阿姨我剛剛在吐槽我師兄，真的是同人不同命，人比人比死人，阿姨妳想想，有錢成績好，連有錢人標配的不幸家庭都沒有……」

「我真的，」小女孩眉眼柔和：「最羨慕的就是他的家庭了。」

姚汝君酸澀地嗯了一聲。

璀璨天光融進了姚汝君的美式咖啡。

對面的、坐在陽光中的年輕女孩拽著個別了花花綠綠徽章的帆布小包，手上以中性筆畫了幾顆帶光環的行星，像個小屁孩會做的幼稚事情。

前幾天她好像還貼著 Keroro 軍曹的貼紙……姚汝君哭笑不得地想。

「說實話，阿姨你們家那樣的，我也羨慕得要命。」許星洲說。

然後許星洲又溫軟道：「可是這種東西強求不來。」

「我的運氣已經很好了，」許星洲開朗笑道：「哪能什麼便宜都被我占掉，如果我男朋友的父母不喜歡我的話我就乖一點，還不喜歡的話就再乖一點……」

許星洲還沒說完，姚汝君就顫抖著開了口。

「——妳會有的。」姚汝君說。

「星洲……」姚汝君看著許星洲，幾乎是一字一句地保證道：「妳會有的。」

——家庭、遮風擋雨的屋簷、避風港灣、萬里夕陽與歸家的路、家人與愛。

那些她在無數個夜晚裡，哭著祈求的一切。

開學那天，淅淅瀝瀝地飄著雨。

許星洲坐在副駕上縮成一顆球，腦袋抵在車窗玻璃上，外面塞得水泄不通。她翻自己的手機，學生會群裡在臨近開學時又熱鬧了起來，現在一個部長和一個副部在因為派迎新車的問題吵架。

秦渡也被堵塞得煩躁，不高興地問：「許星洲，妳不能不回學校住嗎？」

許星洲啃著師兄囤在車上的小星星糖說：「這個！這個很困難啊！肯定是要搬回去的！不可能二十四個小時和你黏在一起……」

「我都說了。」秦渡威脅似的道：「妳要是有課，無論什麼時候我都開車接送，他媽的都準備當妳的專職司機了，而且早上還有早餐——」

「可是，師兄，不是每個人都有你的意志力，」許星洲說：「早上八點上課，會選擇五點起床的。」

秦渡：「……」

許星洲又控訴地看著他說：「再說了，睡眠可能還不太夠。」

「這問題好解決。」

秦渡厚顏無恥地開口：「——妳早上有課的話，我保證只做一次。」

「……」

這他媽也太不要臉了！

許星洲氣得忍不住用星星糖砸他。

秦師兄此時被開學大軍家長將車塞在路上，還要被準備跑路的小師妹用星星糖砸腦殼，動機有了機會也有了，便直接把許星洲摁進了副駕駛座。

「回宿舍可以。」秦渡危險道：「宿舍不是妳家，妳家在我那。明白了沒有？」

許星洲臉微微一紅，認真點頭：「嗯！」

過了一下，許星洲又忍不住抬他槓：「師兄你的占有欲我明白了，那我問你一個問題，如果有『宿舍是我家』為標語的宿舍文化節怎麼辦？」

「文化節是好東西，但是吧——」秦渡欠揍地說：「許星洲，妳只要參與，我就讓妳知道我有多小心眼。」

九月驕陽如火，許星洲夾著電腦衝出華言樓時，熱了滿頭的大汗。

這哪裡有半點秋天的模樣，許星洲一抹額頭的汗水，艱難地扯著電腦線往外走，樓梯上人來人往，有剛上完國際關係課的留學生用法語討論著什麼。

「我說真的，」一個女生一邊走一邊道：「我發現寫論文真是第一生產力！從我開始提前寫畢業論文以來我已經把我們宿舍大掃除三遍了……」

另一個女生說：「我從開始寫 review 以來已經把電視臺農業頻道的致富經看了一百多期了！我發現養豬這件事很有意思……」

許星洲目送著那兩個研究生按電梯上樓，應該是上去找導師的，然後她電腦的電源線啪嘰一聲掉在了地上。

程雁在外面喊道：「趕緊！這節課是妳報告！」

來上課的人熙熙攘攘，許星洲一扯掉在地上的電腦線，喊道：「我知道啦！」

然後許星洲趕緊抱著電腦衝了出去。

外面萬里驕陽，樓外曬得爆炸，程雁啪地撐開遮陽傘，說：「粥寶，一眨眼我們就是大三老黃瓜了。」

許星洲笑道：「嗯，馬上還要當醃黃瓜呢。今年看這模樣大概忙得很。」

然後兩個人走進了熾熱的陽光底下，地面猶如鐵板，許星洲穿著小皮鞋都感受到了五十六度的地面溫度，立時倒抽了一口涼氣。

「太熱了，」許星洲痛苦地道：「怎麼可以這麼熱……」

程雁大方地說：「午飯我請妳喝檸檬水，到時候再說吃不吃。」

許星洲眼睛一亮。

然後程雁又莞爾道：「妳家師兄呢？」

許星洲眼睛裡的小星星立刻沒了，她嘆了口氣，抱著電腦加快了步伐。

禍不單行，教室裡空調居然壞了。

老師只得大開著門，開著窗，窗外蟬鳴不斷。

在社科院系裡新聞學院算男生很多的院了——男生多意味著他們穩定地發著臭，許星洲頂著酷暑講完了小組報告內容。她講了一通當前熱門的中非關係，又分析了一點當地經濟和產業鏈的適配程度，下去之後就昏昏沉沉熬到了下課。

程雁推了推她道：「下課了。」

許星洲又揉了揉眼睛：「嗯？嗯……」

許星洲站起來收拾包。

大三的課程半點不輕鬆，甚至花樣百出，許星洲上了幾個星期的課就覺得很疲憊，加上暑假也沒能出去玩，窗外傳來軍訓的新兵蛋子們喊口號的聲音。

李青青好奇地問：「妳男朋友呢？跑了嗎？」

許星洲點了點頭。

「這幾天是不會見到他了。」許星洲不爽地掐著自己的小包，像是在擰著什麼人的脖子，說：「他們院的大四學生有個 Field research，這幾天不在學校。」

大概是天氣太熱，事事又不太順，男朋友還滾去田野調查的緣故，許星洲看起來好像有點低落。

李青青忍不住摸了摸許星洲的肩膀。

她剛想安撫兩句，就看到了許星洲握住了拳頭，喊道：「我聽說今天本部學生餐廳有涼粉了！」

「青寶，我去去就回！」

學校的一切，實在乏善可陳。

無非就是上課下課作業和課堂活動，週末去開個學生會例會而已。學期初試聽課，窗外有軍訓的倒楣蛋愣是被迫跑到了南區，在外面聲嘶力竭地喊著口號。

許星洲週五下午沒有課，而秦渡也不在學校，沒辦法拉他出去浪，她就躺在寢室裡發呆。

三一二寢室的天花板上懸著燈管，下午陽光金黃璀璨，蟬聲長鳴。

他們居住的老校舍少說也有三十年歷史了，許星洲掛床簾的繩子上被她綁了幾隻鵝黃色的莎莉雞，此時呆呆地轉著圈圈，許星洲想起自己大一時曬成一顆煤球，在國慶假期即將開始的那一天，笨拙地把這個床簾掛了上去。

那年軍訓即將結束時，許星洲交上軍訓心得，赤日千里，當天下午就買了一張綠皮火車的票，無聲無息地跑去了中國的角落——彩雲之南，滇池洱海。

十八歲的她只背了個雙肩包，包裡揣著五百塊現金、金融卡和身分證，隻身一人，不聲不響地跑去了國家的西南角——彩雲之南。

那裡梅裡雪山千里延綿，水雲浩蕩。

瀘沽山水一色，飛鳥掠過如鏡湖面，納西族女人嘴唇塗著口脂，面頰紅如晚霞，她們一敲皮鼓，手上銀飾錚然作響。

十八歲的許星洲笑著在湖邊撫摸松鼠的肚皮，用剛脅迫客棧老闆學來的半吊子納西語告訴那些女孩「妳很漂亮、妳很美」。那時她在湖邊拍照，離開時弄丟了自己的身分證，差點連學校都回不去。

許星洲直接從床上爬了起來。

這次去哪？便宜一點的國外？

她十八歲時確實是窮，確切來說十八歲的時候不窮的人反而不多。她那時候渾身上下加上現金也只有兩千多塊錢，懷揣兩千塊人民幣的小窮光蛋能跑到雲南就已經是了不得的壯舉——可現在就不一樣了。

暑期工的收入和學期初的虛假繁榮令二十歲大學生許星洲膨脹……她看了一下機票，認為紐西蘭還是去得起的。

大洋洲人煙稀少，又正是冬天，應該可以看到非常美的星空。

而且絕對，一點都不熱。

許星洲做旅遊計畫，做得極其熟練。

畢竟她搞攻略的次數太多了，搜了三四個攻略一綜合，半個下午就整合出一份五天六夜的計畫。她把計畫弄完之後，覺得這計畫實在是太完美了，不把秦渡拽著一起走簡直對不起這份攻略。

她剛打開手機，就看到秦渡傳來的訊息。

秦渡問：『星洲，在宿舍嗎？』

許星洲笑了起來，打字回覆：『不告訴你，你猜猜看，猜中了也沒有獎勵。』

秦渡：『？？？是我給妳臉了？』

他那語氣，極其凶神惡煞。

然而架不住秦渡和許星洲是情侶頭貼——他們分別是沙雕企鵝和另一隻更沙雕的企鵝，

此時連半點威懾力都沒有。

沙雕企鵝是蹬鼻子上臉王者段位，立刻道：『猜不中我就不和你回家了！』

更沙雕的那隻企鵝：『……』

那隻更沙雕的企鵝說：『下樓。我在妳宿舍樓下，我們一起吃晚飯。』

過了一下又補充道：『帶上手機充電器，我手機快沒電了。』

許星洲撓了撓頭，把充電器拔了下來。

已經快四點了，太陽現出一絲玫瑰色，暖洋洋地曬著許星洲粉紅色的床簾。

許星洲將床簾一拉，與對面床上正在敷著面膜蹬腿的程雁四目相對。

程雁：「……」

許星洲笑道：「雁寶！我去吃飯啦！」

程雁好笑地說：「行吧，我本來還打算問晚上要不要一起訂外送……算了，和妳家師兄玩得開心一點。」

許星洲開心地應了，將充電器捏在手裡，和程雁道別，然後快樂地跑下了樓。

宿舍大樓向陽面映著整個校區。有學小語種的女孩背靠在陽臺上，舉著TOPIK教材準備十月份的考試，她發音生澀，一手呀噠著晨光圓珠筆。

太陽溫柔地覆上許星洲的睫毛。

——這個世界真好。

許星洲笑著和認識的、不認識的人問好，又被她們報以微笑。而許星洲穿過一樓長長的走廊時，她看見秦渡正站在花叢裡，仰頭看著四棟三樓的陽臺——遠處籃球場傳來喝彩，他就回頭去看。

他看起來，就是一個在宿舍樓下等待女朋友的大學生。

被他等待的女孩滴一聲刷了卡，跑了出去。

校舍間陽光金黃，年輕女孩如火裙角蹁躚，她笑著喊道：「師兄！」

空氣仍悶熱，可是已經能看出來，這是個將有火燒雲的好天氣。

秦渡將手機收了，使勁一擰小師妹軟軟的鼻尖。

許星洲被捏得吱吱叫，被捏得鼻音都出來了，痛苦道：「疼、疼疼……不許捏了！」

「師兄，」許星洲被捏急了，手忙腳亂地去拽他的爪子：「……你怎麼會知道我在、在宿舍呀？」

秦渡漫不經心道：「還能在哪？」

然後他又對著許星洲紅紅的鼻尖一彈，惡劣道：「晚飯去哪吃？」

許星洲小聲說：「師兄，在回答你這個問題之前，你知不知道最近的國際局勢就是交流與互融？」

秦渡一愣，頭上冒出個問號，示意許星洲繼續說。

「交流，互融，文化交匯。」許星洲嚴肅地說：「就像國家對待非洲同胞一樣，我們主動走出去，又要把新的東西迎進來，師兄，我們現在面對著一場文化交流的機會，而我想和你一起去嘗試一下。」

秦渡嚴肅了起來：「什麼東西？」

許星洲比他更嚴肅：「為學者當海納百川，博學篤志，更當緊跟時代潮流，不怯交流，不畏路遠！我們應該發揚艱苦奮鬥的精神，堅持對外開放，加強校際交往，而我們面前就有這個千載難逢的機會！」

秦渡似乎根本沒反應過來許星洲在放什麼五彩七星屁。

「總結一下就是，最近我們和隔壁T大聯辦學生餐廳文化交流節，隔壁T大腦子進水，被老師糊弄傻了！跟我們交換了兩個學生餐廳的廚師。」

秦渡：「所……」

許星洲打斷了他，快樂地一拍秦渡的肩膀：「所以我們現在有網紅紅燒豬大排吃了！」

秦渡：「……」

這他媽也太能說了吧！秦渡對著許星洲的額頭，就是一巴掌。

秦渡拍完都沒解恨，又捏著許星洲的後頸皮，不爽地問：「哪個學生餐廳？」

許星洲甜甜地、又有點狗腿地笑了起來，答道：「回答師兄，紅燒豬大排在蛋苑。」

秦渡看著許星洲，許星洲在陽光下眨了眨眼睛，又可憐兮兮地搓了搓小爪子。她身後的白花開成一團，秦渡又噗哧笑了出來。

怒火無影無蹤，這他媽哪能發出半點脾氣啊。

秦渡忍笑道：「小師妹，你們新聞學院的都這麼能說嗎？」

許星洲洋洋自得：「不然呢，你以為我文綜小霸王的稱號是白來的嗎？」

秦師兄噗哧笑了出來，繼而緊緊扣住了他的星洲的手指。

陽光落在他們交握的十指之上，猶如歲月鍍上的光影。

接著秦渡和許星洲一起去她所說的那個學生餐廳。

路上有兩個年輕男孩「gay 裡 gay 氣」地騎著一輛自行車；籃球場上少年拍著球，在金黃的夕陽中三步上籃；有老教授下了班騎著自行車，自行車車籃裡裝著保溫杯和經濟思想史的教材，歪歪扭扭地向前騎著，車把手上還掛著個菜籃子。

秦渡看了一下，頗有點動心道：「……買菜看起來也挺好玩的，回頭我也去試試。」

許星洲：「那我也去！」

秦渡噗哧笑了起來，把許星洲的頭髮揉了揉。

學生餐廳裡，人非常多。

畢竟T大紅燒豬大排的名頭太響了，四點多就已經排了長隊。秦師兄令許星洲先去窗邊等著，自己拿了飯卡去排隊——如今他居然也挺習慣吃學生餐廳的，也知道哪個窗口的菜相對好吃。

許星洲看著他的背影，又想起她在酒吧第一次見到秦師兄的樣子。

當時她大放厥詞說「只要你能找到我，約個時間，我一定讓你好好出這一口惡氣」時，覺得他絕對是個惡臭成年人、紈褲富二代——他當時身上別說一點了，連四分之一點學生的氣息都沒有。

現在的秦渡，看起來，居然像個大學生。

許星洲覺得很好玩，忍不住笑了起來，覺得師兄身上多了一股青春銳利的味道，接著就看到秦渡拿著餐盤和在隊伍最前面的人交涉片刻，從錢包裡掏了錢，買走了那個人的豬大排。

許星洲：「……」

這位大學生連半點時間都不肯浪費，掏錢也不手軟，又拿了筷子，把別人買的那盤豬大排一端，去別的窗口刷了一大堆菜，端了回來。

「……」

許星洲難以置信：「……你居然在學生餐廳，花錢插隊？！」

秦渡臉不紅心不跳地說：「插隊？許星洲，這叫花錢購買服務。花錢插隊是侵犯後面來人權益的事。會被罵的。」

「但是——」秦渡把筷子遞給許星洲，散漫道：「花錢買別人剛買下的豬大排，叫作『買二手』。」

「我買下他一開始買的那份，然後讓他再重新買自己的，畢竟很多人都會找室友代打飯，明明都是指向同一個結果，可是這樣一來後面排隊的人情感上接受度就會高得多——小師妹學著點。」

這不還是插隊嗎！

插隊都要搞心理騙術，這個人怎麼回事。

然後秦渡說著說著自己又笑了起來，伸手在許星洲頭上微微揉了揉。

「好好吃飯吧，小師妹。」秦渡溫和道：「豬大排挺不錯，以後再帶妳吃。」

曾經的秦渡尖銳冰冷，猶如冬夜一輪巨月。

剛認識他時，許星洲其實不只一次感受到過，秦渡身上透出的痛苦。

他應該是痛苦於自己的存在、自己唾手可得的一切，厭惡「秦渡」二字與生俱來的優秀和扭曲，又厭惡這個連自己都厭惡的自己。

許星洲甚至冥冥地有過一絲感覺：秦師兄以前根本無所謂活著，更無所謂死去。

——那想法，並非不能理解。

畢竟許星洲所能想到的一切幾乎都在秦渡的舒適區之中：地位、金錢和物質，而他又極其聰明，猶如《聖經．創世紀》中被逐出伊甸園的人與他們的子孫：他們聰慧過人，被神降下名為巴別塔的永恆詛咒。

巴別塔。

以前的他想過死，卻也無所謂去死，眼裡進不去半個人，麻痺地苦痛著。

可是——秦渡如今坐在學生餐廳裡，他看著許星洲，也看著往來眾生，沒有半點厭世模樣，甚至滿懷熱情地，把第四塊豬大排堆在了許星洲的餐盤上。

「多吃點，」秦渡熱情洋溢地說：「豬大排很貴的。」

許星洲被塞得快溢出來了。

遠處有人和他喊了一聲「學長好」，秦渡對他們點了點頭，示意自己在和女朋友一起吃飯。

他以前不可能做這種事。

——他會不會……我是說萬一的萬一，許星洲有點希冀地想，秦師兄會不會，也有一點點喜歡起「活著」這件事了呢。

太陽沒下山時，外面仍然挺熱。

紅日染雲霞，陽光與體溫同個溫度，軍訓的新生們口號聲響徹天穹。秦師兄牽著許星洲的手穿過校園，木槿花開得沉甸甸的，他們就走在金光之中，許星洲偷偷看了看秦渡，秦渡正散漫地往前走，也不知道要去哪裡。

他們身旁有人笑著騎著自行車穿過法國梧桐，黃金般的光落在他們的身上，有架著眼鏡的脫髮博士生行色匆匆地拎著保麗龍箱跑過去，應該是忙著去做實驗，教學大樓門口有老師夾著公事包靠在牆上，像在等待著什麼人。

眾生庸碌平凡，卻溫暖至極。

——那些平凡幸福的生活。

秦渡卻突然拉了拉許星洲的手，指了指遠處夕陽下的草坪。

「星洲，」秦師兄饒有趣味地說：「妳看。」

許星洲一愣，遠處草坪被映得金黃，萬壽菊綻於炎熱早秋。

一個老奶奶站在草坪上，她穿著一條紫羅蘭色的連身裙，髮絲雪白，燙得捲捲的，一手挎著個小包，她的老伴應該剛下課，手裡還拿著教材，也穿得挺潮。

老爺爺一手挽著她，接著兩個人就這麼旁若無人地，在流金夕陽中接了個吻。

許星洲耳根發紅，笑了起來。

「以前經常會看到的，」許星洲笑咪咪地對師兄說：「我們學校的老教授和他們的妻子，大多可恩愛了。這個教授我以前還去蹭過他的課，他是教西方哲學史的……」

然而秦渡突然開了口：「我以前連想都沒想過……」他停頓了一下，又道：「我老了會是什麼樣子。」

許星洲一愣，斜陽沒入層積雲，她幾乎被夕陽耀得睜不開眼。

「——與許二十幾歲就死了，也與許能活到四五十歲。」

萬丈金光鍍在秦渡的眉眼上，他自嘲道：「我連自己能活多久都不關心。」

許星洲那一瞬間，愣住了。

然後秦渡使勁捏了捏許星洲的臉。

「現在呢，我覺得，」秦師兄的眼睛瞇成一條愜意的縫，「我老了的話，大概會比那個老教授帥一些的。」

許星洲噗哧笑了出來。秦師兄確實長得非常帥，她看了一下，就覺得秦師兄應該沒有騙人——至少沒有騙她。

萬千世界撲面而來。

浪子的手掌流淌過暖洋般的靜脈，搏動著如山嶽的肌肉。

許星洲在夕陽中，緊緊握住她身邊的秦渡。

先不要提帶他出去玩了吧，許星洲告訴自己。

就讓他繼續享受一下人生裡的這點樂趣。

過幾週——不，幾週有點太長了，就過幾天再說。讓他在當下好好過一下這些平凡的、詩歌與水梨般的日常。

反正去紐西蘭的攻略已經做好了嘛，又跑不掉。不行的話，還可以等到南半球的春天呀——師兄好不容易將自己與世界連接了起來，現在不急於去冒險。

夕陽最後一絲餘暉沉入大地，雲層撕扯，露出最後的玫瑰色。

許星洲開開心心地勾著秦渡的手指，晃了晃。

那一對年邁的夫妻已經走了，他們便跑上車，秦渡發動了車子，車外夜幕降臨，校區中亮起溫柔路燈——許星洲突然想起在學校第一次見到秦渡的那一天。

那天似乎是一個下著大雨的，再普通不過的一個春日週末。

車窗外霓虹映著黑夜天穹，上海的天空連北極星都看不見。秦渡突然笑了起來。

他壞壞地笑著問：「小師妹，妳猜猜看……今天下午師兄找妳，是要做什麼？」

許星洲一愣，毫無新意地答道：「吃……吃晚飯嗎……？」

秦渡伸手，在許星洲額頭上叭地就是一彈，接著把一個小資料袋丟給了她。

許星洲滿頭霧水，將那個資料袋的拉鍊拉開——接著秦渡擰開了車裡的燈，映亮了袋子裡面躺著的兩本護照和兩張身分證。

許星洲的護照失蹤了快半年了，她大一的時候去辦了之後，就不知塞在了哪個角落裡。而秦渡的護照則明顯皺得多，顯然用了一些時日了，上面還包了個皮，貼著一張寫著字的黃色便利貼：「浦東T2航廈，奧克蘭國際I；20：35～次日12：05，航班NZ289。」

許星洲：「……！！」

秦渡眨了眨眼睛，揶揄地問：「嗯？怎麼說？」

許星洲那一瞬間頭髮絲都炸了。

那時他們還在校園裡。

劍蘭與芙蓉樹後無數同學穿行而過，他們或高或矮或胖或瘦，笑著或是哭著，焦慮著或是放鬆著。

微電子大樓的實驗室啪地亮起了燈。

他在這個無比平凡的世界的週五傍晚，這樣宣布——

「去冒險嗎？」

「師兄和妳一起瘋一次。」

地上的陽光是八分鐘前的太陽，現名為勾陳一的北極星是四百年前的星光。

距離銀河最近的仙女星系與這顆行星，相隔兩百五十四萬光年。

在這億萬行星中，廣袤無垠的地球上，擁有當前的生命即是億億萬分之一的機率，數十億年前的生命螺旋擰合，而這無上的幸運，給予每個「我」存在的時間，也不過百年。

許星洲趴在秦渡的肩上，因為兩張機票哭得抽抽搭搭的。

傍晚馬路塞得水泄不通，秦渡一邊忍著笑幫小師妹擦眼淚，一邊瞄了手錶一眼——那是晚上八點三十五的飛機，如今已經六點三十七了，而他們連中環路都還沒擠出去。

「還哭？」秦渡敲敲許星洲的腦袋道：「是我不愛妳嗎？下車，坐地鐵。」

許星洲抽抽噎噎地嗯了一聲。

秦渡：「……」

秦渡明知道許星洲是對坐地鐵「嗯」的，可是還是使勁一捏許星洲的鼻尖，囂張道：「放屁。」

「師兄他媽的，最喜歡妳了。」

車水馬龍，他欠揍地一邊捏許星洲的鼻尖，一邊這樣說。

——喜歡到無以復加。

——喜歡到甚至接受了「生而為人」的一切苦難。

生而為人，與生俱來的就是無盡的折磨。

我們脆弱敏感天性向死，恐懼貧窮與疾病，害怕別人的目光憂鬱自卑，易怒暴躁，因此數千年前潘朵拉魔盒放出了一切令我們生老病死的詛咒。

——可是，「生」是一生也只有一次的饋贈。

所以我願你去經歷所有，願你去歷盡千帆，去冒險，去世界盡頭嘶聲吶喊，去宇宙航行。

人畢竟只活一世。

——《我還沒摁住她04》正文完——

番外一 仲冬遠行

01、客舟

十二月末，F大。

下午四點半，第二教學大樓門口枯枝殘葉被風吹過。

那是個彷彿又要下雨的冬日下午。

天穹沉沉暗暗，只有一點假惺惺的太陽，可轉瞬就被漆黑烏雲吹沒了。

許星洲坐在華言樓門口的迴廊旁，圍著厚厚的羊毛圍巾，風一吹，立刻就打了個哆嗦。

上海的冬天其實和湖北差不多，反正都是秦嶺以南的冬天嘛，都挺反人類的。許星洲捧著杯熱奶茶，撓了撓手指，總覺得複習期間能生出三個凍瘡。

「施拉姆……大眾傳播理論……」許星洲蜷縮成一團，拿著課本一邊對著熱奶茶呵氣一邊背誦：「迴圈模式強調了社會的互動性……」

接著一陣妖風吹過，把正在背書的許星洲凍成了一隻狗。

她已經裹成裡三層外三層了，可還是抵不過江南的濕冷，她背了半天又把手指埋進圍巾裡面，可還是沒什麼暖意。許星洲抬頭望向華言樓東輔樓，然後眉眼一彎，笑了起來。

秦渡還在考試，也不知道她還在這等著。

他們到了大四，筆試已經不多了，教務處排考試時也比較照顧他們，水課都放在考研之前考，而重點專業課程的期末考都在元旦之後，留出複習時間給考研的學生。

秦師兄現在應該就在考水課。

許星洲正在外面凍得哆哆嗦嗦地等著他呢，兩個學生就從許星洲面前走了過去。

風裡依稀傳來他們的交談。

「超哥，我買了一月十五號回家的票……」

另一個人說：「沿海就是好。我還在搶，學校一月二十號放假，去西寧的票太難搶了，我現在還在寢室裡掛著搶票外掛程式呢……」

許星洲微微愣住了。

她那時坐在露天大臺階旁，枯黃梧桐葉打轉著滾過她的腳邊。許星洲看著面前A4紙列印出的白紙黑字——天空雲影變幻，那一小疊A4紙上，被烏雲和其後的陽光映出了無數分散而熹微的條帶。

許星洲已經一整年沒回「家」所在的那個城市了。

那城市說是「家」也不太合適——許星洲每次回去都是住在奶奶留給她的老房子裡，衣食住行都在那，就像她後來出院之後的獨居。

她鮮少和自己父母的家庭打交道：母親那邊自不必提，許星洲根本連來往都不願意；而父親那邊也沒熱絡到哪去，一年到頭三百六十五天，也只有過年的年三十，許星洲會去自己父親家吃一頓年夜飯，然後當天晚上睡在那裡。

……僅此而已。

要多生分就有多生分。

那荷花盛開的小城或許是程雁的家，也或許是她所有高中同學的家——所以他們積極地訂票，可是對許星洲而言，只是她奶奶墳墓所在的地方。

許星洲嘆了口氣。

總還是要回家過年的，一年到頭都不回去的話，實在是太不像話了。

如果不回去父親那邊的話，傳出去大概會很難聽：忘恩負義、不孝長女……就算先不提父親那邊，許星洲也想回去看看奶奶，親手幫她攏攏墳塋的。

總不能老讓程雁代勞。

那兩個學生說說笑笑地進了東輔樓，許星洲手指凍得通紅，捏著重點的小冊子，剛要翻開，就看到了樓梯口秦渡的身影。

他邁開長腿下樓，單肩背著書包，早上穿的黑夾克在玻璃門後一晃。

許星洲：「……！！」

秦渡九月從紐西蘭皇后鎮回來後，就去換了個髮型。

他推了個俐落背頭，染了爺爺灰色，這髮型極其考驗顏值和身材——許星洲和他一起挑髮型的時候幾乎以為他瘋了，以為他在旅遊時被歐美人種的髮型沖昏了頭腦，這次一定會栽跟頭……沒想到理出來居然騷得要命。

直男一旦騷起來，真的沒有女孩子什麼事了。許星洲想。

秦師兄將玻璃門一推，許星洲立刻戲精上身，抱著自己的重點小冊子，一下子躲進了花壇裡，架勢極其熟練。

秦渡剛考完試，神智大概還沒緩過來，也沒看見旁邊花壇伸出一隻凍得通紅的手，把遺漏的那本課本「啪」地拽了進去。

秦渡在門口站著，隨意一靠，翻出了手機。

半分鐘後，許星洲手機咻地來了則訊息。

秦渡頂著沙雕兔美頭貼道：『我考完了。妳在哪，我去接妳。』

許星洲看了一下周圍的環境，她躲在花壇裡的女貞樹後面，又被迴廊圈著，常綠灌木鬱鬱蔥蔥地遮著人，她中二病地頂著沙雕熊吉頭貼答道：『我被城堡的荊棘掩護著，我在邪惡巫師們的巢穴深處！英勇的勇士啊，解開我的謎語，來做我值得尊敬的宿敵吧！』

兔美：『……』

沙雕兔美連思考都沒思考就問：『華言樓，哪？』

「……」

媽的這男人怎麼回事！許星洲覺得自己簡直被看透了。

她剛打算再放兩句屁干擾一下秦師兄的思緒，秦渡直接一個電話打了過來——許星洲手機鈴聲噹噹一響，暴露了方位，接著三秒鐘之內就被秦師兄捏住了命運的後頸皮。

被捏住後頸皮的許星洲可憐兮兮：「師、師兄……」

秦渡感慨：「和小屁孩談戀愛真累啊。」

然後他把這位小屁孩從樹後拽了出來，把她帶來的課本和重點往自己的書包裡一塞，攥住了她凍得通紅的手。

天穹陰暗的，是一副要下冬雨的模樣。

秦渡搓了搓她的手指就覺得不對，這也太涼了，遂擰著眉頭問：「在這裡等了多久？」

許星洲討好地說：「半……半個多小時！我在這裡等師兄！」

秦渡在許星洲脖頸後使勁一捏，許星洲立刻退縮。

「這種天氣，在這，等我？」秦師兄涼颼颼斥道：「妳不會在宿舍或圖書館等嗎？」

接著他把自己圍的圍巾摘下來幫許星洲圍了兩圈，又伸手使勁搓了搓她的臉。女孩子的臉涼涼的，被秦師兄三兩下搓得又暖又紅。

他們上車時，天已經徹底陰了。

冬天的天本來就黑得早，加上陰天，此時幾乎無異於黑夜。車都被東北風吹得咕咚作響，許星洲抱著秦渡的雙肩包。秦渡將暖氣開大了點，把許星洲的手指拽過去，讓她在風口取個暖。

許星洲問：「師兄，考得怎麼樣呀？」

秦渡漫不經心道：「一般吧，出成績再看。」

許星洲聽到「一般」二字，忍不住多看了秦渡兩眼。

這兩個字實在太熟悉了——試問哪個念完義務教育的人沒聽過假惺惺的賣弄學神的「考得一般」呢？這個賣弄慣犯。

但是，許星洲確實也不是個能反抗他的處境。

秦師兄這個垃圾人前幾天剛剛隨手摸了許星洲微觀經濟學的課本，自己在書房翻了一個下午，然後不顧許星洲的反抗，把她摁著，從頭講到了尾。

起因是秦師兄不想複習自己的必修課，也不想看任何 chart 和 review，想換換腦子。

許星洲當時堪堪忍住了咬他的衝動。

秦渡漫不經心地問道：「星洲，妳寒假打算怎麼安排？」

許星洲一愣：「……哎？」

「打算回家過年？」秦渡向後倒車，他看著後視鏡問：「回去的話，回去多久？」

許星洲誠實地說：「還……沒想好，畢竟票不急著買。」

秦渡笑了笑，又問：「妳以前都是怎麼過的？」

車輕巧地駛過校區主幹道，路旁梧桐在風中簌簌作響，冷雨淅淅而落。

學校大門口毛澤東的雕像在冬雨中沉默屹立，許星洲忽地想起蔣捷的那句「壯年聽雨客舟中，江闊雲低，斷雁叫西風」。

——「客舟」。

這兩個字令許星洲想起過年，就一陣難受。

許星洲小聲答道：「……以前奶奶在的時候還是挺好的，我們在年三十下午去我爸爸家，我可能受我爸的託付和那個妹妹聊一下課業。畢竟我成績還是可以的嘛。吃完年夜飯，奶奶和阿姨隨便包幾個餃子，我就看春節節目。晚上奶奶再帶我回奶奶家，她讓我對爺爺的照片磕個頭，然後睡覺……」

「後來……」許星洲有點難過地說：「後來奶奶不在了之後，我就自己一個人去我爸爸家了。」

秦渡冷漠地問：「妳那個爸爸？」

許星洲嗯了一聲，將腦袋無意識地在車玻璃上磕了磕。

秦渡對她父親實在算不上喜歡，對著她時，連「叔叔」都不樂意叫。

許星洲曾經問過他為什麼。

秦渡說他印象太深了——明明飛行時間不過兩小時的距離，高鐵也不過六七個小時，秦渡甚至還託程雁專門問過「要不要來看一看」，可是他的長女住院一個多月，做父親的人連面都沒有露一下。

秦師兄連仇都記了。

秦渡難以置信：「……妳這麼多年，過得這麼慘啊？」

許星洲困惑道：「慘嗎？我每年還有點壓歲錢——雖然那些親戚朋友都願意多給我那個妹妹一些紅包，到了我就意思意思給一點……」

許星洲：「……」

許星洲窒息道：「……我靠我好慘啊？！」

許星洲震驚於自己這麼多年怎麼能這麼麻木不覺，抱緊了秦渡的書包——接著，她又看了看秦師兄。

秦師兄深深擰著眉頭，一看就是因為許星洲這幾句話，憋了一肚子火。

「……」許星洲急忙道：「師兄你別急！你看我根本不往心裡去的！他們也不欺負我，還會給我錢，頂多就是不把我當家裡人嘛……我也不在意這個，反正那又不是我的家。」

秦渡差點被說服，沉默了好一陣子，才不爽地開口：「許星洲，妳回去幹什麼？」

許星洲一愣：「……哎？」

「那種年過個屁啊，」秦渡冷冷道：「妳回去做什麼？當小白菜？」

許星洲：「哪有那麼慘，是回去當花椰菜的，很有營養，但是誰都不樂意吃……」

前面紅燈亮起，車被迫停下，秦渡終於騰出手來，在許星洲的腦瓜上使勁一戳。

「花椰菜妳媽呢，」秦渡凶神惡煞：「他們把妳當花椰菜看，我把妳當花椰菜看過？」

「……」

許星洲臉蹭地紅了，欲哭無淚道：「那、那怎麼辦？還有別的辦法嗎？我又沒有別的家可以回去，其實也沒有很糟……」

糟糕的「糕」字還沒說出來，秦渡就冷冷道：「今年過年不准回去了。」

許星洲面頰潮紅，囁嚅道：「可、可是……」

可是還是得回去看看奶奶呀……許星洲羞恥地想。再說了，過年不回她爸家，親戚可能會指指點點吧，這樣的話她爸臉上可能不會很好看……

「過成這樣回個屁啊，」秦渡憤怒道：「我在這寵妳，妳倒好，回去當地裡黃小白菜？」

許星洲臉又是一紅，剛想反駁不是小白菜是花椰菜，就聽到了秦渡的下一句話。

「妳今年，跟我過。」

他這樣宣布。

02、故鄉

「妳今年跟我過。」

許星洲聽了那句話，嚇都要嚇死了。

冬夜路燈次第亮起，秦渡坐在駕駛座上開著車。他似乎根本不覺得這件事嚇人——彷彿跟他回家過年這件事，真的再普通不過似的。

但是許星洲真的非常害怕。

她捏著自己膝蓋上的兩團圍巾，手心不住地出汗，秦渡似乎也意識到許星洲有點害怕，莞爾道：「不用緊張。我父母都是很好的人。」

許星洲：「……」

那是你爸媽，你肯定會這麼想啊！

可是許星洲還是挺害怕他們的。

許星洲國中時看過《貨幣戰爭》。那本書其實分析性和前瞻性都很普通，但是仍讓許星洲留下了難以磨滅的印象。她印象最深的就是裡面用極其冷酷的筆觸寫出洛克斐勒家族和羅斯柴爾德家族的歷史，和這兩個資本帝國世家近乎冰冷的機械化的膨脹之路。

在這種家庭裡，犧牲和聯姻，對於直系繼承人來說，幾乎是理所應當的。

秦渡又接著寬慰道：「我爸脾氣可能稍微臭一點……但是我媽人還是很好的，我爺爺奶奶外公外婆人也都挺和善的。我回頭和他們提一下，妳今年過年就跟我家一起過了。」

許星洲一聽「爺爺奶奶外公外婆」八個字，眼前又是一黑。

——原來他們還是一大家子一起過年呢？

許星洲嚇得不行：「師兄算了，我……我還是……」

我還是回我爸家過吧——許星洲還沒說完，就聽了秦渡的下一句話：「我們也快一年了。」

秦渡揉了揉額角。

「和我爸媽還在同個城市……我總把妳當寶貝藏著掖著也不是事，跟著我去見見家長，嗯？」

許星洲那天晚上，連自己最喜歡的粉蒸肉都沒吃下第三塊。

她滿腦子都是怎麼辦才好。

該怎麼去見他父母——許星洲心裡清楚，曉得這件事或早或晚都會被伸頭一刀，可她實在是太害怕了。

許星洲一下又是擔心遇上可怕小姑子，一下又擔心遇上幹練婆婆，還怕被長輩的長輩嫌棄，如果被嫌棄又該怎麼辦？這些問題其實已經斷斷續續地折磨了許星洲半年多，她也問過秦渡，秦渡只是說「我父母人都很好」。

而且原話還說「這半年他們都沒有多過問，只問過幾次妳的身體情況怎麼樣，不會為難妳」。

許星洲當時，聽完那些消息，當天緊張得午飯都沒吃下去。

她其實還是有點焦慮，秦渡也察覺出來了不對勁，把餓得肚子裡咕嚕咕嚕的許星洲嗆了一頓，從此之後，再也沒和許星洲提過他家裡那些事。

許星洲看不下去書，乾脆去看《流星花園》了。

舊版流星花園和新版的還不太一樣，舊版的道明寺給杉菜一張黑卡隨便刷，還揚言要買巴黎鐵塔給杉菜；二十年過去，道明家大概炒股炒破產了，新版道明寺寒酸得要命，只會幫新版杉菜充遊戲幣買手機。而要看瑪麗蘇就要看最天雷滾滾的，許星洲絕不退而求其次。

她看言承旭和大S，看得津津有味。

說實話，要不是言承旭夠帥，這部劇許星洲看不下去——舊版流星花園特別雷，她跳著快轉，花了不到半個小時就看到道明寺媽媽出場。

道明寺媽媽濃妝豔抹，頭髮梳的跟她兒子一模一樣，都往天上拽了一把——道明寺媽媽對杉菜媽媽輕蔑地說：「你們家怎麼這麼小，呵，平民。給妳兩千萬，離開我的兒子。」

許星洲：「……」

許星洲坐在書桌前，檯燈亮著光。

她剛準備倒回去重看，手機就被啪一下摁在了桌面上。

秦渡漫不經心地問：「死到臨頭還看電視劇？為什麼？」

許星洲：「……」

當然是從當代影視劇管中窺豹汲取養分，認真觀摩學習去拜見豪門婆婆的一百種姿勢了——許星洲想。但是許星洲微一觀察秦師兄的表情，就覺得這話說出來，十有八九躲不過被他罵一頓的命運。

許星洲立刻撒謊：「因為我複習完了！」

秦渡拉了張椅子坐下，狐疑地掃了她一眼。

許星洲鎮定道：「我作證，是真的。」

秦渡：「……」

秦渡也不是為了看許星洲的複習進度而來的，他在許星洲腦袋上微一摸，認真道：「有什麼想問的沒有？我今年是真的想帶妳回去過年。」

許星洲愣了一下，心想，該來的真的是逃不過啊。

「我們早點見家長。」秦師兄認真地說：「我保證，誰欺負妳，我一定幫妳欺負回去。妳今年過年就留在這吧。」

許星洲手心出汗，片刻後難堪地說：「師兄……你、你和我講講叔叔阿姨吧，我其實對他們知道的不多。」

「我……看情況……」她緊張地閉了閉眼睛，又結結巴巴地道：「我看情況，和你回……回去。」

冬夜寒冷蕭索，吹得窗戶咕咚作響，冷雨黏了滿窗。

書房裡面暖黃檯燈亮著，秦渡倒了杯葡萄汁給許星洲，許星洲捧著涼涼的玻璃杯，坐在他的身側。

秦渡想了想，決定先從爸爸開始說起。

「我爸人有點嚴肅……倒是不凶。他們這一輩總共三個孩子，我大姑姑、二姑姑和我爸。大姑姑走得早，死的時候才二十多歲，是七二年的時候被當成走資派[1]批鬥死的。」

「二姑姑就是秦長洲他媽媽，我爸是家裡的么兒，年紀最小。」

許星洲睜大了眼睛。

「——我爸十幾歲的時候，離家出走。」秦渡認真地道：「我爸沒讀大學，白手起家，他在底層摸爬滾打這麼多年，吃過很多苦。」

秦渡笑道：「所以他脾氣比較硬，不過也很能開玩笑，總之不可怕。」

真的不可怕嗎！

許星洲想起暑假時在SIIZ中心看到的那個大叔，看起來真的有點可怕，緊張地去拽師兄的手。

秦渡莞爾道：「可能原本可怕吧，我不曉得。反正橫豎有我媽在，他脾氣不會太壞的。」

「我媽呢，是爸爸的青梅竹馬……兩個人一起長大。」

秦渡笑著說。

他敘述時的語氣特別輕鬆，彷彿那是個經年累月的童話一般。有他的情緒帶動著，連帶

1　走資派，共產黨內部走資本主義路線的當權派。

著許星洲的緊張都緩解了不少。

「——她從小成績就特別好，和妳就不太一樣。」秦渡揶揄地說：「我爺爺奶奶家藏書多，還有很多孤本，她就經常來借，後來一來二去，跟秦家小哥看對眼了。」

許星洲噗哧笑了出來。

秦渡成功逗樂了許星洲，又湊過去親了親她。

「我媽，」秦渡親完，認真地道：「……被我爸寵愛縱容，讀了一輩子書。」

秦渡嘴裡的他媽媽，和姚阿姨頗有幾分相似之處。

極其聰明，對人溫柔有禮，非常喜歡新鮮事物。

姚阿姨的念書熱情就非常高，簡直是一種「活一輩子不把好玩的東西都學一遍的話等於白活」的學法，秦渡說他媽媽就是個很有激情的人，廣泛地學，卻不為名也不為利。

而且，最近還在繼續念書深造。

許星洲聽完，終於不再那麼緊張。

她考試結束的時間比秦渡要早得多，新聞學一月十號就能考完最後一科考試，數學系則要等到十八號，他們中間差著七天。許星洲和秦渡商量了一下，決定一月十一號回湖北，一月十六號再回來。

秦渡笑著問：「嗯，行。年就在我這過了？」

許星洲支支吾吾地嗯了一聲。

先……先湊合看看，吧。

許星洲想。

許星洲和程雁一起收拾了行李。

程雁回家的積極性是很高的，她打算一考完試就回家。秦渡一開始想幫許星洲訂機票——可是這提議被許星洲拒絕了，她和程雁一起買了兩張鄰座的火車學生票。

程雁吃驚地問：「妳這次就是打算回去幫奶奶上個墳而已？不在家過年了？」

許星洲笑咪咪地點了點頭：「嗯，今年就不去蹭我爸家了，過年的時候跟秦師兄去見家長。」

程雁：「……」

程雁發自內心地道：「杉菜，如果妳被嫌棄了，妳可以隨時打電話來找雁姐姐痛哭。」

「……」

許星洲覺得不爽，然而無從反駁。

那天早上天還沒亮，秦渡就開車把她們送到了火車站。

他幫許星洲和程雁拎了行李，又對許星洲耳提面命了一番，讓她在車上好好睡一覺，午飯必須吃阿姨帶給她的，火車上的難吃便當不到萬不得已不許亂碰，到站要立刻打電話給他。

從虹橋到他們老家，足足要七個多小時的車程——列車將途徑蘇州、南京、合肥、六安和漢口仙桃等地，最終抵達長江沿岸那個小城。

冬陽煦暖，車軌沿途田埂荒涼，一片冬日景色。

車廂裡吵吵嚷嚷，程雁個子高，行李又多，坐在二等座有點施展不開，極其不自在地問：「粥寶，妳真的打算去見他家長了？」

許星洲一愣答道：「也……也許吧。」

「見家長倒不是什麼大事。」程雁道：「都到年紀了，妳看我們班上那個誰，去年不就已經和女朋友家長吃過飯了？」

「問題是，我們周圍的人都沒有經驗。」

程雁話鋒一轉：「許星洲，妳知道見家長要注意什麼嗎？」

許星洲看小說從不看宅鬥，也不刷網路論壇，只喜歡看社群軟體上的傻段子，對這種男女相處間的、涉及當地風俗的高級知識一無所知。

許星洲想了很久，回答時頗為痛苦：「……我不曉得。」

程雁同情地看了看許星洲：「妳還是去問問吧，別去了婆婆家犯錯。」

許星洲：「……」

許星洲立刻又開始焦慮。

「妳不是有個網友……」程雁茫然道：「她和她男朋友在一起蠻多年了嗎？妳問問她。她應該有經驗。」

這問題確實現實。

許星洲媽媽那邊倚仗不上，而認識的人年紀都與她相仿，當今社會年輕人有對象的已經不多了，有性生活的更少，其中進行到見家長一步的更是鳳毛麟角。

所幸許星洲認識一個女孩子——一個目前很紅的太太，筆名關山月和她同齡，已經差不多和男朋友談婚論嫁了。

許星洲和這個太太是在社群軟體認識的。許星洲那時候沉迷《銀魂》，而那太太就是銀土圈[2]鎮圈之寶。太太那年也就十六歲，高一，屬於絕對的天賦型畫手，想想，十六歲，畫得就已經相當大觸[3]相當厲害了。

後來關山月太太果然在十七歲的那年，就得了一個很大的獎項。

從此她鳳凰涅槃，一飛沖天——如今已經是個小網紅了，在 illiArts 讀書。

許星洲非常愛她。太太畫的肉汁四溢小黃圖十分美味，許星洲發自內心地、變著花樣讚美太太，幫太太打 call，真情實感吹她是神仙畫畫——如此沒幾天，就把太太勾搭上手了。

2 銀土圈，是《銀魂》裡的主角阪田銀時、土方十四郎的BL同人圈子。

3 大觸，網路流行語，是稱呼有非常高技術的動畫、漫畫、遊戲、小說領域高手，後泛指各領域非常厲害的人。

她們的相識，不過多贅述。

總之她們認識四五年了，這關山月太太是二十歲的許星洲所認識的唯一一個能知道這問題答案的熟人。

火車掠過平原，許星洲瑟瑟發抖地傳訊息給關山山，問：『太太！我過年的時候要去見秦師兄的家長了，有什麼要注意的嗎？』

列車呼地穿過山洞，訊號縹緲不定，過了許久才出現關山山回覆。

關山山說：『恭喜！不過我不曉得耶。我那時候完全是災難性見面……那時候我家老沈都還不是我家的，而且那時候我年紀也不大，十七歲那年，談不上什麼正式。』

許星洲腦袋當即就是一炸。

『而且呀，』關山山認真地解釋：『去見男朋友家人這種事，每個地方的風俗都不一樣。有些地方見面要收到婆婆紅包才行，有些地方要送東西，有的地方要買得貴重，有的地方就只需要伴手禮，粥寶妳要好好了解本地風俗才行。』

許星洲：「……」

關山月太太說得很對，許星洲陷入沉默。接著她翻出本地人譚瑞瑞的對話方塊，看了許久。

譚瑞瑞部長……應該也不知道吧……

二十歲出頭的年紀幾乎沒人了解如此高端的知識，許星洲對這件事心裡清楚——何況秦師兄的家庭實在是非同凡響。

許星洲對著手機螢幕看了半天，覺得應該抽空去找姚阿姨問問。

✧

火車在中午時過了漢口，在漢口足足停了十二分鐘。

然後那列車在鐵軌上顛簸一個多小時後，到了他們家鄉所在的小城。

許星洲下車時，先是被一陣妖風吹得一個哆嗦。藍天萬里蔪然，寒風凜冽，她穿了條蘇格蘭呢子裙，裹了鵝黃的大衣，大衣衣擺在風中獵獵作響，撲面而來的是連保暖內搭褲都遮不住的寒氣。

在乘務人員吹哨子的聲音和寒風之中，程雁莞爾道：「一年沒回來了吧？」

許星洲茫然地嗯了一聲。

「回來就好好休息一下，」程雁問：「有地方睡嗎？」

許星洲拽了拽小行李箱，低聲道：「睡我自己家。」

程雁：「……」

程雁有點不贊同地道：「不好吧？妳都走一年了，那地方都是灰塵，能睡嗎？不然許星洲妳和妳爸說說，先去他家湊合應付幾天，反正又不在他家過年？」

「……」

「我才不去別人家討人家嫌呢，」許星洲將行李箱一拽，對程雁說：「我那個妹妹看到我臉就拉得很長。我在她家睡一個星期？除非不想過了。」

然後許星洲又對程雁道：「——我寧可在我自己家烤電暖扇。那好歹也是自己的。」

對啊，那總歸是自己的。

許星洲時隔一年，終於去幫奶奶上了一次墳。上完墳，又和她爸爸一家吃了一頓晚飯。

結果，她在飯桌上被自己那個同父異母的妹妹表達了一通極其直白的討厭。

許星洲被討厭的理由也很簡單。她的這個妹妹也就十幾歲的年紀，被自己父母嬌生慣養，要什麼有什麼，寵著供著，呵護著捧著，一切為她讓路。而許星洲這個孩子，在她父親和那個阿姨的嘴裡，都屬於「別人家的孩子」——成績好、漂亮、一向省心。

許星洲在她爸爸家從不多說話，只安靜坐著吃飯，有時候順著兩個長輩，聊一下學校的事。

她爸爸在飯桌上問：「星洲，下學期就要實習了吧？」

許星洲點了點頭，那個阿姨又活躍氣氛般地說：「老公你看，星洲就是省心，升學實習這些事你都不用操心。看看我們單位那個老張他女兒，實習都得她爸出面幫她找。我們星洲就從來不麻煩長輩。」

「星洲今晚住下吧？」那阿姨殷勤地說：「也好帶動下妳妹妹，小春期末考試考得不太好，還有很多需要向妳學習的東……」

阿姨還沒說完，她的妹妹——許春生，就清清脆脆地開了口：「媽媽，妳讓我學什麼？學姐姐生病嗎？」

許星洲：「……」

「姐姐成績確實比我好多啦，」小女孩甚至帶著點惡毒地、脆生生地說：「可是姐姐總生病，總去住院，媽媽，妳總不能讓我學這個吧？」

許星洲看了她一眼。

這個小女孩其實和許星洲長得不太像，只有少許幾個地方能看出她和許星洲的血緣關係。

接著許春生又惡意地問：「再說了，她傳染給我的話怎麼辦啊？」

那一瞬間，飯桌上的氣氛都僵了。

大概沒人能想到小孩子能說出這種話，連許星洲都愣了一下。她父親似乎馬上就要發火，許星洲卻溫和地笑道：「首先，憂鬱症不傳染。」

然後許星洲把盤子裡唯一的那一隻雞腿夾進了自己碗裡，和善地對許春生說：「——其次，長得好看的人，連憂鬱症發作，都能遇到英雄去拯救喔。」

許星洲從爸爸家出來時，月朗星稀路燈昏暗。她孤零零地走在街上，就覺得老家實在是太難受了。

這地方，對她毫無歸屬感可言。

小城冬夜，寒風凜凜。街上也沒什麼人，朔風一吹，許星洲難受得幾乎想立刻回自己家，蜷縮在床上睡一大覺。

結果她還沒走幾步路，手機就響了。

是秦師兄打來電話。

許星洲那一瞬間就覺得想哭，她凍得哆哆嗦嗦，手指通紅冰涼，她按了半天接聽鍵都沒有反應，最後還是用臉碰開的。

秦渡：『回家了？』

許星洲忍著鼻音，難受地嗯了一聲。

「在……」許星洲抽了抽鼻尖道：「在回家的路上了，不遠，我攔不到車，現在走回去。」

秦渡那頭沉默了片刻，問：『是不是受委屈了？』

許星洲眼淚都要出來了，哆哆嗦嗦地嗯了一聲。

秦渡立時就控制不住自己的脾氣：『操他媽——』

『——操他媽的，』秦渡憤怒地道：『他媽的我是讓妳回去當小白菜的？飯吃飽沒有？餓的話現在就去吃！』

許星洲的淚水，那一瞬間決堤而出。

天際一輪月圓。

她走在街上，穿過熟悉的小巷和胡同。黑暗長街上地磚碎裂，梧桐樹下漏出點點黃光。

許星洲小時候曾經在這些小巷裡奔跑穿行，腳底生風，臉上還貼著和別人打架留下的OK繃。那時她會跟奶奶要零用錢，去雜貨店買戒指糖和潮汕無花果乾，去推車的老奶奶處買一大捧翠綠肥嫩的蓮蓬。

如今那些雜貨店店門緊閉，賣蓮蓬的老奶奶已經多年不見，甚至不知道是不是尚在人世，這條街上只剩一個長大的許星洲蹣跚著，往前走。

電話裡秦渡簡直要被氣炸了，可是又心疼得不行，捨不得對他家女孩發脾氣，忍耐著道：『……妳什麼時候回來？』

許星洲帶著哭腔道：「師、師兄……」

許星洲知道她一用這種模樣和秦師兄哭，秦師兄能被她哭得肝膽俱裂，可是她還是忍不住。

——在這荒涼世上，在人孤獨行走時，其實是能做到刀槍不入的。

就像南極比爾德摩爾冰川的億年冰床，又似喬戈里峰萬年不融的積雪。他們沉默而堅持，亙古地映著沒有半絲暖意的陽光。

可是，一旦有人用滿懷柔情一腔心尖血澆上堅冰，堅冰就會受熱，融下淚來。

這裡不是家。

許星洲哭著道：「明、明天……我明天就回家。」

秦渡沙啞地回答：『我幫妳買票。』

她走回家的一路上，秦渡一直在哄她。

許星洲是個天生的哭包，不哭則已，一哭就沒完，而且越哄哭得越厲害，她連鼻尖都哭得生疼，連前路都模糊了。

她到了奶奶家小院前面，掏出了鑰匙。門口枯萎枝頭掛著風乾的柿子，許星洲一邊揉著眼睛，一邊打開了大鐵門。

『到了？』秦師兄大約是聽到了咕咚一聲鐵門合攏，在電話裡低聲問。

院子在冬天一派荒涼之色，許星洲擦了擦眼睛，哭著嗯了一聲。

在許星洲小的時候，這荒蕪院落曾是她的城堡。

十幾年前，這裡樓頂爬著青翠絲瓜藤，向日葵生長，深紫肥嫩的茄子垂在地上，枯黃竹竿上綁著毛茸茸的小黃瓜，小許星洲渾身是泥的、過動症一般往缸裡鑽。

接著，那個小泥猴子會被奶奶用雞毛撣子虎虎生風地趕出來。

十幾年後，長大的許星洲回到了她的城堡，秦渡說：『今晚不掛電話，就這樣睡。』

許星洲帶著哭腔，哆嗦著嗯了一聲。

她推開屋門，裡面黑漆漆的，到處都是灰，連牆角蛛網都髒兮兮的。

屋裡甚至比外面還冷，許星洲開了燈，白熾燈嗡嗡跳了跳，不情不願地亮起。

秦渡說：『小師妹，等妳回來，師兄帶妳去買東西，今晚不准再哭了……』

現在就學會帶人買東西了，許星洲破涕為笑，擰開電暖扇，在沙發上蜷成一團。

過了一下，又把凍得通紅的手指伸過去取暖。

『我就是考試沒跟妳一起回去……』秦師兄沙啞道：『反正沒有下次了。』

許星洲一揉眼眶，連上了耳機。

「師兄，」許星洲拽著小麥克風，還帶著點鼻音開口：「你等一下哦，我傳幾則訊息，有幾個問題我覺得必須要問了。」

秦渡：『啊？』

許星洲誠實地道：「也不是什麼特別的問題，主要是關於見家長要注意什麼內容吧，我怕我見叔叔阿姨的時候緊張到吐出來……」

『……』

秦渡嘆了口氣：『說了我家裡沒那麼可怕……也行，盡量找個可靠點的人。有點建議也好。』

於是許星洲笑了起來，又啵嘰一聲笑出了鼻涕泡。

許星洲：「……」

這他媽也太丟臉了吧，怎麼樣才能每次哭完都能笑出鼻涕泡？幸虧師兄沒有在旁邊。要是他在旁邊，怕不是要被嘲笑死。

許星洲立刻裝作無事發生，抽了兩張紙，把鼻涕泡擦了。

「可靠的，肯定可靠。」許星洲一邊擦鼻涕一邊對電話道：「是暑假的時候認識的一個阿姨，涵養很好，特別溫柔。不會害我的。她平安夜那天還請我吃小蛋糕。」

然後，許星洲點開了「姚汝君阿姨」的聊天紀錄。

03、歸家

許星洲和姚阿姨的聊天記錄，在五天前就有過一次。

因此，這樣貿然去找阿姨問這種問題，也算不上突兀。

她們這個聊天頻率其實已經非常頻繁了，許星洲學期中時就和姚阿姨約過數次咖啡。姚阿姨專門帶她去喝了江景下午茶，五天前姚阿姨分享了個科學松鼠會的粉絲專頁文章〈感染流感〉給許星洲，並且貼心地提醒她多加衣服，天冷，不要感冒。

甚至帶著點父母般的柔情。

許星洲以前刷社群時，曾見過無數人吐槽「父母總是分享一些亂七八糟的文章給我怎麼辦」，並且截圖了許多他們與父母的聊天紀錄。那都是他們的父母傳來的「不轉不是國人」、「刪前速看」系列的，還有一部分是槍手寫的心靈雞湯。

這些心靈雞湯，許星洲大一時就寫過。

有外系的學姐令許星洲代過筆，稿酬一篇二十五元。

許星洲那時想買Kindle，於是寫了許多許多篇，甚至其中有兩篇閱讀量還相當高，可是她寫了那麼多篇，卻從來沒有收到過任何人傳來的心靈雞湯。

如果有人能傳給我就好了，那時的許星洲想。

……可是從來都沒有人傳給她過。

許星洲從來沒有加過她媽媽的好友，和爸爸幾乎只剩每個月的寒暄和生活費的轉帳，許星洲總是看著別人吐槽，看著別人的共鳴。

直到她認識了姚阿姨。

姚阿姨對她有種令人難以置信的溫柔，從此有了人分享一些粉絲專頁的文章給她。

許星洲蜷縮在年歲可能比自己還大的沙發上，風呼哧呼哧吹著窗戶，她抽了抽鼻尖，秦渡應該是去洗澡了，耳機裡傳來唰唰的水聲——手機應該就在浴室的洗臉臺上放著。

他既然說了要通著話睡覺，就不會讓許星洲聽不到他那邊的聲音。

許星洲搓了搓涼涼的手指，傳訊息給姚阿姨。

『阿姨晚上好呀。』許星洲傳過去。

她又在輸入框裡輸入：『我今年寒假要去見男朋友家長了，可是我對這件事一無所知……』

許星洲還沒傳送，又想起姚阿姨總想撮合自己和她兒子——甚至上次去喝下午茶時都賊心不死。這要是讓秦渡知道，以秦師兄對待自己時的小肚雞腸，極有可能打電話去和姚阿姨吵一架。

她立刻將一大堆字刪了。

許星洲重新編輯了一則情感豐沛的訊息：『我家師兄今年過年要帶我回去見家長，可是我完全不知道見家長要做什麼，阿姨，妳有什麼建議嗎？』

——點擊傳送。

許星洲鬆了口氣，放下了手機。

秦渡那邊遙遙傳來他的聲音：『妳今晚早點睡啊，票是明早七點的。』

許星洲興高采烈地嗯了一聲。

那時候都十點多了，姚阿姨的作息又相當老年化，許星洲以為她早就睡了，怎麼都沒想到她幾乎是秒回了一個貼圖。

姚阿姨問：『跟……跟他回家過年？』

許星洲撓了撓頭：『是呀。我師兄他是上海本地人嘛，就想來問問阿姨……』

姚阿姨那邊安靜了許久。

許星洲又擔心姚阿姨不曉得自己為什麼找她，補充道：『因為阿姨妳可能比較明白本地風俗，而且師兄的媽媽好像和阿姨挺像的，我想參考一下……』

姚阿姨突然說：『帶個人就行了。』

許星洲頭上冒出個問號。

什麼叫帶個人就行了？許星洲有點愣，又看到姚阿姨補救般地傳來訊息：『我們沒什麼本地風俗，完全不用怕，直接來就行。』

……「來」就行？許星洲感覺有點奇怪。

姚阿姨糾正：『去就行。』

原來是打錯了字，許星洲嘆了口氣，說：『什麼都……不需要注意嗎？』

『不需要，』姚阿姨篤定地說：『覺得空手來不好的話帶一束花就可以，風信子和康乃馨，還覺得不好意思的話提點可愛的伴手禮就行。』

……空手「來」？不是「去」？這是第二次手誤了吧？

許星洲畢竟是學新聞的，對漢字嗅覺極其敏銳，立刻就發現了盲點。

姚阿姨立刻糾正：『空手去。』

許星洲本來打算一月十六號回上海，她那時候計畫在老家待一個星期，見見同學，見見老師，參加個同學聚會，連回程的票都買好了。

結果老家和秦渡那邊的對比過於慘烈，她十三號早上就回了上海。

她上火車時，甚至沒有對家的半分迷戀。

許星洲意識到這座名為老家的城，只剩奶奶的墳塋和童年的殘影還拴在自己的腳踝上，其他的部分和自己並無瓜葛。

父親也好，母親也罷，血緣上的妹妹——這些都和許星洲沒有半分關係。

許星洲坐在露臺旁的沙發上，她裹在小羊毛毯子裡，捧著剛磨的、熱騰騰的美式咖啡——想起奶奶曾和幼時的自己耳提面命：拿筷子不要拿筷尾。

小許星洲吃飯剛學會拿筷子時，總喜歡捏著筷子最上面的筷尾。奶奶就很不高興，說筷子拿得高嫁得遠。奶奶也說過長大以後不要離開家——許星洲的奶奶總帶著一種老舊而封建的慈祥。

小許星洲當時嗤之以鼻。

誰能想到，奶奶居然一語成讖。

許星洲嘆了口氣，站起身來，摸了大衣套上，對樓上喊道：「師兄！」

秦渡在樓上書房遙遙應了一聲。

「師兄，」許星洲把小毛毯抖落一側，大喊：「我想出門買東西！」

你來給我當錢包，許星洲想，我要窮死了。

畢竟我買什麼都無所謂，我自己隨便穿隨便買，照著女大學生的標準活得很開心，但我不可能用這種標準去糊弄你爸媽呀。

然而秦渡說：「妳自己去吧，我這忙著呢。」

「……」

許星洲還試圖掙扎一下，強行拉師兄去當ＡＴＭ刷卡，然而秦渡大概是明天要考試的緣故，在樓上，直接把書房門關上了。

他是不是以為我很有錢！

許星洲真的好生氣。

姚汝君收到許星洲求助時，還在家裡對著烏龜嘟嘟喝下午茶。

秦渡爸爸對貓狗的毛過敏，他的信念就是他們夫妻除了兒子不養別的活玩意兒——姚阿姨又挺怕無毛貓這種邪神物種，因此在家裡養了一隻和自己兒子名字極其相似的烏龜。

姚阿姨坐在陽光房裡，沐浴著溫暖的陽光，身邊就是盛開的百合，她剛往伯爵紅茶裡加了兩塊方糖，就看到了手機嗡地亮起。

『阿姨，』宇宙第一紅粥粥傳來訊息：『阿姨妳有空嗎？我現在要買點禮物給男朋友的父母……』

姚阿姨：「……」

姚阿姨開著車出現在購物中心時，許星洲已經捧著奶茶等她等了好久了。

天很冷，冬季傍晚的東北風如刀割一般。小女生穿了件鵝黃色的繭型大衣，凍得有點哆嗦嗦的，一頭長髮披在耳後，襯得面頰白皙，如同梔子花一般，站在路邊的冬青之間，小小地跺了跺腳。

看起來就是個大學生的模樣。

……果然在這種地方。

南京西路恆隆廣場，姚汝君嘆了口氣，要是自己不來，還指不定她會買什麼呢。

姚阿姨出現在這裡，其實就是怕許星洲太害怕了，亂買東西。

人是不能做虧心事的，姚阿姨捂著小馬甲皮了半年，裝作自己是一個普普通通的小阿姨，結果到了星洲要來見自己的時候，她好像是真的挺害怕的，因為對「秦渡媽媽」這個身分一無所知。

姚阿姨連良心都受到了譴責。

可是馬甲不能現在掉。

她溫和地問：「星洲，在這裡等什麼呀？怎麼不進去？」

許星洲羞恥地說：「不……不太好意思……」

「不太好意思」幾乎可以翻譯為「她應該沒進去過」——許星洲怎麼看就是個大學生的模樣，根本不是這品牌的目標客群。

「有什麼不好意思的？」姚阿姨溫柔地說：「走了。」

進了店之後，許星洲總覺得姚阿姨似乎滿常來這裡的。

那些訓練有素的銷售員姐姐似乎和姚阿姨還挺熟，不住地和這位太太推薦二〇一八春夏新品包，姚阿姨全部婉言謝絕，甚至謝絕了店員的陪同，陪許星洲看要買什麼伴手禮。

許星洲和秦渡在一起，倒是從來沒破壞過自己的消費結構。

這其實是一個相當健康的模式，許星洲樂得如此，甚至連買東西的方式都沒怎麼變。秦渡也不干預她，交往之後最大的不同就是許星洲從月末就想撞牆的小辣雞變成了一個每個月都有保障的人——雖然這個保障，她幾乎不用。

他們花錢的時候其實有點混著來的意思，花起來也不分彼此。別看秦師兄表面小氣得要命，可是其實和許星洲出門時經常買雜七雜八的玩意兒給她，刷卡時絲毫不眨眼，完全不是個疼錢的模樣，可是有一點很莫名其妙的就是——他們沒有金錢往來。

完全沒有。

硬要說的話，只有暑假時，秦渡給她的那張他的實習金融卡。

許星洲作為一個小天使性格，完全不介意這個，她是典型的有錢就花，沒錢拉倒，從不強求。月末就不去快遞站拿快遞，月初快遞就瘋狂來襲，過得也挺滋潤。

——直到今天。

姚阿姨苦口婆心勸住了許星洲買包給「那個阿姨」的念頭，也勸住了許星洲買東西給「那個叔叔」的想法，許星洲最後就幫阿姨挑了一個小巧可愛的錢包，又幫叔叔挑了些東西。

店員道：「謝謝惠顧，一萬五千八百元。」

「……」

靠，這也太貴了吧！平凡女孩杉菜——不對，許星洲特別想衝回家，把那條期末考試狗痛扁一頓。

至少給我跟出來刷卡啊混蛋！

一萬五是能從天上掉的嗎！

姚阿姨明顯感覺到，旁邊小女生氣場低了八度。

不會吧？姚阿姨驚恐地想，難道兒子還在剋扣這個小女生？他一開始的時候確實小氣得跟個槓精一樣，那些光輝事蹟就差在這群老阿姨嘴裡傳開了，許星洲這小女生轉兩千多塊給他然後封鎖他兩次的故事簡直是二〇一七年年度陳家那小子酒後最愛講的笑話。

她兒子總不能到了現在，還小氣成這樣吧？

女孩毫不遲疑地對店員說：「等一下喔，我先打個電話。」

她說著就掏出了手機。

姚阿姨想到她轉了帳才封鎖自己兒子，而且還這樣搞了兩次，此時再一看這個小女生都覺得心疼，忍不住對店員開口：「你們直接記我帳……」

「上」字還沒說出來，姚阿姨就聽見了那邊電話接通，自己兒子「嗯？」的一聲。

這感覺實在太奇妙了，姚阿姨想，在不知道婆婆身分的小兒媳婦旁邊聽她和自己的兒子打電話──姚汝君阿姨忍不住體會了一下這種〇〇七的快感，又忍不住偷偷去聽他們小倆口的通話。

秦渡這壞球是真的沒給小女生錢嗎？

沒給錢的話，是時候回去敲打一下老秦了──姚阿姨想，這人都怎麼教兒子的啊，一家人從上到下都是槓精小氣鬼，這家門還怎麼讓人進喔。

「師兄，」許星洲甜甜地道：「我現在在外面買東西。」

電話裡，阿姨兒子的聲音清晰地傳來：『怎麼了？沒帶卡？還是買得太多回不來了？』

許星洲說：「帶啦！我就是和你說一聲……」

她撓了撓頭，有點不好意思地說：「……就是說一聲，師兄暑假給我的那張卡，我之前從來沒用過，裡面應該還有一萬五吧？」

『……』

一萬五。

那一瞬間，電話那邊安靜了。

連姚阿姨都陷入了令人窒息的沉默。

許星洲甜甜地對話筒道：「嗯！有就好啦！師兄這張卡我刷一下呦！」

接著，許星洲掛了電話。

然後，她從錢包裡摸出一張姚阿姨非常熟悉的卡，禮貌地遞給了店員。

許星洲回家時，已經挺晚的了。

冬天天黑得早，姚阿姨和許星洲在外面開開心心吃了一頓韓餐，又開車把她送到樓下。許星洲推家門而入時，秦渡正在沙發上坐著，盯著電腦螢幕沉思。

許星洲笑道：「師兄，我回來啦。」

然後許星洲蹬掉鞋子，她腳也凍得冰涼，手也像冰塊，她把大衣一甩，忙不迭地跑到沙發上，鑽進了師兄懷裡。

她身上太涼了，秦渡被刺得一個激靈。

外面的確是濕冷——許星洲耳尖髮梢都冰涼如雪，像個小冰棒。秦渡摸著都心疼，就把許星洲的小爪子拽到自己的肚子上暖著。

許星洲討好地說：「師兄腹肌真的好摸耶。」

然後還故意摁著，揉了揉。

女孩子十指纖纖，生得像水嫩嫩的小蔥段，這一摸簡直他媽的要了秦師兄的命。秦渡簡直受不了，集中了一下注意力，沙啞地問：「……那張卡妳沒用過？」

許星洲確實沒刷過那張卡。

秦渡那張簽帳金融卡在許星洲的包裡打了一個多學期的滾——許星洲連錢包都沒有，錢啊手機啊都是亂放的，那張卡與薄荷糖和中性筆廝混了一個學期，飽受虐待，卡邊都毛起來了。

許星洲認真地道：「沒有用過。」

「那他媽是我入的股……」秦渡被摸得聲音沙啞：「妳居然連裡面有多少錢都沒看過？我真的……妳……妳別摸了。」

許星洲笑著問：「錢很多嗎？」

雖然問歸問，可她似乎根本不在意答案，又甜甜地湊過去親他。

客廳裡昏暗溫暖，秦渡被女孩親得心潮蕩漾，接著就感受到她的手朝裡一鑽，那軟軟的手指冰冰涼涼、帶著外面的寒氣。

秦渡登時倒抽一口涼氣。

「許星洲——」他聲音都啞了：「妳他媽幹什麼呢？」

許星洲感慨道：「真的，我一摸就有反應耶……」

秦渡眼珠都紅了。

許星洲居然還渾然不覺，帶著些探究的、占有的意味，捏著晃了晃。

「今天我有看到別人說——」她認真地道：「男人一天要起來個十幾二十次，而且對自己喜歡的人，那個的次數就會更多。」

秦渡簡直都要瘋了：「許星洲妳……」

女孩只穿著寬鬆的針織毛衣，縮在秦渡懷裡，細腰還被他一手扣著，盈盈一握，這姿態簡直不能更勾人。

小混蛋同情道：「好可憐哦，師兄還要考試。」

秦渡二十歲的時候，有一天夜裡，他和他那群紈褲朋友在酒吧喝多了，聊起了婚姻和相伴。

那場合沒有女性朋友參與，只有幾個他們找來的嫩模。而嫩模於他們而言，算不得人。於是一幫大老爺們口無遮攔，黃色笑話漫天亂飛——有人說一定要找胸大的，有人說要找把自己當天供著的、以夫為天的小媳婦，有人說相伴我不曉得，玩夠了再說，我最近看上了一個主播……

同行的有一個年紀大一些的混血。他說，我想找個看上我的人，而非我的錢的。

大家都笑死，說他偶像劇看多了，瘋了。

你身分地位擺在那裡，身價就擺在這桌上，與你相伴隨行，如此已經算你性魅力的一部分，怎麼能剝離開？

是啊，怎麼能剝離開？

可是秦渡與他們對視的時候，都能意識到在座的每個人都希望能有個人愛上自己「本身」，而非他們在帳單上的簽名背後代表的一切。

誰不想被愛呢。

秦渡朦朦朧朧地想起那天晚上的燈紅酒綠時——

他的星洲，就在他身下發抖。

冬夜凜冽。

「叫師兄，」在客廳的燈光中，秦渡溫柔地騙她：「叫師兄，我什麼都買給妳。」

女孩被逼到極致，就亂七八糟地喊他的名字，只喊秦渡兩個字，又被秦渡捏住了下巴——她哭著說自己最喜歡他了，什麼都不要。

——什麼都不要是吧。

可是我想把世界給妳啊。

許星洲被他折騰得受不了，難以忍受地哭了好幾次。秦師兄的花樣多得可怕，許星洲到了後面幾乎只會哭了。

後面秦渡隨意搭了條浴巾，許星洲乖乖縮在他懷裡，坐在沙發上陪他複習。

燈光昏暗，她手機上叮咚來了一則訊息，許星洲累得手都抬不起來了，好不容易解了鎖，發現是姚阿姨傳來的文章：〈髒髒包批判〉。

姚阿姨連看的文章都與眾不同……

一般不會有人讀長輩傳的文章，可是許星洲會讀，她打了個哈欠，趴在秦師兄懷裡，認真讀了。

這篇文章講的是從髒髒包熱潮引申出的消費主義陷阱和消費主義的符號價值，與其帶來的盲點。文章比較長，講得極其通透，尤其是關於符號價值的定義部分，堪稱精妙絕倫。

許星洲看得津津有味，也覺得能篩選出這種有意思的文章的姚阿姨令人敬佩，很羨慕能擁有這種母親的人。

如果這是我媽就好了，許星洲想。

她看完，正準備和姚阿姨討論一下文中所說的 wants 和 needs 的界線在何處，就看到姚阿姨傳來幾張圖片。

姚阿姨問：『星洲，好看嗎？』

那是幾張包包的實拍。

姚阿姨應該是在逛街，那款式都是 p 家和 h 家春夏流行的馬卡龍色，特別青春，還帶著小徽章和小繡花，許星洲一看就覺得好漂亮啊姚阿姨連審美都這麼棒，簡直就要無腦讚美！

她蹭了蹭師兄，回覆姚阿姨：『漂亮！好看啊啊啊！但是是不是有一點太青春了……』

畢竟這些包款式又青春又活潑，可姚阿姨年紀也不小了，明顯是走知性溫婉風格的。

姚阿姨和善地回覆：『不是我背啦，這種款式是給可愛的小女生的。』

許星洲笑了起來。

秦渡伸手摸了摸許星洲的腦袋，問：「怎麼了？」

許星洲笑咪咪地搖搖頭示意沒什麼，接著看見秦渡手機一亮。

許星洲說：「師兄，有訊息啦。」

她說著，把手機拿了過來。秦渡手機一拿起，重力感應一亮，許星洲清晰地看見傳來訊息的人是「姆媽」——上海話媽媽的意思。

螢幕上赫然一行字：『姆媽分享了一篇文章給您。』

「又傳文章給我，」秦渡看了一眼，莫名其妙道：「傳粉絲專頁文章是二十一世紀家長病嗎？我又不看，她傳得倒是挺勤的。」

許星洲一聽就知道是怎麼回事：「是……是媽媽嗎？」

秦渡嗤地笑了起來，在許星洲髮旋親了親，溫柔地說：「嗯——我媽。」

「粥粥，幫我回個晚安給她？」

04、江闊

秦渡說完，許星洲微微一愣。

「不……」許星洲小聲道：「不了吧，我還是有點緊張。」

她似乎還是不太敢和那個阿姨打照面。

許星洲生怕自己對秦渡媽媽建立起太好的印象，最後又發現她不喜歡自己——這樣的事情對許星洲應該是巨大的打擊，因此她目前還不敢和這個阿姨有任何溝通。

——她認為，對秦渡的家庭成員一切印象的建立，都應該等他們正式見面的時候再說。

秦渡明白這一點，因此也不去強求。

可是，秦渡真的覺得，許星洲不應該擔心。

秦渡幾乎就沒有操心過見父母這件事——一來是他的確已經經濟獨立，他高中時還是刷他爸爸的信用卡附卡，可是從他成年開始，就能經濟自立，繼而決定自己的將來了。

他們這一輩人大多如此，尤其是有能力的人，都是自己去闖的。

二來，是秦渡有足夠的自信，能頂住一切指向許星洲的外來壓力。

經濟獨立的人向來不受制於父母，而秦渡的父母又開明，不會干涉他的決定。

硬要說的話，秦媽媽一開始的確是和秦渡談過許星洲的事，態度不太贊同，認為這個女孩不適合他。可與此同時，也對自己的兒子展現出了應有的尊重，不曾有過半分干涉。更奇怪的是，從暑假時開始，他媽媽連抵觸許星洲的情緒都沒展現過。

——去年暑假似乎是個奇怪的節點。

秦渡也不明白半年前的暑假期間究竟發生了什麼，總之暑假之後他媽媽甚至主動提過要不要讓「那個女孩」來家裡吃個飯。

秦渡當時以有點太早為理由，拒絕了秦媽媽的邀請。

夜深風驟，秦渡把許星洲往懷裡攬了攬，示意她靠在自己胸口睡。

許星洲哼唧了一聲，抱住了他的脖子。

✧

秦渡考完試的那天下午，校園裡都快空了。

學校照顧他們大四的畢業生，把最重要的科目放在了最後。一月十八號那天陽光燦爛，冬陽下映著校園裡無盡光禿的樹枝。

許星洲就這樣坐在太陽之下，等候他考試結束。

秦渡考完出來時，是和他的同學一起的——在一群穿著格子條紋襯衫配羽絨外套的理工男之中，許星洲一眼就看到了他：他套著件NASA聯名衝鋒衣，穿了雙AJ1×OFFWHITE——這是他前幾天剛收的快遞，如今簡直是一群樸實理工男中唯一的一隻騷雞，混進去的男模。

「秦渡，」他的一個同學笑道：「這就是你女朋友？」

許星洲笑道：「學長們好呀。」

秦渡嗯了一聲，許星洲立刻抱著自己的小包包，過去抱住了秦渡的手臂。

「這個學妹真是只聞其名不見其人啊。」另一個人笑著說：「我還記得我們大一的時候打過賭，就賭渡哥這種人能不能在大學裡脫單——別看他帥，可絕對是個天煞孤星。」

秦渡嗤笑了一聲。

接著他伸手揉了揉許星洲的頭，許星洲對著秦渡的同學笑道：「那還真是巧了耶！我室友也打過這種賭！就賭我能不能在大學裡脫單。」

許星洲人生得好看，笑起來簡直能把人的心都笑化了，說起話也甜得像小糕點一樣，那群理工男都是一呆。

在這群人「妳撒謊吧」的目光中，秦渡漫不經心地又摸了摸女孩子的後腦勺。

「別看了，」秦渡一邊摸一邊道：「這是你們情敵那一掛的。」

「……」

接著秦渡把許星洲一撈，提溜小雞一般把許星洲提溜走了。

秦渡期末結束的那天晚上，他們兩個人就已經不在國內。

首爾明洞街頭寒風凜冽，兼以燈火萬千。

來來往往的人大聲說話，連路邊的燈箱都明亮而特別。

每個國家似乎都有其刻在骨子裡的文化符號，明明都是同樣的現代化都市，甚至相隔也不算很遠，卻總是能在街頭巷角的細節處，體現出其不同。韓國山地崎嶇，遠處能看見山上無數亮著燈的棚戶。

許星洲裹著大衣，手裡握著熱咖啡，秦渡一手拉著許星洲的手指，穿行在深夜的明洞街道上。

「……後天呢，我們坐他們的KTX去釜山，」秦渡笑道：「先在釜山玩兩天，然後去北海道看雪。這個行程怎麼樣？有想去的地方要提前一天說，當天和我講的話，我就揍妳。」

許星洲捧著咖啡，噗哧笑了起來。

異國街頭燈紅酒綠，周圍人說著許星洲幾乎沒聽過的韓語——許星洲這輩子幾乎都沒看過韓劇，只看過《請回答1988》，此時聽他們說話只覺得哇啦哇啦的，認為他們說話聲音特別大，個個中氣十足。

秦渡看了看地圖。

韓國地形不比重慶好多少，處處上下坡，如果說重慶需要8D地圖，那韓國至少也需要4D——飯店極其難找。

許星洲說：「夜市我已經逛夠了，那我們的飯店……」

她還沒問完，秦渡就伸手攔住了一個行人，去問路了。

許星洲：「……」

許星洲只聽清了疑似hotel的發音，和似乎是「方向」的聲音——許星洲那一瞬間脊背發毛，直勾勾地望向秦渡。

他問問題的樣子極其平淡，發音似乎也挺標準，那人指了個方向，又打開APP幫秦師兄指了一下路，最後秦渡對他點頭表示感謝。

路燈灑落在冷清街頭，一片桔黃暖光，秦渡漫不經心一指，說：「那邊。」

許星洲都嚇了一跳。

「我真的沒想到你居然會韓語。」許星洲說：「而且居然能隨時拿來用……」

「不應該會嗎？」秦渡得意道：「說實話韓語是我學過的最簡單的語言——他們幾乎就沒幾個自己的單字，要麼是漢字引申要麼是外來語，更過分的是它還是表音文字，一天就能學會全部發音，會了發音就能懂百分之六十詞語的含義。」

許星洲：「……」

「我小時候學得多了。」秦渡漫不經心地道：「我媽在劍橋讀書的時候連法語都學了七七八八，韓語要是不排第一簡單，我都不知道什麼才是。」

許星洲：「哎？」

「劍……」許星洲喃喃道：「劍橋啊……」

秦渡一點頭，把許星洲拽進了飯店。

劍橋嗎……

許星洲走神地想：說起來，姚阿姨不就是劍橋的嗎？

許星洲那晚，無暇思考姚阿姨和劍橋。

飯店浴室豪華寬廣，秦渡以手指逗逗許星洲的下巴，示意她抬頭。

「師兄……」許星洲嘴唇嫣紅濕潤：「啊、啊師兄慢、慢……」

──慢點？

「小師妹，」秦渡道：「師兄就這樣玩死妳，行嗎？」

許星洲被快感逼得意識都模糊了，哭著、痙攣著嗯了一聲。

外面颳著大風，異國他鄉。

飯店套房裡一團狼藉，許星洲的小蕾絲胸罩和衣服到處都是，滿屋都是她崩潰甜膩的、軟糯的哀求──她大約快被弄死了，開始哀哀地泣哭求饒。

那聲音沙啞、柔軟而細嫩，幾乎令人血脈賁張。

那個男人的聲音啞著，聲線極其性感地逼問：「妳他媽已經壞了。許星洲，妳說，妳這麼愛我，是不是生給我幹的？」

她沙啞尖叫。

那模樣真的極其惹人憐惜，許星洲生得纖秀而細嫩，天生招人疼愛，哀求的樣子誰都抵不住，然而她遇到的是一個性感惡棍。

「妳是不是──」秦師兄把許星洲拽起，「許星洲，妳是不是生給我搞的──嗯？」

許星洲仰起細白脖子沙啞哭叫，回過頭，發著抖索吻。

這女孩從髮梢到腳尖都是他的所有物。

他的星洲是這麼柔嫩的一朵花。而這朵花從頭到尾都屬於秦渡──任由他征服，任由他親吻揉捏，與他就是天造地設。

秦師兄帶小師妹出來玩，不只是因為考完了試。

他其實是怕許星洲在家裡東想西想搞得自己不高興，因此準備帶她出去玩到年關再回國，在旅遊的餘韻裡去見師兄的父母。她似乎是真的挺怕見家長，秦渡也不知怎麼勸她，能說的都說過了，可還是不太管用。

可是，秦渡也知道她為什麼會這麼焦慮。

這個對自己灑脫至極的許星洲，其實一直為自己的家庭和自己的精神自卑著。

——秦渡又怎麼都勸不服，畢竟這都是陳年沉痾，因此只能把她帶出來，讓她開開心心地先玩一週，先別想家裡那些事情。

第二天，陽光晴朗。

早上八點，秦渡站在便利商店門口等待許星洲，許星洲在裡面買了糖和小零食跑了出來，在冬日的建築陰影中，對著秦渡開心一笑。

秦渡雙手插口袋，莞爾道：「走吧——去看那個什麼景……景福宮？」

許星洲把熱熱的咖啡啪嘰一聲、鄭重地，用遞情書的姿勢遞給了他。

「……」

秦渡將手從口袋裡拿出來，接了咖啡。

許星洲立刻開開心心地把手伸進了秦渡空空的口袋裡。

這也太他媽甜了吧，就連秦渡這種老妖怪都有點蕩漾，許星洲給人灌迷魂湯的實力實在不一般，怪不得連一票女孩子都對她死心塌地。

秦渡暗暗心想，還好她從來不對我以外的男人撒嬌。

遠處天空湛藍，映著群青山峰。

朝鮮半島的山大多處於老年，以家族為單位私有著，鮮少有國內山嶽那種險峻之勢，山脈大多低矮好攀，生長著大片松樹和經年壘起的許願石。

他們沿著長街和影子向下走，許星洲低著頭翻自己的手機。

她耳垂上還留著秦渡親吻吮舔的小草莓，髮絲後面精緻的小耳墜晃來晃去，小耳朵又圓又粉，可愛得不像話。

秦渡想都沒想過，剛認識時的那個許星洲——他一見鍾情再見傾心的小浪貨，談起戀愛來居然這麼甜……還這麼會撒嬌。

這女孩是怎麼被他拐回家的啊？秦渡簡直想笑，湊過去看許星洲的螢幕。

她手指凍得還有點紅，似乎是在看個人頁面。

「師兄，」許星洲看著螢幕，突然道：「我有個同父異母的妹妹，她今天又發貼文了，好像是放假，她去了桂林。」

秦渡剛單手開了那罐熱咖啡，喝了一口，瞥向許星洲，示意她說。

許星洲望向遠方異國的藍天：「她不喜歡我。」

許星洲的那個妹妹——許春生，完全是被寵大的。

她討厭自己那個事事都比自己強的姐姐，小時候討厭姐姐獨占奶奶，長大了討厭那個漂亮而燦爛的許星洲。

許春生想去哪裡幾乎就是說一聲的功夫，許星洲的父親也好母親也好，只消一句話的功夫他們就會同意，繼而全家出行。然後許春生對她這個姐姐關閉了一整年的個人頁面，就會再度對她打開。

那些繽紛炫目的照片裡，全是她和父母的、和風景的模樣。

那個妹妹總是有人陪伴——可是許星洲恰恰與她相反，她去哪裡都是孤身一人。

「說來也很丟臉，」許星洲輕聲說：「其實我以前，還羨慕過她呢……」

羨慕她總是和父母出去旅遊。

羨慕那妹妹有愛她的人，而許星洲沒有。

異國晴空萬里，秦師兄捉住了他的星洲的手指，他指節修長而溫暖，牢牢地將許星洲涼涼的小手握在了自己的手裡。

她的手上還有一點筆繭，凍得指尖通紅。

秦渡不爽道：「有什麼好羨慕的？」

他說話時還有點恨鐵不成鋼的味道。

許星洲看著秦渡，半天笑了起來，說：「是吧。」

「現在想起來……」

「真是不可思議啊。」

從上海去一趟韓國實在是太方便了。

從虹橋出發坐飛機，抵達仁川國際機場——這飛行時間連兩個小時都不需要，甚至比去武漢還快。他們在韓國玩了兩三天，許星洲在海雲臺浪過了頭，還差點被浪花沖跑，被秦渡一頓罵。

而韓國去日本，似乎更加方便。

北海道冬天寒冷。

他們去的前一天，運氣也是好，總之札幌剛剛下完雪。

札幌這城市歷來以雪聞名，許星洲作為一個南方人從來沒見過雪——除了去西伯利亞時。因此她在飛機上，看到新下的、鬆軟的滿城大雪，就開始拽著秦渡的手臂尖叫。

秦渡只得把她使勁摁著。

許星洲一出來旅遊就特別可愛，跟著秦渡跑前跑後。秦渡怕她冷，把她裹成了一團球球，許星洲就穿著雪地靴抱著他的手臂，黏他黏得像一塊小牛皮糖。

孤落時辰，山嶽驟風覆雪。

和紙門外漫天大雪紛飛，繼而溫柔地覆蓋了山川。

秦渡靠在飄窗上望向窗外，一手拿著喝空的茶盅，看著他手機上亂七八糟的訊息。那上面是他父親「什麼時候回國」的詢問。

片刻後他聽見後面小被子裡，許星洲難受地哼唧了一聲。

「秦……」許星洲難受地道：「秦渡你過來……」

秦渡一愣，從窗上下去了。

許星洲畢竟是個女孩，體能比秦渡差得多。秦渡一是一向運動量不少，二是本身體能不錯，可許星洲顯然不是。她連著玩了一週多，顯然有點累過頭。

秦渡今天都沒和她一起出門玩，只讓她在飯店好好睡一覺——現在她午覺剛剛睡醒。秦渡在榻榻米上盤腿一坐，許星洲就自己乖乖地去抱他的腰。

「不舒服，」許星洲抱著秦渡的腰，難受地對他說：「做惡夢了……」

那時候天黑了，只有山雪白得發光。

秦渡低聲道：「什麼惡夢？」

許星洲眼睫都是水，難受地搖了搖頭，說：「怕、怕過年……」

——她還是怕。

秦渡聽到那話的一瞬間心都發了痛。

他想和許星洲保證絕不會有問題，就算有的話我也會幫妳解決——就看到許星洲發著抖，在秦渡的面前，主動拉開了自己浴衣的腰帶。

「師兄。」

許星洲拉開腰帶。

浴衣的確是色情。

她身上穿的桃粉色浴衣下是一片白皙剔透的皮膚，鎖骨下一截令人血脈賁張的曲線。

「……師兄，看看我嘛。」

許星洲說話時，眼裡甚至全是情欲。

風雪之夜。

黑夜中一燈如豆，女孩幾乎熟透，發出瀕死的、碎裂的呻吟。

秦渡對女人身體的每一分了解，其中一部分來自A片，而另一部分來自許星洲。

許星洲平時皮得不行，可上了床乖得不可思議，和A片裡那些女人完全不同，秦渡破處後，就必須學著遷就她，也學了惡意地擺弄她。

「敢勾引我……」秦渡惡意道：「許星洲，妳真的完了。」

許星洲那天晚上，靠著秦渡沉沉睡去。

秦渡就抱著她，看著窗外，漫不經心地親吻她的髮絲。

和室內一盞燈火如豆，庭院落雪沉沉，百年古松綿延於銀裝素裹的山嶽。

這世上也許再沒什麼能比一道酣暢淋漓的夜色更能令人沉沉入睡的了。他們兩個人年紀輕輕乾柴烈火，這事上契合得一塌糊塗，許星洲縮在秦渡的胸口，眉眼舒展，似乎在做一個極其溫柔的夢境。

秦渡看著她，就心裡發軟。

他把許星洲抱在懷中，女孩面頰靠著他寬闊的胸膛，溫暖氣息縈繞，秦渡那一瞬間覺得，許星洲也許已經是他的妻子了。

「妻子」。

這兩個字，幾乎是第一次，作為一個具體的概念出現在了秦渡面前。

秦渡在此之前只想過要把許星洲圈牢一輩子。而圈牢一輩子就意味著結婚，他愛許星洲如愛他的眼珠，可這卻是第一次，他真切地意識到了「妻子」意味著什麼。

——那意味著一生。

他的責任與愛，意味著對她的保護與並肩攜手，意味著百年與身後。

靜夜落雪無聲，那個男人在黑夜中近乎虔誠地親吻許星洲柔軟的唇角。

猶如在親吻他的寶物。

離開札幌後，他們在京都足足玩了四天，幾乎把能逛的地方都逛了個遍。

他們跑過伏見稻荷大社的火紅千本鳥居，許星洲在那裡買了達摩形的御守，又把祈願的狐狸繪馬留在了那裡——繪馬正面被她用油性筆畫了一隻瞇眼笑的小狐狸，反面用半吊子日語寫了願望。

秦渡也把寫了自己願望的繪馬掛在了神社之中。

秦渡問過她究竟許了什麼願望，許星洲打死都不告訴他——加上他們也不太清楚這個是不是和生日願望一樣，會不會一旦說出來就不應驗了。

於是兩個人誰都沒告訴誰。

旅遊確實是一件令人快樂且放鬆的事情——然而許星洲最害怕的年關，終究還是來了。

許星洲在回國的航班上，就是個有點焦慮的模樣。

她也不表現在外，只是坐在秦渡身側，呆呆地看著機艙外的對流雲。秦渡覺得許星洲似乎有點安靜過頭，就摸了摸她的手指，發現她的手指涼得可怕，手心全是汗。

秦渡將自己聽音樂的耳機塞到她耳朵裡，又把許星洲摟過來親了親額頭。

「……不會有事的，我保證。」秦渡低聲道：「我保證的東西，什麼時候騙過妳嗎？」

結果，許星洲溺水一般捉住了秦渡的手臂。

許星洲捉著他，甚至有點顫抖地說：「師兄我怕的不是這個……」

秦渡微微一愣，許星洲痛苦地道：「我、我當然知道師兄會護著我了，可是我真的挺怕你和叔叔阿姨的關係變差……」

「他們那麼喜歡你。」

「師兄，」許星洲抽了抽鼻尖道：「我怕的是這個。」

秦渡用推車推著少許行李和他們在免稅店買的東西。

他們在關西和樂天的免稅店買得太多，光刷卡就刷了幾十萬，從保養品買到珠寶，秦渡一個人拿不了，連許星洲都提著他買的那一對情侶錶，朝國際到達口走。

「……我們這樣會被罵敗家的吧，」許星洲拎著錶譴責他：「師兄你也太能買了。」

秦渡用鼻子哼了一聲。

許星洲難以理解道：「比如你在樂天買的那塊金錶我就不理解，我作為一個女人都理解不了它和你上週三戴的那塊卡地亞有什麼外觀上的不同——是多了個指針？」

「多指針？」秦渡嘲道：「妳告訴我手錶能有幾個指針？」

「……」

秦渡惡劣地一戳許星洲的額頭道：「是錶盤紋理不一樣，免稅店買的這個是貝珠面的，那個就是純銀網紋。妳懂個球許星洲，連這個都看不出來，勸妳不要給女人丟臉了。」

許星洲：「……」

許星洲忍氣吞聲地腹誹：這輩子都不會有人區分你那兩塊錶的錶盤的，就連 gay 都看不出來。但是許星洲又想起他那三十七雙同款不同色的 AJ1——三十七雙——現在還有一雙一萬塊左右的 OW×AJ 聯名鞋在路上。

……他大概只是為了快樂吧。

機場到達口喧囂不已。

秦渡去轉盤找到了自己的行李箱，拎了下來，又接過了許星洲手裡拎的紙袋。

他和許星洲在一起時，是不讓許星洲拎重物的，哪怕只是兩個錶盒，都不允許她拎。

許星洲還沒來得及感動，就聽到了秦渡的聲音：「我爸剛剛傳了訊息給我，」他看著手機道：「他和我媽來接我們了。說是直接帶我們回……嗯，回我們家那個宅子。」

許星洲那一瞬間，真真切切地體會了一把天打五雷轟。

虹橋機場眾人的聲音都變得飄渺至極，秦渡握住了許星洲的手，許星洲手心冷汗一片，只能隱約聽見秦渡的聲音——

「別緊張……」

「我爸還挺想見見妳的……」

「妳這麼討人喜歡……」

到達口的大理石地板映著渺渺的冬日天光。

秦渡說的那些話，許星洲似乎聽到了，也似乎沒聽到，總之滿腦子都是「我靠完了」四個字。

我靠完啦，許星洲眼淚幾乎都要噴出來，這堪稱猝不及防迅雷不及掩耳盜鈴之勢人間不值得……我現在就要去尋找時光機……

「──啊。」秦渡說，他牢牢地握住想要逃離地球的許星洲的手指，那溫暖的體溫從他的指尖傳來。

他指向到達口一對夫妻的身影，稱得上溫和地道：「……他們在那呢。」

05、萬里

「他們在那。」

秦渡說。

許星洲那一瞬間，都僵住了。

到達口外的確能看到一對夫妻的身影──他們還挺靠前，手裡舉著接機的Ａ４紙，冬天的虹橋Ｔ１航廈映著茫茫晴空，他們的倒影與更多來接機的人擠在一起，分不出彼此。

許星洲先是看了看秦渡推著的那一堆行李──推車上滿滿當當的行李箱、免稅店掃來的東西，她的第一反應是，我和他真是看起來就不可靠，一對活體敗家玩意兒。為首的那位敗家玩意兒說：「不用緊張。」

然後他穩穩地握住了許星洲的手。

那一刹那，秦師兄的體溫從他的手心溫暖地傳了過來。

那猶如茫茫人世中唯一一盞燈火，又似是冷漠宇宙裡明亮的太空港，堅定又溫暖明亮，帶著千鈞之溫暖，覆蓋了她。

許星洲的思緒被收回。那一瞬間，她突然覺得，自己被填滿了。

我不應該害怕，許星洲隱約地想——畢竟見他們這件事已成定局，而這世上，無論發生什麼，秦師兄都不會鬆開我的手。

何況，是這個年輕的公爵帶著她穿過了那麼長的迷霧，把鳳尾綠咬鵑從深淵之下背了上來。

是他給了許星洲向日葵與夜空的煙火，給了她詩歌與宇宙，給了許星洲一個名為「需要」的、名為「歸屬」的港灣。

是秦渡給了許星洲一個愛她的英雄。

所以許星洲與他一樣，永不會鬆開她此時握著的手。

——許星洲差點就被自己感動了。

但是接著許星洲就意識到不過就是見個男朋友父母，自己的內心戲多到有點神經病……而見父母這件事終究逃脫不了，而且感情說白了還是兩個人的電影，秦渡的人生是屬於他自己的。

無論是什麼長輩，都不會替他生活。

而那個秦渡選擇了「許星洲」。

那一剎那，許星洲終於解開了心結。

她和秦渡雙手交握，走向人群黑壓壓的到達口。

周圍人群嘈雜而喧囂，到達口密密麻麻地擠著人，他們一個個的都背著天光，看不清面孔，可是許星洲能看見那些人身後就是綿延蔚藍的、華東冬日的晴空。

——伸頭一刀縮頭一刀，無論對面是什麼人，總之先禮貌一點，說一聲叔叔好阿姨好總是沒錯的！

許星洲幫自己打了一下氣，心想，如果對面是姚阿姨那樣溫柔的人就好了。

不如說，如果是姚阿姨就好了……好想和姚阿姨約一次下午茶啊……

許星洲想姚阿姨想得要命。

秦師兄說：「爸，媽。」

他抬起手揮了揮。

許星洲面頰微微發紅，秦渡則把她拽得很緊。他們背著光，許星洲仍看不清對面叔叔阿姨的面孔，便緊張又充滿希冀地道：「叔、叔叔阿姨好，」她禮貌地一彎腰，抬起頭說：「初次見面，我是許……」

許星洲抬起頭的瞬間，就頓住了。

秦渡清楚地知道，許星洲挺怕這次見面。

可是見他父母面這事終究是躲不過的，哪怕躲得過初一也躲不過十五。秦渡不可能讓許星洲一輩子都不見自己的爸媽，更不捨得她一個人回老家過年。

許星洲在飛機上時就相當焦慮，手指頭冰涼冰涼的，秦渡說他父母來接他們的機時她額頭上都冒了冷汗，捏秦渡手的力氣之大，連指節都在發青。

到達口閃耀著萬丈金光，許星洲看到那兩人，當場石化了。

他媽媽——姚汝君，還戴著近視眼鏡，和善地問：「來啦？這兩個星期玩得怎麼樣？」

秦渡沒打算讓許星洲開口，極其有擔當地答道：「還行吧。」

然而姚汝君毫不客氣地嗆了秦渡：「我沒問你。」

秦渡：「……」

然而她又和善地問：「星洲，玩得怎麼樣？」

焦慮的許星洲哆哆嗦嗦，囁嚅著說：「阿、阿姨……」

秦渡：「……？？？」

「之前和妳推薦的那家鴨川旁邊的蕎麥麵，你們去吃了沒有呀？」姚汝君笑著說：「那家店超好吃，我還一直惦記著呢。」

旁邊那個眼熟的叔叔道：「惦記就去吃。」

叔叔停了停，又笑道：「——星洲，歡迎回國。」

許星洲在回去的車上都有點愣怔。

這輛保時捷許星洲還見過。秦渡以前開過，說是他爸新買的，連車牌號碼都是同一串。而那個許星洲暑假時就見過的，非得請她吃頓飯的姚阿姨的老公坐在駕駛座上開著車，姚阿姨本人坐在副駕上用眼鏡布擦拭眼鏡，她擦完眼鏡對著陽光端詳了一下，又把眼鏡戴了回去。

秦渡玩味地看著許星洲，許星洲瑟瑟發抖地抱著自己的小包，不安地縮成了一小團——那動作極其曖昧而隱蔽，卻又帶著一絲難以言說的色情意味。

片刻後，秦渡用鞋尖一蹭她的腳踝。

許星洲耳根都紅了，愣愣地看著前座的姚阿姨。

她似乎想問什麼，卻又不知從何開口。

秦渡看了一下，判斷許星洲應該是驚嚇過度不知從何問起，只得自己開口來問，道：「媽，妳沒打算解釋？」

姚汝君開心地問：「解釋什麼？」

「有什麼好解釋的，媽媽就覺得星洲這個小朋友很可愛嘛，」姚阿姨開心地道：「對人又真誠，特別討周圍的人喜歡——星洲，對不對呀。」

秦渡：「……」

秦渡推著下巴問：「暑假？」

姚阿姨痛快點頭：「忘年交。」

這都忘年交了，秦渡求證地望向顯然什麼都知道的自己的爸爸——秦爸爸開著車憋著笑嗯了一聲。

他又望向顯然失魂落魄的許星洲小混蛋——她呆呆地點了點頭。

——坐實忘年交。

秦渡不贊同道：「妳怎麼能壞成這樣？」

「嚇到了好吧。」秦渡伸手順了順被嚇壞的許星洲的頭髮，不高興地道：「妳就不能早點告訴她？她前幾天怕見你們，怕到連覺都睡不著，我天天晚上都得陪她熬到兩點鐘。」

車穿過高架底下，許星洲呆呆地蹭蹭秦渡的手掌。

秦渡摸上癮了，又忍不住去捏她的小耳朵——她耳朵紅得幾乎滴出血來，熱熱軟軟的，小耳根後還有個嫩紅草莓。

姚阿姨愧疚地說：「那也沒辦法嘛——捂馬甲需要技巧的，你突然告訴我要帶洲洲來家裡過年，我總不能跑去跟洲洲說，其實我就是妳男朋友媽媽吧？」

秦渡不豫道：「妳別說了，妳就是想玩，我爸還縱容妳……」

許星洲看著窗外，震驚尚未褪去。

這任誰都沒辦法接受啊！

但是仔細一想，姚阿姨身上處處都是蛛絲馬跡——她老公的工作地點，她和師兄有點像的面容，尋常家庭無法支持這個年紀的阿姨讀博。世中上市時，在場敲鐘，並將其形容為

「孩子」。秦渡幼年和媽媽一起待在英國，而姚阿姨就有一個劍橋三一的博士學位……暑假時，她兒子也在上大四。

她還一直堅持要把自己的「壞是壞了點但是很帥很有能力」的兒子介紹給我！

介紹個球啊！這兒子早就已經快把我吃光光了……

許星洲臉都燒透了。

秦渡似乎還在為許星洲據理力爭，許星洲愣愣的，將腦袋磕在了車窗玻璃上。

「星洲這種女孩子。」她聽見姚阿姨說：「就是越了解越喜歡，媽媽就真的很喜歡嘛。」

姚阿姨又說：「星洲特別可愛，還會和媽媽吐槽你，每次媽媽要把自己的兒子許配給她，她都說自己師兄長自己師兄短，說你雖然是壞蛋但是她可喜歡你了，所以對不起阿姨你兒子這麼好一定會有可愛的女孩子喜歡他。」

「……」

秦渡眉毛凶悍一挑：「許星洲？」

那個混蛋被他捏著的小耳根都紅透了。

「說我什麼壞話呢？」秦渡慢條斯理道：「說來我聽聽？」

許星洲：「……」

姚阿姨又說：「星洲？房間幫妳收拾好啦，阿姨家客房一堆。妳先住幾天，我家習俗是未婚不能住同個房間，不過妳可以去渡哥兒房間玩，他歡迎妳的。」

秦渡怒道：「歡迎個──」

姚阿姨善良地問：「還敢說髒話？」

秦渡：「……」

秦師兄立刻閉嘴了。

確實，如果是姚阿姨的話，是能夠養育出秦師兄這種人的。聰明，囂張卻不張揚，優秀而懂得尊重他人。

許星洲面頰微微發紅，看著車輛駛進市區。市區已經頗有年味，購物中心外掛著火紅的春節大促銷橫幅和氣球，路邊的店裡響徹恭喜發財的魔性歌聲。

車上開著暖氣，姚阿姨調皮道：「星洲，阿姨也不是有壞心思啦──就是覺得妳可愛，想和妳做朋友。」

許星洲面頰通紅。

「我……我也喜歡阿姨。」她耳根發紅地說：「可是，為什麼不早點告訴我呢？」

秦渡大概又覺得許星洲出門亂勾搭，還來一句「喜歡阿姨」──哪怕是針對自己的媽也不行，秦師兄吃醋地使勁捏她的爪子。

姚阿姨莞爾道：「我暑假第一次見妳的時候，還挺好奇是不是妳本人呢，還在圖書館端詳妳端詳了很久。」

被捏著爪子的許星洲喊道：「這個我記得！我當時還想這個阿姨怎麼總偷偷看我……」

「再後來，」姚阿姨笑咪咪地告訴她：「阿姨就不想告訴妳了。」

許星洲：「……」

開車的秦叔叔穩聲道：「妳阿姨玩心重，星洲妳別往心裡去。」

然後叔叔又想了想，說：「她不告訴妳的原因是，她認為妳如果知道是婆婆的話，就沒辦法跟她這麼交心了。」

許星洲結結巴巴道：「好、好像確實是這樣……」

好像確實是這樣的。

許星洲怎麼想都覺得，她如果在暑假時就知道姚阿姨是秦師兄的媽媽的話，會相當保守拘謹。

許星洲會無法那麼坦誠地對阿姨講述自己的家庭。

她會焦慮不安，甚至一開始時會非常害怕姚阿姨，更不可能跟她吐槽她兒子。

許星洲耳根都紅透了，她突然想起自己對姚阿姨傾訴的那些有的沒的，又是怕見家長又是覺得門不當戶不對，沒事還要罵一下自己的男朋友是個年紀大不單純還倔強的老狗比……不對明明是聚在一起吐槽自己的老公跟男朋友……

這都是什麼事啊！

老狗比玩味地道：「媽，妳還沒回答我呢，她說我什麼壞話？」

「……」

姚阿姨微微一僵。

秦爸爸握著方向盤，載著一家人駛過十字路口，突然冒出一句：「嗯？說說看，我也想聽。」

秦渡之前說過他家離他們兩個人住的地方距離也不是很遠，但是他一個月也就頂多回去個一兩次。

許星洲推開門，走進了秦家二樓盡頭的客房。

——這是許星洲第一次來他們家。

姚阿姨幫她準備的客房寬敞明亮，床上鋪好了橘黃柔和的床單被褥，枕頭被古龍水噴過，桌上花瓶裡面還插著新鮮的山燈子與太陽花。

落地窗外就是一片小草坪，那草坪應該剛修剪過不久，青翠欲滴，還沒冒出新茬，停著一輛自行車。

後院裡搭了間陽光房，裡面霧氣朦朧地生長著一些芭蕉啊月季之類的花，大泳池覆著銀布。

她探頭向外看去，落地窗外樹木蔥郁，萬里夕陽。

許星洲將自己的小包放了下來，伸手摸了摸床，一屁股坐了下來。

門外傳來姚阿姨的聲音。

她溫柔地說：「星洲，我們晚上六點開飯噢，不要忘了下來吃飯。」

許星洲急忙應了，接著就一腦袋栽進了被子裡。

連被子裡，都是陽光的味道。

許星洲顛簸了一路，一聞到這個味道，瞬間就迷糊了。她朦朦朧朧地感覺到有人推門走了進來，也沒回頭看，接著就感覺床一沉，有人坐在了床邊。

從體重和身形來看，除了秦渡也不會是別人了。

許星洲賣乖地喊他：「師兄。」

秦渡伸手撩開許星洲的頭髮，忍笑問：「小師妹，我媽怎麼這麼喜歡妳啊？」

許星洲笑咪咪地道：「應該是我太討人喜歡了吧，大概。」

——大言不慚。

秦渡屈指在許星洲腦袋上啪嘰一彈，訓斥道：「小浪貨，妳連我媽都不放過。」

小浪貨埋在被子裡，甜甜地笑了起來。

那簡直是個毫無負擔的笑法，彷彿連最後一件需要她操心的事情都消失得一乾二淨了一般。秦渡也被感染得忍不住想笑，往床上一躺，把似乎犯睏想睡覺的小師妹往懷裡一圈。

於是許星洲揉了揉眼睛，安心地在他胸口蹭了蹭。

他的星洲實在是太會撒嬌了，秦師兄被蹭得心都又酥又軟，心臟像一塊黏黏軟軟的小糖糕，被他的星洲捏在手心，揉得服服帖帖。

於是夕陽斜沉，冬日餘暉，秦師兄在她唇上吻了吻。

橘黃的鴨絨被柔軟地觸著女孩的面頰，女孩子迷迷糊糊地蹭了蹭，聽著被褥咯吱咯吱的聲音。

真好啊，許星洲想。

許星洲趿著棉拖鞋下樓時，秦渡已經回他自己的房間換衣服了。

姚阿姨顯然非常懂得，當今年輕人是怎麼回事。

——因為她將自己的兒子和未來的小兒媳婦安排在了兩個不同的、位於二樓走廊兩邊盡頭的房間，中間還隔著桌牌室和家庭影院，許星洲偷偷瞄了一眼，覺得真的很遠。

她下了樓，找了一下飯廳在哪裡。

秦師兄家一樓的裝修非常簡約，木地板乾淨光滑。木櫃上的花瓶花紋精緻、配色特別，裡面插著新鮮的卡薩布蘭卡和白玫瑰，被金紅夕陽映了滿牆花枝。

飯廳裡，姚阿姨面前擺了一盤羊羹和熱紅茶，她閒散地坐在餐桌前看書，看到許星洲來了，笑著和她打了個招呼。

許星洲面頰又是一紅。

「星洲，」姚阿姨溫柔道：「坐吧，快開飯了。」

許星洲不好意思地嗯了一聲，姚阿姨拉開自己旁邊的凳子，示意許星洲坐在她身旁，又切了一小塊羊羹，用叉子一叉，餵給她吃。

許星洲根本不會反抗自己喜歡的小阿姨，於是特別乖地啊嗚一口。

姚阿姨開心道：「好乖哦。」

那頓晚飯，幾乎全都是許星洲和秦渡愛吃的東西。

秦渡愛吃醃篤鮮和扣三絲，許星洲愛吃上海紅燒肉和油爆河蝦，除此之外還有一些做的雖不算正宗卻也非常好吃的川菜鄂菜，全都是遷就許星洲的口味做出來的。

秦叔叔說，這些菜都是廚師和阿姨臨時學的。

秦叔叔看起來不苟言笑，極其嚴肅，但是也會對笑話露出笑容。看樣子應該在外挺殺伐果斷，但是其實在家話不多，有時候還會說出很無厘頭、極其直球的話。

按他的話說，就是在家裡沒有必要搞話術那種彎彎繞繞，最優解都在我腦子裡，我就沒必要拐彎抹角。

就像他會邀請許星洲兩年後來自家做客一樣。

秦叔叔長得和秦師兄特別像，年輕時應該也長得不錯，兩人一看就是父子，他不算溫柔，卻是個極其令人尊敬的長輩。

許星洲和秦渡坐在一起，飯廳的燈柔柔地落了下來，餐桌上鋪著繡花的吉普賽粗麻桌布，許星洲接過秦叔叔幫她盛的湯時，感到了一絲恍惚。

秦叔叔一邊熟稔地拆螃蟹一邊問：「星洲，我聽妳阿姨說，妳是被奶奶帶大的？」

許星洲說：「是，我父母離婚之後我就是跟著奶奶生活。」

秦叔叔嘆了口氣，搖了搖頭。

「什麼爸媽，」秦叔叔剝下蟹殼，悵然道：「我和妳阿姨吵架吵得凶的時候，也沒想過這樣對待自己的孩子。」

然後秦叔叔將拆出的蟹肉，極其自然地放進了姚阿姨的小盤子裡。

秦師兄也幫許星洲拆過螃蟹。

他拆螃蟹的技巧顯然師承其父，連朝許星洲碗裡放蟹肉的動作都和他爸爸一樣。

秦叔叔抽了紙擦手，命令道：「兒子，幫星洲夾點菜——我手上都是油，夾不了。你看她瘦成這樣。」

許星洲呆了一下。

人間燈火柔暖，飯廳旁落地玻璃外，山河遠闊。

這是許星洲十數年不曾感受過的溫暖。

她想起曾經在爸爸家裡吃的年夜飯，她從老家回來前的那頓晚餐。許星洲想起自己在陽臺上聽著春節節目的短劇聲，藉著出去吹一下風為理由，而在寒風中偷偷抹的眼淚——這人間沒有她的家，沒有她的歸屬，甚至連她的奶奶都隨風而去。

她和人間的紐帶，只剩自己活著這件事。

許星洲告訴自己「我不需要家庭」，「我沒有擁有家庭的本錢」，所以「我只要精彩絕倫地活著」便可。她反覆地這樣告訴自己。

可是當「家庭」這個概念，帶著一絲朦朧的暖意出現在許星洲碗裡時——

孤獨的許星洲，潰不成軍。

許星洲吃得飽飽的，換了睡衣，鑽進了自己臥室軟軟的被窩裡。

她敞著窗簾，趴在床上看落地窗外的路燈，遠處有車駛來，深夜北風呼呼作響。

說起來，姚阿姨的體型有點圓滾滾的。

她骨架很小，個子也不高，只有一百六十公分，體重也有六十公斤，眉目和藹又知性。許星洲之前只當姚阿姨是天生的珠圓玉潤，可是當她在老秦家吃過一頓飯之後，就覺得……姚阿姨身上令她苦惱的肉肉，也許是後天原因。

許星洲摸著自己被撐得圓滾滾的肚皮，覺得秦叔叔餵飯的能力有點可怕。

檯燈光線暖黃，許星洲蜷在光裡，接著就看到自己手機螢幕一亮。

秦渡傳來訊息說：『欠打。』

許星洲在枕頭上蹭了蹭：『嗚哇師兄又要打我啦！』

秦渡頂著沙雕企鵝頭貼，回覆道：『回房間之後跟我請安會不會？說聲師兄麼麼噠[4]會不會？這都不會，不是欠打是什麼？』

……是了，秦師兄的房間在走廊另一頭，今晚注定是要分房睡了。

許星洲抱緊小被子，還真的有點想他。

秦渡說：『讓妳和我分房睡，虧我媽想得出來。』

許星洲躺在床上，笑咪咪地傳訊息給他：『那你去和阿姨據理力爭嘛，說粥粥離了你睡不著覺，一定要抱著睡才行。』

老狗比厚顏無恥道：『妳去行嗎，我臉皮薄。』

「……」

許星洲憋了半天，不知道該嗆這個臉皮厚賽城牆的老狗比什麼好。

那時候都快十二點了，姚阿姨和秦叔叔早就已經睡著，許星洲索性不回這位老狗比，爬起來，準備關燈睡覺。

她剛準備關燈，就聽到了門外傳來的，極其細微而又有節奏的敲門聲。

「……？」

許星洲莫名其妙，打開房門一看，秦渡打著哈欠站在外面。

4　麼麼噠，網路用語，表親吻動作的擬聲詞，用以表達對一個人的鍾情與喜愛。

許星洲滿頭霧水：「師兄你是來做——」

秦渡立刻捂住許星洲的嘴，噓了一聲示意她閉嘴，又敏銳地觀察了下四周，把許星洲拖了進去，唠噠一聲關了門。

……這人幹嘛呢！

許星洲拽下他捂住自己嘴的手，難以理解地道：「你做賊嗎？這麼鬼鬼祟祟——」

秦渡瞇著眼睛道：「……妳當我是什麼人呢。」

窗外傳來汽車駛過長街的聲音。

秦渡惡劣地、帶著一絲痞氣開口：「我明明是來偷情的。」

06、春陽

他那話說得極其理所當然，又抱著許星洲噓了一聲讓她安靜點，還啪嗒一聲把門落了鎖——許星洲當場就被他厚顏無恥的程度震驚了。

早知道他不要臉，誰知道他能不要臉到這程度啊！

外面天是黑的，室內檯燈的光如水流淌一地，那個來偷情的壞蛋抱著許星洲親了親，他的吻像星星般落在唇角，然後抱著她躺在了床上。

許星洲躺在秦渡的臂彎裡，笑得都快喘不過氣了，低聲道：「師兄你還真來偷情呀？」

「那還用說，」秦渡把許星洲壓在床裡，沙啞道：「我騙妳做什麼。」

那張床像綻放的太陽花一般，橘黃的床單，有一種春日般的熱烈。

他的星洲的頭髮黑如星空，面孔卻白得如同天空掠過的雲，身體年輕而鮮活。

這個房間以前的布局不是這樣的，秦渡想，它以前就是個普通的客房而已，床在牆邊，沒有花，平平無奇——可是他媽媽為了許星洲過年來住幾天，專門將房間的布局都改變了。

許星洲喜歡看天，看太陽，喜歡窗明几淨的大落地窗——他媽媽便為了她將床推到了窗邊，花瓶裡插了太陽花與山燈子，連枕頭都幫她用青檸的香薰了。

連秦渡都沒有這種待遇。

他笑了起來，伏在許星洲身上親她，許星洲躺在被子上，面頰緋紅得猶如春日晚霞。

「還回去過年嗎？」秦渡壞壞地把她的手拉到心口，兩手捏著，道：「我家好不好？嗯？好不好？」

許星洲臉紅道：「……好。」

秦渡就低頭吻她。

他一路吻了下去。秦渡親吻許星洲的面頰脖子，溫柔地親吻她的鎖骨和指節，他的動作極其輕柔又乾淨，以至於許星洲都被他搞得癢得不行，咯咯笑了起來。

「安靜，」秦師兄冷酷地摁住她：「我們在偷情呢。」

許星洲眼睛笑成了小月牙。

她一雙黑白分明的眼睛中，漾出了猶如銀河的光點。

「師兄，」許星洲仰臥在床上，隨手一指落地窗外，開心地笑道：「你看，冬天的星星。」

秦渡抬頭，看見了屬於冬夜的繁星漫天。

那天晚上，許星洲哀求般握住了秦渡的手掌。

許星洲已經敏感到顫慄，她痙攣般地去撐著落地玻璃窗，細白手指在玻璃上氤氳出霧氣。

「不許出聲，」秦渡捂著許星洲的嘴，一手把她的哭聲捂著，聲音性感而沙啞，「被發現了怎麼辦？嗯？」

許星洲帶著哭腔，淚眼朦朧，死死咬著嘴唇。

她力氣遠不及秦師兄的大，因此被秦渡輕鬆按著，緋紅眼角盡是淚水。

「嗯？」秦渡沙啞而動情地問：「嗯？小師妹，被發現了妳打算怎麼辦？」

隔壁的隔壁就是秦渡父母的臥室，許星洲被他們來偷情的兒子摁在床上，捂住了嘴，眼淚被生生逼出了眼眶。

秦渡還是抱著許星洲睡了一覺。

他們睡覺是誰都離不開誰的狀態，秦渡抱不到許星洲就心裡不安穩，許星洲碰不到秦渡就難以入睡。她就算被秦渡蹂躪得腰都直不起來了，還是會鑽進他懷裡睡覺。

那懷抱，是等待她停泊的港灣。

早上五點時，秦師兄的鬧鐘嗡嗡地響起，他煩躁地揉了揉眼睛，起了床。

那時候天都還沒亮，許星洲聽見窸窸的聲音就迷迷糊糊地揉了揉雙眼，看見秦渡脖子脊背上還有許星洲夜裡撓的紅痕，肌肉隆起，他生活規律而健康，一週三次健身房的習慣已經保持了七年，身材猶如一尊健美的雕塑。

「醒了？」來偷情順便抱著睡的秦師兄困倦地道：「還早，我回自己臥室。」

許星洲模糊地嗯了一聲，蹭過去，在熹微的朝陽之中，抱住了他的腰。

北半球一月份五點五十七的晨光映紅了許星洲的眼皮。

上大學之後，許星洲已經鮮少見到冬日五點的朝陽了。

一是大學不需要這麼早起，二是已經不再是地獄一般的高三。

許星洲屬於很多小聰明的那種學生，學生時代的中上游，思緒活絡愛玩，玩著學也能考得不錯，可饒是如此，她都在高三脫了一層皮。

許星洲想起當時為了離開自己的老家，高三時在冰寒刺骨的清晨五點，捧著早餐一塊五一杯小塑膠杯的蛋花米酒，在教學大樓的走道裡哆哆嗦嗦地背自己的地理筆記。那時候天還沒有亮，遠處公寓低矮，只有地平線盡頭、油菜地裡一線即將亮起的天光。

那時天地間寂寥無人。

要好好背下這些東西，那時的許星洲凍得鼻尖通紅，瑟瑟地發著抖，這樣告訴自己。

——我什麼都沒有，只有手頭這些蒼白的筆記和書本能讓我走到更遠的地方，能讓我在我有限的人生中得到更多的機會，能令我徹底告別自己的故鄉。

——它能讓我有活得夠本的本錢。

她對著空無一人的油菜田喃喃自語。

那是一個沒有家的高三女孩最充滿希望的自白。

於是清晨金色淺淡的陽光落在許星洲的線裝本裡，照進許星洲的地理課本和筆袋，她裹成顆球，搓著自己的手指，一邊咳嗽一邊反覆背自己的筆記和錯題。

那時的天光，就與現在無二。

已經大三的許星洲覺得特別難受。

可是接著，許星洲又感覺到秦師兄溫柔地親了親自己的額頭，說：「睡吧。」

他們老秦家確實是掛牌敲鐘過的家底，一到年關，求著他們辦事的人一長串。那天週末，秦爸爸沒去公司，在家裡待著，來送禮的人就絡繹不絕。

許星洲和姚阿姨坐在一起。

陽光明媚，秦渡回家之後放鬆了不少，此時應該是在自己房間裡打遊戲，許星洲就和姚阿姨一起待在她的陽光房裡。姚阿姨的陽光房應該是她的「城堡」、私人領域一樣的存在，許星洲被她帶進來時都驚了一跳。

陽光房連著一個小溫室，遮陰的那面牆上釘了一個巨大的書架，上面有姚阿姨近期去圖書館借閱的圖書、課本和一些小說，甚至還有滿滿一格專門放她的筆記。

許星洲拿下來看了看，發現那個綠色掉皮的硬皮本上寫著「88級數學，姚汝君」，字跡秀麗端正，比現在生澀得多，應該是姚阿姨大學時的筆記本。

許星洲由衷道：「嗚哇……」

姚阿姨笑了笑，在長桌上攤開書複習，爬山虎纏繞攀爬在玻璃上，在冬日陽光下投出暖洋洋的樹影。許星洲站在書架旁翻開那筆記本一看，居然是數理統計。

許星洲瞬間想起上個學期期末時，秦渡幫自己補習應統的模樣……

這家人腦子都太好了吧！深感平凡的許星洲，感到了一絲心塞。

那整整一格書架上，都是姚阿姨存了近三十年的筆記和研究手冊。

筆記本扉頁的名字從「姚汝君」逐漸變成「Joan Yao」，從她大學學的數學再到後來拿了Ph.D的機械與應用物理筆記，再到如今她正在籌備考博的人類學。

許星洲好奇地翻看姚阿姨大學時的筆記，姚阿姨莞爾道：「渡哥兒悟性比我高多了。」

許星洲一愣，回過頭看了過去。

「——渡哥兒悟性比阿姨好多了。」

姚阿姨看著許星洲，笑著說。

「他是真的很聰明，非常聰明——無論我跟他講什麼，他都是一點就通，小時候他外公特別疼他，就因為他那股古怪的聰明勁。」

許星洲抱著阿姨的筆記，微微一呆。

姚阿姨又笑道：「但是他心思從來不在念書上，可惜了。」

許星洲也笑了起來，和姚阿姨坐在一起。

燦爛的、詩歌般的光線灑了下來。

那陽光房完全就是姚阿姨的自習室，爬山虎縫隙中落下無盡的陽光，落地玻璃外草坪綿延鋪展。秦渡的腳步聲從外面經過，接著他探頭進來看了看，看到許星洲後道：「晚上不許黏著我媽了，跟我一起出去吃飯。」

許星洲開心地嗯了一聲。

然後秦渡得意地拿著兩罐啤酒走了。

許星洲開心地說：「看不出來，秦師兄好喜歡護媽媽呀。」

姚阿姨低著頭看書，好笑道：「——護我？星洲，他那是花喜鵲尾巴長，看不慣妳在家裡不黏他，過來敲打妳的。」

許星洲一愣：「哎？什麼花喜鵲？」

姚阿姨忍笑道：「兒歌，我們小時候唱的，下一句是『娶了媳婦忘了娘』。」

許星洲忍不住開玩笑地問：「那不是挺生氣的嗎！會後悔嗎？」

姚阿姨搖了搖頭，說：「沒什麼好後悔的，兒子嘛，反正也貼心不到哪去。」

姚阿姨開心地道：「阿姨還說過想要妳這樣的兒媳婦呢。」

許星洲想起曾經那些羞恥的樹洞和交談，真的覺得姚阿姨果然是秦師兄的媽媽，連那點惡劣都如出一轍。

「沒有這種女兒，」姚阿姨伸手揉了揉許星洲的腦袋說：「有這種兒媳婦也好嘛。」

「穩賺不賠的買賣，」姚阿姨笑咪咪地說：「阿姨後悔什麼呀？」

許星洲臉都紅了，忍不住在姚阿姨手心蹭了蹭——姚阿姨的手心像師兄一樣溫暖，那是歸屬同一血源的一雙手。

「再說了，阿姨以前不是和妳承諾過嗎。」

姚阿姨笑道。

「妳以前和我聊起，說妳特別想要『妳師兄那樣的家庭』。」

「所以阿姨那時候不是保證了嗎，說妳以後也會擁有一個那樣溫馨的家。」

許星洲已經許久沒體會過這麼純粹的年味了。

她上一次有這種感覺，還是在她奶奶在世的國一的冬天。那年她和奶奶一起推著自行車趕年集，買掛畫，奶奶那年買了一幅年年有餘，又買了一幅兩個胖娃娃的年畫掛在門前；又買了一大堆瓜果點心當年貨，還買了草莓和櫻桃番茄串的糖葫蘆給小小的許星洲。

那年鞭炮連天，麻將聲中奶奶贏了錢，哈哈大笑。

在秦渡家過年還挺有意思的，秦叔叔會自己親手掛燈籠寫對聯——他們家明明是一棟相當漂亮的性冷淡北歐風的三層小別墅，到了過年的時候秦叔叔就會自己親手寫毛筆字，然後將火紅對聯不倫不類地貼在實木門外。

秦叔叔在家張羅著在房間門口掛福字，姚阿姨嫌每個房門都貼的話太土了，兩個人便突然開始吵架，許星洲叼著小酸奶袋出門找餅乾吃時，正好聽見秦叔叔在飯廳裡據理力爭：「姚汝君妳知道寫這個是我過年唯一的愛好了嗎？！妳就這麼不尊重我……」

姚阿姨怒氣沖天：「寫這麼多年寫成這樣就已經夠不思進取的了，還到處亂貼！你和乾隆那個往人臉上蓋章的文物鑒賞家有什麼區別，我精心裝修的房子，你瘋狂貼福字，你怎麼不往我臉上貼喜洋洋——」

「貼福字怎麼了？」秦爸爸毫不愧疚：「貼福字有錯嗎？這是對新年美好的祝願！」

姚阿姨：「福字是沒錯可是醜陋有錯……」

長輩們吵起架吵得那叫一個虎虎生風氣勢如虹，許星洲連大氣不敢出一個，咬著被吸空的酸奶袋就打算縮回去，就被秦渡在肩上一拍。

「他們經常吵。」秦渡拍了拍許星洲的肩膀，見怪不怪道：「小師妹，妳是出門找吃的？」

許星洲一愣：「哎？嗯，有點餓。」

秦渡一笑，捏著許星洲的小脖頸，把她拽進了自己的房間。

殘陽斜照，從半拉開的窗簾透了進來。

許星洲坐在他的桌前，有點好奇地打量著這間他自幼居住的臥室。

這是許星洲第一次進他居住了十多年的房間。

房間是黑灰色系，他顯然剛睡過午覺，被子在床上堆成一團。到處都是秦渡的味道——打開的衣櫃後掛著他高中時校服禮服的外套。

灰窗簾後貼著一大排獎狀，從小到大的班級校級市級三好學生、優秀班級幹部，火紅的獎狀大多褪了色。

許星洲吃驚地看著被他藏在窗簾後的榮譽之牆：「哇……」

許星洲從小到大，這種榮譽哪怕一個都沒拿過。

程雁倒是評過市級三好學生，林邵凡則評過一次省級的，但許星洲只在高二時被班導師扶貧，拿過一次校級的榮譽。而且在這之前，連小學的三好學生獎狀都沒她的份。

主要是從小到大許星洲在學校皮得要命，要是評她當三好，群眾們第一個不服。

秦渡甚至還有個透明玻璃櫃專門擺他的獎盃獎牌。那櫃子被陽光一照就反出一片奪目金光：許星洲湊過去看了看，那櫃子裡全是他的各類榮譽，從他的奧林匹克獲獎到與丘成桐的獎盃合影，從國中的航模比賽到區中學生運動會田徑金牌——許星洲眼皮一抽，發現秦師兄除了CMO（中國數學奧林匹克）的金牌外，居然還有個全國高中物理競賽的二等獎獲獎證書。

許星洲：「……」

除去這些金光閃閃的金屬，還有大學之後的一長串國家獎學金證書、校級獎學金證書、獎金證書……

我的天！許星洲特別想撬了鎖，摸摸那一串獎盃，順便把她醜陋又仇恨的指印留得到處都是。

秦渡端著個小零食盤子，手裡拎著一瓶果汁進來時，正好看見許星洲抱著膝蓋蹲在櫃子前，用仇恨的眼神盯著他櫃子裡那一長串躺在黑絲絨上的榮譽金牌。

秦渡看了她一下，貿然出聲：「許星洲。」

許星洲沒聽見他進來，嚇得差點一蹦三尺高！

秦渡瞇著眼睛看著許星洲——許星洲生怕自己那點見不得人的、想把他的獎牌摸得跟廁所抹布一樣的骯髒心思被他發現，後背登時沁出一層冷汗。

那場景的確挺可怕的。

夕陽紅得如火，秦師兄看著許星洲，片刻後嘲弄開口：「怎麼樣，比妳那高中同學多吧？」

「……」

接著許星洲就被小心眼借題發揮了。

許小蹄子浪歸浪，但她和林邵凡半點關係都沒有過，連接受他的心思都沒有半點，這位小心眼的辣雞人倒好，隔了半年都要把林邵凡拖出來鞭屍，問題是許星洲做錯了什麼？林邵凡又做錯了什麼？

林邵凡已經夠慘了，苦苦暗戀三年先不說，許星洲拒絕他也拒絕得非常不留情面也先不提，人家不就是來參加個挑戰杯嗎？秦渡這心眼小得跟網路上批量產出的女朋友似的。

按秦渡的話說，就是「賊心不死，我看他那天晚上還傳訊息給妳」。

許星洲有口難辯：「是他籌組的同學聚會啊！寒假的同學聚會！」

秦渡直接嗆她：「他不能讓程雁轉告妳？他就是賊心不死，妳居然還去參加了。許星洲，妳給我在個人頁面多發幾張我的照片。」

許星洲：「……」

秦渡瞇著眼道：「幾斤幾兩，心裡沒點數。」

「……」

他真的就是來借題發揮的！

這位秦師兄就是在宣告自己的所有權——男人這種生物很奇怪，他們越優秀領地意識越強，再加上秦師兄遇上許星洲心眼尤其小，針尖麥芒似的，簡直喪心病狂了。

「記清楚，」秦渡呼嘰一下掰開那塊餅乾：「我比他有錢，比他優秀，他憑什麼和我爭？嗯？妳說說看？」

「……」

許星洲惡毒地說：「憑他是個正常人？」

秦渡危險道：「許星洲妳——」

「——林邵凡還從來沒談過戀愛呢，」許星洲惡意地說：「師兄你呢，你呢？你對你國中談的那兩個女朋友比對我大方太多的事我從肖然姐嘴裡聽過，從陳博濤嘴裡聽過，還從路人甲路人乙嘴裡聽過，師兄你能找出我這樣對你的例子嗎？」

秦師兄瞇起眼睛。

「我對妳捨不得？」秦渡瞇眼：「捨不得，嗯？連那兩個女的都要搬出來嗆我？」

許星洲：「……？」

靠，他怎麼看起來還振振有詞，彷彿占盡了世間的道理——再這樣下去就要被他欺辱了！還有可能會被釘上恥辱柱！

許星洲立刻喊道：「你告訴我！臨床小學妹是誰！」

「……」

許星洲一提臨床小學妹就委屈：「你對她就、就這麼溫柔……嗚嗚對我就這麼辣雞，看我不順眼……你還買豬扒包給她吃……」

秦渡：「……」

許星洲一提豬扒包眼睛都紅了，坐在秦渡的床上揉了揉眼睛，帶著哭腔說：「你還把我的那份豬扒包搶走了。」

許星洲抽抽噎噎地說：「別人不要了你才給我，還要把我那份搶走……嗚嗚最後還是雁雁看我可憐，和我一起吃的。」

秦渡一陣窒息。

許星洲抱住自己的膝蓋，揉了揉眼睛，難過地說：「可、可是我……我也想吃豬扒包呀。」

秦渡連許星洲紅一下眼眶都受不了。

「我沒有……」秦渡心疼道：「這他媽什麼事啊……根本沒有的事。根本就沒有什麼臨床小學妹，我他媽從頭到尾就妳……」

那時候太陽都要下山了，許星洲聽都不聽，委委屈屈地抽噎起來。

「你說我的時候想過自己沒有！」許星洲哭著往秦渡被子裡鑽，鑽進去又罵他：「想找我清算林那誰你先把臨床小學妹的事給我弄清楚！絕對有臨床小學妹這個人！秦渡你這個垃圾只准州官放火不許百姓點燈！」

「……」

——「等和他吵架的時候，再和他吵這個小學妹的問題。」茜茜去年這樣建議道。

這建議令講道理的許星洲終於贏了一次情侶吵架，此時的心情，簡直想送一面妙手回春的錦旗給張博他女朋友茜茜。

那句話是怎麼說的？

女人的眼淚，從來都是武器。

許星洲縮在秦渡的床上，蓋著他的被子，任憑秦渡怎麼求饒都當沒聽見。

那時候天也黑了，許星洲出了一口惡氣，簡直大仇得報——秦師兄囂張了太久，這下就算不知道臨床小學妹是誰也能睡一個好覺了。

秦渡窒息道：「我真的不知道……」

許星洲斬釘截鐵：「渣男。」

秦渡求饒：「還有沒有線索，再提示一下，求妳。」

許星洲抽噎：「去論壇公審你。」

接著，屋門吱呀一聲開了。

——姚阿姨推門而入。

剛剛在樓下和秦叔叔吵架的姚阿姨已經恢復了溫柔，和善地來叫他們吃飯，道：「小朋友們吃飯啦，剛剛阿姨親手做了好吃的給你們，快下來吃——咦？」

房間內的情形大概太迷惑了，許星洲蜷在被子裡，大黑天的，燈也沒開，秦渡似乎在哄人。

姚阿姨：「……」

秦渡：「……」

姚阿姨驚訝地問：「哦喲，你們也吵架了？」

秦師兄手足無措：「對、對的吧……」

「吵架也要吃飯。」姚阿姨嚴厲道：「不許餓著。渡渡你滾下樓和嘟嘟待在一起。有客人你去陪，粥粥媽媽來哄。」

秦渡求饒地看了還縮在床上的許星洲一眼。

許星洲顯然不打算現在原諒他，使勁擰了他一把，示意他快滾。

「今晚有客人。」

姚阿姨讓開路，對被擰了還被嫌棄的秦渡道：「——長洲來了，剛剛還問你在哪呢。」

07、鷺起

許星洲揉著哭紅的眼睛下樓時，其實心裡並不是真的委屈。

——不僅不委屈，心裡還有一種扭曲暢快的快意。

秦渡是真的怕她哭，她一哭就心疼得不行。但是許星洲只要不哭，哪怕是生氣到揍他，他都不會退讓到這個地步——剛剛那場爭吵要不是許星洲藉機發作一場，很大機率會以老狗比的勝利告終。

秦渡在飯廳憋憋屈屈的，幫許星洲留了個位子，秦長洲也留下吃飯，表情溫和儒雅——姚阿姨說秦長洲是來送他爸爸醃的臘肉。

許星洲說：「秦師兄好。」

秦渡放鬆地吁了口氣，一揚眉毛，剛準備把許星洲拉到自己身邊坐下，就聽到秦長洲安詳地含笑道：「嗯，妳好，好久不見。」

許星洲說：「師兄好久不見。」

秦渡：「……」

許星洲揉了揉紅紅的眼睛，坐在了離秦渡很遠的地方，姚阿姨的旁邊。

那時候其實也不算晚，就晚上六點多，地平盡頭還有一絲殘紅的斜陽。

許星洲往那位子一坐，秦渡整個人都不好了。秦長洲就坐在她對面，片刻後阿姨把菜盛了上來，許星洲吃飯時連一眼都不往秦渡那裡看，就安安靜靜地夾著桌子上的筍絲紅燒肉和清炒青江菜，自己剝小河蝦。

秦爸爸和姚阿姨倒是有說有笑的，渾然沒了下午時要把天吵翻的模樣。

他們的氣氛顯然不對，秦長洲忍不住道：「你們兩個怎麼了？」

已經從許星洲嘴裡聽來了全過程的姚阿姨說：「他們下午吵了一架，因為渡渡的前女友，還有一個什麼，臨床醫學院的小學妹。」

秦渡：「……」

秦長洲讚嘆道：「了不起啊，我們學院的學妹都有春天了！」

「……」

「醫學部驕傲！」秦長洲說完，又好奇地問：「渡哥兒，讓小師妹這麼吃醋的到底是哪個年級的哪個班的誰？」

許星洲夾了一顆綠油油的青江菜，放進了自己碗裡，戳了戳米飯，沒說話。

秦渡說：「不曉得。」

許星洲啪嘰一聲把碗裡的青江菜叉了出去。

許星洲吃飯不快，尤其是在飯桌上還有蝦的時候。

她挺喜歡吃河鮮海鮮，但是手拙，剝蝦剝得非常慢，而且還不肯糊弄地連殼帶蝦一起吃。因此大家都走了，許星洲還在桌前艱難地與那一盤醬爆河蝦搏鬥——吃完飯姚阿姨走了，秦叔叔也走了，連秦長洲都離開了飯桌。

只有秦渡吃完飯，放下了碗，還留在桌前。

許星洲：「……」

許星洲也不理他懇求的目光，繼續徒手剝蝦。

她滿手都是紅紅甜甜的油醬汁，糊得看不清是肉還是殼，被蝦頭上的尖角戳了一下指頭，受到了驚嚇，嗷地一聲喊了出來。

秦渡立刻抓住機會，說：「我剝，妳吃。」

許星洲婉言謝絕：「不用……」

秦師兄卻直接坐了過來，開始下手。

他剝蝦子剝得非常快，剝完之後將雪白鮮嫩的蝦肉在盤子裡蘸一下醬汁，塞進了許星洲嘴裡。

許星洲被餵得措手不及，差點連他手指都吃了下去。

「什麼臨床小學妹，真的沒有過，」秦渡一邊剝一邊認真地說：「剝蝦也只剝給妳，螃蟹也只幫妳拆了，連那天豬扒包也是我專門排隊去買給妳的——我不會疼人，但是只有妳，真的只有妳。」

許星洲顯然很受用，面頰微微泛起了紅。

秦渡逮住機會又剝了隻蝦，熟稔地餵給許星洲，解釋道：「搶妳的豬扒包是因為粥粥太可愛了，後來給妳那些東西還是我親自去買的呢。那個臨床小學妹是我編出來騙妳的……」

她耳根子本來就軟，再加上又喜歡秦渡，燈光溫暖，蝦又好吃，幾乎立刻就被說服了。

「可是你還說……」

許星洲咬著小蝦仁，記仇道：「可是，你還說她叫師兄叫得特別軟萌。」

秦渡忍笑道：「還真是這個小學妹啊？」

許星洲：「……」

「這個小學妹真的是我騙妳的。」秦渡幫許星洲剝著小蝦仁，忍俊不禁道：「那時候妳不是不叫我師兄嗎，忍不住就說了這個人刺激妳，然後妳第一次叫我師兄，我還記得。」

許星洲：「……」

好像，應該是這樣的……連這個小學妹的姓名都不知道，而且秦渡確實是一個能把黑的說成白的的辣雞。

可那一通電話又該怎麼解釋？

許星洲機警地問：「那你平時和醫學院那邊，沒什麼聯絡？」

秦渡說：「哈？不認識……啊……他們學院的我都沒認識幾個，女的更少了。」

——放屁，那通電話是怎麼回事。

許星洲說：「那師兄你還是繼續想吧。」

二月初的冬夜，寒風凜冽地颳著窗戶。

許星洲和姚阿姨坐在一起，在客廳沙發裡坐著，她還抽了小花繩幫姚阿姨編頭髮。

秦渡吃完飯就摸了摸許星洲的頭，披上了外套出門。許星洲一開始還問了一下要不要跟著，秦渡直言不用，他不是出去玩的，外面太冷，讓她在家好好待著，不要感冒。

外面又開始劈里啪啦地放鞭炮，年味十足。

都已經小年了，秦叔叔躺在沙發上看新聞。

姚阿姨道：「星洲，你們那裡過年有什麼習俗？」

許星洲笑道：「沒什麼特別的，就是穿新衣服，拜年——不過會打很多麻將。」

姚阿姨笑著問：「每年麻將能贏多少錢？」

許星洲說：「運氣好的話兩百多？不好的話賠過三百多塊。我們都不打太多的，打多了傷感情，就打一塊五塊的，最多不超過十塊錢……」

姚阿姨還沒來得及回答，就聽到了門鈴叮咚一聲。

秦叔叔啪嘰一聲關了電視，說：「哦，是胡安雄來了。」

許星洲微微一愣，姚阿姨就對她解釋道：「胡安雄是公司的原材料合作對象，快過年了，現在來送禮。等等他如果看妳的話，妳喊聲伯伯好就行了。」

許星洲知道自己如今身分也有點尷尬，確實不好介紹，要介紹的話也只能是一句不尷不尬的「是我兒子的女朋友」——姚阿姨的安排是最恰到好處的。她正思考著，遠處玄關門便一動，大約是對方要巴結的緣故，秦叔叔也不去迎，張阿姨將人迎了進來。

接著，許星洲就愣住了。

來的第一個人是個年紀不小的，有點禿頭發胖頂著啤酒肚的中年男人，手裡拎著不少東西，許星洲不認識；第二個男人年輕，許星洲卻記得清清楚楚。

那個人個子算不上很高，應該有一輛布加迪，面目陰沉模糊。

——在春天的雨夜，秦渡帶她去飆車的那個夜晚，就是這個人靠在他的跑車上，說「老秦帶來的那個妞巒漂亮，不知道砸了多少錢呢」。

許星洲對他印象深刻，包括自己當時嗆回去的樣子。

——怎麼能忘記呢？那可是一個把自己打上價格標籤的人。

他說，「那小ㄚ頭漂亮倒是真的漂亮，但是漂亮有什麼用？我們這群人想找漂亮的哪裡沒有？」接著就是風雨中的一陣哄堂大笑。

許星洲僵了一下，直直地看著那個胡家兒子。

姚阿姨敏銳地問：「怎麼了？」

也是，許星洲想，他們這種家庭，肯定會有私交的。

否則那個人怎麼會對秦師兄那麼瞭若指掌——如果只是在同一個俱樂部，哪能了解到這個地步？一看就是之前認識的。

那一瞬間，許星洲說不出是什麼感覺，對著姚阿姨搖了搖頭，示意沒事。

「秦總，」那個中年人笑著寒暄道：「過年好啊。」

秦爸爸——老秦總笑了笑，問：「怎麼小胡今天也來了？」

胡安雄賠笑道：「犬子不懂事，今年年中時把秦公子得罪了，當爸爸的帶過來，向秦公子賠禮道個歉，這種事總不好拖過了年。」

許星洲好奇地看了那個人一眼。

他看起來特別不服，卻又不得不忍著——這人臉上帶著種教科書般的富二代模樣，此時居然還要來跟秦渡道歉，服才有鬼呢。

雖然不知道他是為什麼來道歉，但是許星洲莫名特別暗爽。

老秦總嗯了一聲，中肯地說：「——小輩的事我們畢竟不好插手。」

秦長洲靠在窗邊，看好戲似的道：「嬸，他五月份的時候把胡家那小子揍了一頓。」

姚阿姨：「渡渡怎麼打人？胡家這個做了什麼？」

秦長洲意味深長地看了許星洲的後腦勺一眼，道：「大概只有當事人曉得了吧。」

「小胡」——胡瀚，在秦家看到許星洲的瞬間，表情扭曲了一下。

那個女孩和這家的夫人坐在一起。

她眉眼垂著，一頭黑長的頭髮撩起，露出消瘦天鵝般的脖頸。手腕上還戴著一個金光閃閃的小手環，價值不菲，在臨近過年時出現在秦家。

了不起啊，胡瀚想，連他們秦家的高枝都攀得這麼輕鬆。

他冷笑一聲。

那一剎那被秦渡捉著衣領揍的疼痛彷彿又浮現在臉上。人說打人不打臉罵人不揭短，這位秦公子那天早上卻拳拳照著臉掄。

——這仇都該記在哪呢？

復仇的機會，說來就來。

那個女孩自己去廚房倒了杯果汁，正拿著玻璃杯回去時，被逼出現在這裡、也不太願意道歉的胡瀚剛從外面抽了三根悶菸回來。

那女孩抬頭看了胡瀚一眼，似乎直接把他當成空氣了，是個連招呼都不想和他打的模樣。

記仇是不可能記在秦渡身上的，記在他身上徒增煩惱，那還能記在誰身上呢——顯然是這個女孩。何況秦渡秦公子，當前不在家。

這個歉，你必須道——他爸爸來之前拎著他的耳朵說。我管你做錯了什麼，管你是不是在大早上被秦渡那二世祖摁在公司門口砸到鼻骨骨裂，這個歉你也必須得道到他滿意為止。

這個小妞當時也挺嗆的，趁著秦渡不在，逮著他一頓辱罵。

可是這是秦渡的家，應該也是這小妞第一次來這過年，她還得想方設法討好公公婆婆呢，以她的心機，不會把這件事鬧大。

胡瀚冷笑道：「這就上位成功了？」

然而許星洲抬起眼睛看了他一眼，冷冷地反問：「怎麼，你這樣上位過？」

胡瀚：「……」

許星洲拿著杯子要走，胡瀚卻又不能讓她這樣滾蛋——這揍總不能白挨吧？

他嘲道：「戳了痛腳了是吧——妳們這些女人什麼樣子，我他媽早八百年領教過了，給錢就笑，廉價得很。」

「秦渡是沒見過女的嗎，」他低聲嘲諷說：「居然能讓妳這種人進家門？」

許星洲瞇起了眼睛。

「攀高枝、飛上枝頭、成功上位」——許星洲那一瞬間甚至都找不出話反駁這個人，畢竟任誰看都是這劇本，何況豪門恩怨本就是千百年的大熱門。豪門的恩怨紅了無數作品，甚至連《紅樓夢》都是其一。

可是只要在局中，就誰都知道，許星洲並不是這樣。

許星洲拿著杯子，嘲諷回去：「我進誰的門關你什麼事？對著我意難平個沒完了？還是在F大找不到漂亮妞，或者是你包不到啊？」

許星洲又說：「包不到才正常，這世界上人總比禽獸多。而且奉勸你一句話，你不要臉就自己安靜如雞，別以為所有人都跟你一樣。」

胡瀚暴怒道：「妳他媽的還裝白蓮花？」

許星洲牙尖嘴利：「白蓮花你媽，骯髒貨色說誰呢？」

許星洲老家民風彪悍，荊楚之地連買菜講價都能講出凶悍無匹、諸葛亮火燒博望坡的氣勢，加上她奶奶也從不讓她吃這種虧，平時脾氣好不噴人，但是一旦噴起人來，大約能噴十個廢物二世祖。

遠處大門吱嗟一聲響，不知是誰回來了。

但是許星洲氣得耳朵裡血管都在砰砰作響，根本沒往心裡去。

「骯髒貨色？說我呢？」胡瀚危險地道：「他娘的大早上起來秦渡把我堵在公司大樓門口打，是妳出的上不得檯面的主意吧？」

許星洲吃了一驚：「別他媽什麼屎盆子都往我頭上扣，誰知道你是不是——」

胡瀚說：「妳他媽等著就是，秦渡他娘的能當妳一輩子的靠山？」

「……」

「我在別處認識的朋友多得很，」胡瀚壓低了聲音警告她，「以我的人脈，找人弄個大學生還不簡單？妳不是還沒根沒基？連願意幫妳出頭的爹娘都沒有吧？」

「妳他媽的，死了都沒人知道。」

許星洲那一瞬間，氣得頭髮都要炸起來了。

她站在廚房到露臺的走廊中，燈光昏昏暗暗的，手裡拿著一杯涼冰冰的橙汁，那是她剛有點渴去廚房倒來的，而姚阿姨還在客廳的一角等著她。

許星洲想把果汁潑在胡瀚臉上。

胡瀚似乎知道許星洲想做什麼，嘲諷道：「潑啊？」

「潑啊，」胡瀚得意地說：「妳不是很厲害嗎，不是還慫恿秦渡來打我嗎？把我打到鼻骨骨裂嗎？妳潑潑看。」

許星洲氣得手都在發抖，直直地看著他。

「潑潑看啊。」胡瀚挑釁道：「橙汁，對著臉潑——潑完看看老秦總怎麼說？秦渡先不提，他現在對妳發著瘋呢，且看看秦太太怎麼說？」

他幾乎是看準了許星洲不會動手，嘴碎地羅列著可能出現的後果嘲笑她。

許星洲真的特別想潑下去。

——如果是孤家寡人的話，興許就這麼幹了，許星洲想。

可是問題是許星洲可以肩負起自己的後果，卻不能為此毀了別人的。孤家寡人勝在一人吃飽全家不餓，不用顧忌他人的利益，只消支付自己的後果即可。可是許星洲不覺得自己能替秦叔叔、姚阿姨，甚至秦渡，去支付潑這一杯橙汁的代價。

電視劇裡拍間諜時，總會拍他們受制的家人。

許星洲氣得腦子裡嗡嗡響。

接著，她又聽見了胡瀚的下一句話——

「想潑我，妳當妳是誰？」黑暗中，他輕蔑道：「婊子。」

許星洲心裡不住地勸自己，說粥寶這次就別和他計較了，潑他幹嘛呢。

這賤人都被秦師兄不明原因地揍過了，還揍到了鼻骨骨裂，甚至還 loser 到把這個堂而皇之地拿出來說，彷彿那是什麼天大的委屈似的——這樣一個幼稚的廢物，還是別浪費手裡這杯無辜的果汁了。

許星洲將那杯果汁一端，剛準備憋著氣離開，就突然被一隻熟悉溫暖的手掌攥住了手腕。

秦渡攥著許星洲的手，將那橙汁嘩啦潑了胡瀚一頭。

秦渡那時候連外套都還沒脫，厚重的羊絨大衣上還有冬夜冰冷氣息，手裡提著個似乎挺熟悉的袋子，他握住許星洲的手潑完，還將許星洲手上沾到的橙汁擦了擦。

許星洲都驚了：「……師、師兄……」

他瞥了被橙汁兜頭淋了的胡瀚一眼，嘴角微微一勾，文質彬彬地開口：「你說她不夠資格，那我夠不夠？」

秦師兄說話的樣子極其文雅，特別不像他，轉向對面被澆得眼睛都睜不開的胡瀚。許星洲一時間都覺得秦師兄被換了個芯。

但是接著，秦渡就對著胡瀚開了口。

「——胡瀚，你還真他媽不記打啊。」

秦師兄盯著胡瀚。說不出他究竟是什麼神色，卻有種極度狠厲的、豹子般的意味。

那是一種，秦渡所獨有的，暴戾與尖銳。

08、燈火

「——胡瀚，你還真他媽不記打啊。」

秦渡將買回來的那袋東西往旁邊一放，對被潑了滿頭果汁的胡瀚道：「你對她說了什麼，再對我說一遍。」

秦渡光是個子就比胡瀚高不少。

他年紀其實比胡瀚要小兩三歲，但是在這個是人都分三六九等的世上，胡瀚何止得讓他三分？關係最好的時候胡瀚都不敢叫他小秦，只敢跟著別人秦哥秦哥地叫。

胡瀚哪裡敢講？他閉了嘴一言不發。

秦渡嗤笑一聲道：「剛剛不是挺能說的嗎？不是對著我家女孩也挺能講的嗎？現在啞巴了？」

被淋了一頭果汁的胡瀚道：「這是誤會，秦哥，我也沒說什麼。」

許星洲：「……」

「沒說什麼？」秦渡瞇起眼睛：「許星洲，妳複述一遍給我聽。」

許星洲呆呆地道：「算、算了吧……對叔叔阿姨不太好。」

許星洲是真的不想惹事。

況且這個人真是一副和他計較就會掉價的模樣——他甚至對自己說的話都毫無擔當。同樣都是二世祖，怎麼二世祖和二世祖的差距比人和狗還要大呢？

秦渡冷笑一聲。

胡瀚立刻解釋道：「真沒什麼，小口角而已。」

「……」

「了不起啊，鼻骨骨裂也能他媽不長記性。」

秦渡嗤一聲笑了，鬆開許星洲的手腕。

燈光半明半暗，胡瀚大約是覺得秦渡把話說到了這分上，許星洲看起來也不是個打算追究的模樣，這兩個人大約是不會計較了——胡瀚便立時要溜。

可是，秦師兄往前邁了一步，拽著他的衣領，把他堵在了裡面。

胡瀚發怒地大聲道：「你幹什麼——」

「許星洲，」他扯著胡瀚的衣領道：「他說了什麼，妳跟我說一遍。」

秦渡：「從四月份那天晚上開始，到剛剛他侮辱妳為止，每一句話，只要妳想得起來——」

秦渡盯著胡瀚的眼睛，話卻是對著許星洲說的：「只要妳想得起來，就告訴我。」

廚房門前光線暗暗淡淡，許星洲那一瞬間眼淚都要出來了。

秦師兄態度異常堅決，顯然是不打算將胡瀚完好無損地放出家門外了——而對本質絕非什麼白蓮花的許星洲而言，都有人為她這樣撐腰了，還不告狀，就是傻子。

許星洲剛準備一五一十地告訴秦渡呢，就聽到了一點特別的聲音。

許星洲：「……」

大概是他們這邊鬧騰的聲音太大，秦叔叔皺著眉頭，探頭進來，問：「怎麼了？」

秦渡也不避諱自己的父親，抓著胡瀚，將他往牆角一摜——那動作許星洲曾在街頭巷角見過，她那一瞬間意識到秦渡的確如肖然所說，曾經混過，而且打人非常、非常的狠。

「秦渡？」秦叔叔皺起眉頭斥道：「做什麼呢！」

姚阿姨聽了騷亂聲，也出現了。

接著所有人齊聚一堂，連胡瀚的父親都來了──他一來便極度吃驚，喊道：「胡瀚！你做什麼！」

秦渡將胡瀚一鬆，掃了在場所有人一眼冷冷道：「胡叔，我至今尊你一聲胡叔，是因為我曉得你做事清楚，可是你兒子來我家大放厥詞要怎麼說？」

胡瀚父親登時汗如雨下。

「混球玩意……」胡瀚父親顫抖地說：「秦公子，真是對不起，我兒子……」

秦渡冷冷地開口：「……胡瀚為人如何，且先不提這個，畢竟帳要從頭算起。」

然後他極其桀驁地、當著所有的長輩的面，喚道：「許星洲。」

走廊狹窄而昏暗，秦爸爸、姚阿姨，甚至那個原材料合作對象都看了過來。

這到底是什麼情況，許星洲緊張到顫抖：「我……」

她立刻想，我不能給秦家惹事。

事到如今，這件事已經鬧到了長輩面前。畢竟他們願意接受自己已經很不容易了，能接受一個這樣的許星洲已經令他們做出了極大的退讓。許星洲不能因為自己而讓他們家蒙受損失。

許星洲一直是這樣的人——她計畫去死時都想著不能給別人帶來困擾，為了一個莫須有的凶宅二字能徒步爬下三十層的高樓，臨走前認為自己欠了秦渡的人情，在手機背面寫上支付密碼，把它留在原先放安眠藥的抽屜之中。

許星洲顫抖道：「師、師兄，算了吧。」

秦師兄瞇起眼睛望向她。

「算了吧，」許星洲難受地忍著眼淚道：「師兄算、算了，也沒什麼大事……」

秦渡痛快道：「行，這鍋我也不能讓妳背。許星洲妳不敢說我來說。」

「上位成功了是吧？」秦渡漫不經心道：「以胡瀚你的人脈搞死個外地來的大學生確實是很簡單，問題是你脅迫了誰？你是說誰上位成功，你剛剛那聲婊子又是叫誰？」

那一瞬間許星洲感受到了一種來自真正的、成熟的上位者的壓迫感——秦渡的父親臉色一沉。許星洲幾乎很難把自己之前見到的那個會因為毛筆字難看而和姚阿姨據理力爭地吵架、對她和藹可親甚至有點腦筋短路的秦叔叔與他聯想在一起。

那是屬於摸爬滾打著、在泥濘裡開拓出他現今有的一切的老秦總的威壓。

老秦總說：「胡瀚，你解釋下。」

胡瀚父親汗流浹背道：「我家兒子年紀小，不懂事……」

「——年紀不小了。」姚阿姨慢條斯理地開口。

「按理說一個孩子三歲就該知道尊重別人，五歲就該知道有些話不能亂說，七歲就要對自己說過的話負責任，十六歲擁有完全的行為能力……你多大了？」

姚阿姨道。

「我沒有替別人教育孩子的意思，」姚阿姨話裡帶著軟刀子道：「但是麻煩明白一件事，我家的事情容不得旁人來指手畫腳，我家的人更容不得旁人侮辱。」

姚阿姨說話時聲音還帶著一絲笑意，可是那一分溫柔的笑意寒涼徹骨，像冰凌似的。

雖然她這話說得溫文爾雅，但其實仔細想來極其厲害——軟刀子殺人向來不流血，可是姚汝君字字意指胡瀚家教不行，愧為成年人，更是把這件事歸為了自己的家務事，把許星洲劃進了自己的保護圈。

說話的藝術大抵如此，許多話不必說透，但是刀仍能捅。

胡瀚父親滿頭大汗：「我們哪……哪有這個意思呢？」

他又斥道：「胡瀚！」

「……不是說要來跟秦渡道歉嗎？」老秦總瞇著眼睛，發話道：「道了歉就走吧，不早了。」

那就是明明白白的、連半點情面都不留的逐客令。

胡瀚就算是傻子也知道自己捅了大簍子，大氣都不敢出一個，只看著站在陰影裡的許星洲，許星洲鼻尖發紅，卻似乎被他一句「是不是上位成功」說得不敢去拽秦渡的衣角。

胡瀚被橙汁搞得滿臉黏稠，狼狽不堪，也不敢再作怪，對秦渡低聲道：「秦少，那時候是我……」

秦渡卻打斷了他，漫不經心地反問：「你道歉的對象是我？」

胡瀚：「……」

「你汙衊了誰，」秦渡瞇著眼睛說：「就對誰道歉。」

「我這輩子沒用包養兩個字對待過許星洲，」秦渡慢條斯理地說：「從一開始就沒有過，而且以後也不會有。」

秦渡伸手一摸許星洲的頭，揉了揉。

「──對她道歉。」

他沙啞地說。

許星洲眼眶都紅了。

──那天夜裡海岸之上海鷗撲稜飛起，跑車引擎呼嘯穿過盤山公路。許星洲想起秦師兄握著排檔桿卻又溫柔粗糙的指尖，被狂風吹走的小恐龍傘，在暴雨傾盆的宿舍大樓前的告別，在床上無聲地聽著點點滴滴到黎明，風裡的平凡煙火。

我們不是同個階層的人，那時的許星洲想。

可是，那天晚上曾經倚靠在布加迪上，用高高在上的、鄙夷的語氣評價她的另一個階層的人幾乎是可鄙地對她道歉。

「……對、對不起。」那個人說。

這是屬於那個暴風席捲而過的春夜的句號。

許星洲其實也不總是個嗆口辣椒。

確切來說，她大多數時候都不吃虧，可唯獨過年回去時，她總是非常善於忍耐——那是她一年來難得與父親家共處的時間，許星洲會被妹妹明著暗著攻擊，可那時候，她總是忍著的。

一是因為她和這個同父異母的妹妹年紀整整差了七歲，如果許星洲和她計較的話會非常掉價；二是妹妹真的很受寵愛，許星洲怕和她起了爭執的話來年更受排擠。她還在上學，經濟無法獨立，離不得父親，因此總是想著自己的生活費。所以她教育自己，讓自己忽略這件事，令自己安靜忍著。

胡瀚和他父親離開秦家後，許星洲坐在桌邊，紅著耳朵看向庭院。

秦渡說要和許星洲聊一聊，於是姚阿姨和秦叔叔把飯廳的空間留給了他們，兩人回了客廳。

結果說要聊聊天的秦渡從許星洲手中抽走了空空的玻璃杯離開了，也不知道去了哪裡。

秦師兄不在，許星洲便一個人坐著發呆，過了一下她突然想起什麼，伸手扒了扒秦師兄買回來的那袋東西——那袋東西摸起來還熱熱的，是一個個軟軟的小紙球。許星洲揉了揉自己羞得紅紅的耳尖，從袋子裡摸出來了一個……熱騰騰的豬扒包。

許星洲呆了一下，第一時間居然都沒反應過來秦渡買這東西是要做什麼。可是緊接著秦渡就從廚房回來，將一杯冰橙汁放在她面前。

「我出去排了好久的隊，怕是得有半個多小時吧，把妳心心念念意難平的豬扒包買回來了。」他往許星洲對面一坐，瞇著眼睛說：「潑了妳的那杯果汁也倒來給妳了，嗯？許星洲妳怎麼說？」

許星洲噗哧笑了起來。

可是她還沒笑完，秦渡就拆了一個豬扒包，極度不爽地塞到了她嘴邊——許星洲被逼著，啊嗚咬了一口。

「唔……師兄你真的好幼稚啊！」許星洲又被逼著咬了一口，口齒不清地嗆他：「我就是嘴上說說，你居然真的會大晚上去買豬扒包。」

她真的太欠揍了。

「……」秦渡危險地道：「嘴上說說？嘴上說說記我一年的仇？許星洲妳還不是更幼稚？一個根本不存在的什麼鬼臨床的惦記了整整一年——妳他媽——」

然後，他恨鐵不成鋼地，在許星洲腦袋上叭地一彈。

秦渡眼睛狹長地瞇起，低聲道：「——妳他媽是不是以為沒人為妳撐腰？」

許星洲一呆。

「被欺負了還不敢說出來？」秦渡咄咄逼人，「別說我了，就說我爸媽，他們兩個不向著妳，向著誰？許星洲以後妳還敢受了委屈之後跟我講讓我別跟賤人計較，妳當我捨不得治妳了？」

許星洲面頰紅紅，又被秦師兄啪嘰地拍了一下後腦勺，立時捂住了自己的腦袋。

寒夜風吹得玻璃外呼哧作響，樹椏撕扯著夜空。

室內暖氣蒸騰，許星洲趿著小棉拖鞋，愧疚地低著頭。她的髮梢後面露出一小點紅霞雲彩似的耳尖，燈光昏沉，她便看起來格外甜。

秦渡嘆了口氣。

「我都做到這分上了，說吧，」秦師兄把手裡的豬扒包遞給她，難得認真地道：「臨床小學妹到底是什麼梗？我怎麼想都想不到，妳倒是每次都說的煞有介事。」

許星洲呆呆地道：「嗯……」

事到如今，真的不說不行了。

外面寒風凜冽的，秦渡去排隊買了這麼一大袋豬扒包，回來之後表現還這麼帥，許星洲怎麼想都覺得繼續瞞著他也太過分了——更何況，許星洲自己也挺想知道，當時秦渡接的到底是誰的電話。

許星洲又啃了一口熱乎乎的豬扒包，嘀咕道：「……豬扒包。」

秦渡痛快回覆：「我騙妳的。」

許星洲憋屈地說：「……叫師兄的時候帶著彎，聲音像橋本X奈？」

「說過了，」秦渡痛痛快快地說：「X奈這梗是為了騙妳叫師兄編出來的，我為自己的莽撞自罰三杯，但是妳要是因為這兩件事記恨了我一年，我就得記妳兩年的仇。」

許星洲氣到要哭：「可你從來沒解釋過！」

秦渡瞇著眼睛反問：「那妳問過我沒？」

「……」

許星洲立時理虧，大聲道：「好！這個姑且不提，可你還送資料給她！我見到了的，親眼！四月底，學術報告廳門口，週六！我那天從育幼院回來的時候看得清清楚楚，你接她電話溫柔得不行！」

秦渡一愣：「哈？」

「對著許星洲就口口聲聲要掛她電話，要封鎖她，不通過粥粥的好友申請，哦對你還刪過我的好友……」許星洲哭哭：「哪怕到了現在你接我電話都不溫柔！對著人家小學妹就又寵溺又溫柔還無奈，你自己看看你跟我的聊天紀錄都是什麼！師兄你是不是我的仇人……」

秦渡：「……？？？」

秦渡難以置信地說：「……？許星洲妳剛剛說什麼？」

許星洲忍不住拿豬扒包砸他，一邊砸一邊道：「去年四月底阜江校區學術報告廳一樓CD8T細胞功能衰竭和瘧疾重症化感染的講座！我當時還想和你打招呼結果你直接上樓了！打電話那麼溫柔！說吧是哪個小妖精！你居然還問我放了什麼屁？」

「我問妳剛剛說什麼，沒問妳放了什麼屁……」秦師兄無奈道：「不過這個講座我記得。」

許星洲怒氣衝衝，從桌子上抓了一把湯匙，啪地指向秦渡。

「說清楚，」許星洲咄咄逼人地用「刀」架住秦渡的脖子，講：「究竟是哪個小妖精！居然會勞煩你送資料給她！話說回來了你都沒幫你正牌女朋友送過！」

秦師兄脖子上被湯匙架著，憋笑道：「這個學期我幫妳送過不下二十次妳的書包課本身分證了吧？這講座送資料的事情我沒辦法抵賴，我就是去了。妳話都說到這分上了，臨床小學妹這個鍋，我也不能不背了。」

「我也不能不背」此話一出，許星洲的眼眶，立時就紅了。

她揉著自己通紅的眼眶，悲傷地說：「我就知道，可是好可憐！可憐我一直一廂情願地以為你是乾乾淨淨的一隻師兄……」

可是許星洲還沒說完，就被秦渡打斷了。

「——但是。」不乾不淨的那隻秦師兄嘆了口氣：「妳吃醋之前怎麼也不看看，那天的學術報告是誰做的啊。」

「……」

秦渡教育小師妹：「下次吃醋之前，記得看一下官網學術報告紀錄，有報告人的學歷和研修成果，而且最顯眼的地方肯定有名字。」

許星洲：「……」

「我哥要是知道妳這樣描述他，」秦師兄幸災樂禍地說，「他會披著馬甲，在論壇公審妳。」

秦渡帶著許星洲出來時，許星洲滿臉通紅。

客廳裡燈火通明，秦叔叔懶洋洋地看電視上播放的往年春節節目短劇集錦。秦長洲已經走了——許星洲暫時沒辦法面對這位秦大師兄，他走了真的是一件好事。

秦渡春風得意，拉著許星洲軟軟的小手捏了捏，喊了聲：「媽，我們談完了。」

許星洲囁嚅道：「……叔、叔叔阿姨，對不起，我給你們添麻煩了。」

秦叔叔一愣，抬起頭望向許星洲，說：「星洲，妳道歉做什麼？」

「星洲，」秦叔叔皺著眉頭問：「妳在家受了這種委屈，叔叔還沒道歉，妳為什麼要和我們道歉？」

姚阿姨低聲道：「……以後，阿姨保證，不會再有了。」

「可是受了委屈要說。」姚阿姨沙啞道：「要自己站出來告訴我們『我很不舒服』。」

「星洲，家人從來不應該是妳行事的掣肘——家人是後盾。」

許星洲曾經在很多個除夕夜，偷偷躲在父親家的陽臺上，抽噎得鼻尖通紅。

陽臺是唯一一個僻靜而寒冷的地方，外面鞭炮震天響，可許星洲還是能聽見後面她的妹妹許春生嘲笑她的、將她當作局外人的聲音——「姐姐成績好又怎麼樣呀，」那個稚嫩的聲音說，「你們不要再讓我和她學了，她又不是我們家的，爸爸你總誇她做什麼呢？」

於是許星洲的爸爸會安慰自己的小女兒：「沒有沒有，我家春生是最好的，可是爸爸還希望妳更好。好到姐姐比不上。」

那時年幼的許星洲總是憋著滿腔的淚水，想衝進去，質問自己的父親，明明不愛我，為什麼要生下我呢。

可是她沒有這樣做過——許星洲死死忍住了，並且每年都會忍住。

原因無他，因為十幾歲的許星洲會想起自己的生活費，想起自己下個學期還要參加的補習班，那都是錢；她還會想起來年的家長信，想起過年的和氣，想起無數掣肘她的一切。

二十歲的、長大成人的許星洲想起姚阿姨對胡瀚說的那一句「我家的人由不得旁人侮辱」，突然之間，淚水就要流下來了。

在許星洲還不知道姚阿姨就是姚阿姨時，姚阿姨曾經對她說「妳這麼好，妳想要的，都會有的」。那時許星洲認為姚阿姨只不過是場面話，只不過是在安慰她，她只是回以一笑。

可是如今，秦渡就在身邊，握著她的手。

隔壁院子大概有孩子在放鞭炮，「咻——啪」地一個沖天炮，接著是小孩脆生生的笑聲。姚阿姨對許星洲有點調皮地笑了起來，示意她坐在自己身邊。那一剎那窗外燈火通明，煙火轟然炸響。

年關喧囂異常，隔壁院子的小孩被突然炸響的煙火搞得哈哈大笑。

姚阿姨從茶几下摸出一個大紙袋，說：「那天逛街的時候，阿姨買了一點東西給妳，就是妳在訊息上說挺好看的……」

……連姚阿姨的聲音，都淹沒在了煙火之中。

聲音淹沒了，可溫度沒有。

姚阿姨伸手揉了揉許星洲的頭髮，那溫暖的氣息與秦師兄極度相似，那溫度從指尖傳來，猶如春日溫柔的陽光，又像是站在陽臺的許星洲所羨慕過的、溫暖燦爛的萬家燈火。

——這一定會是個很好、很好的年。

許星洲被姚阿姨揉腦袋時，拚命忍著眼淚，這樣想道。

番外二 星河渡舟

01、漢賽爾與葛麗特

幾年前，秦渡那群太子爺朋友，曾在酒後開過一次玩笑。

他們大多數人都認為，在座所有人都會步入婚姻的殿堂，可秦渡這輩子是不可能結婚的——第一點是他家裡顯然不會強求秦渡的婚姻，第二點是因為他渾身上下帶著一股孤家寡人的味道，第三點是因為秦渡明言他討厭婚姻這種束縛。

他們開這玩笑時，秦渡剛用三句話，把陪酒女郎氣走了，可見這玩笑其實帶著一絲預言的性質。

但是，秦渡覺得婚姻這種存在無聊也是真的。

他認為這種東西就是社會無效契約——是憑著人的社會性和缺乏安全感的特質而合理化的社會共識，是人為了滿足自己的私欲而設立的、本身帶不來情感支持也帶不來進步價值的存在。他不否認自己父母婚姻的幸福，可是同時也認為「婚姻毫無意義」。

陳博濤的觀點則稍微溫和一點：「秦渡如果有能看對眼的人，是能和對方過一輩子的。」

那時候比現在年輕得多、卻已經成為狗比的秦渡，對此嗤之以鼻。

他不理解為什麼會有無數人前仆後繼地想要結婚，包括連後來遇到許星洲之後，秦渡都沒有「婚姻是必需品」的想法——他認為他是要和許星洲過一輩子的，可是結婚與否似乎也沒這麼重要。

這其實是一種屬於蔑視世俗者的、近乎天才的狂妄——秦渡那幫凡人朋友都覺得秦渡是一個活體傻子，並且建議他去跟自己愛如眼珠的女朋友發表一下這一番言論。

——結果他們沒想到的是，許星洲比秦渡還認可「婚姻無用論」。

許星洲特別不受拘束，這種拘束包括「世俗」，更包括「婚姻」二字，當即就和秦渡表示我們以後再說，過好當前最重要了，結婚證這種東西不過就是個形式，比起兩個缺乏意義的紅本本，我還是更喜歡和師兄到處去玩。

秦渡得意地轉述時，還有點喜上眉梢的意思。

那時陳博濤冷靜地問他：「這不是渣男宣言嗎？」

「……對啊，」另一個人也道：「我年少無知的時候對我前前前女友這樣說過，後來我就涼了。」

「不僅是渣男宣言了吧！」有人懷疑道：「你女朋友話居然能說到這分上，我懷疑她想渣你。」

秦渡當時還有點不屑，認為這些人就是嫉妒。

畢竟能找到這一個從心靈契合到肉體的人實在是太不容易了，像是存在於這世上的、他的半身。

可是他們談戀愛一週年時，秦渡就有點不爽了。

秦渡從小玩到大的那一幫人也好，他的高中大學同學也罷，居然有不少人都有點打算畢業就結婚的意思。可是許星洲好像真的不緊不慢的——期間秦渡帶她出席過兩次他朋友的婚禮，甚至還包括秦長洲的，許星洲和新娘子鬧著認識了，可是回來之後居然連半點羨慕的意思都沒有。

——極其的坦然。

晴空萬里，白鴿撲稜起飛，觸目所及處處是雪白的、鮮紅的玫瑰與花束。秦渡西裝革履地站在太陽底下，身邊的許星洲遇到了熟人，立刻丟下他跑了。

秦渡：「……」

那是秦渡一個朋友的婚禮現場。

他這個朋友挺寵老婆，婚禮舉辦在他自家在上海近郊的一處度假別墅，下了很大的本，也花了很多功夫——處處是鮮花和撲稜而起的白鴿，滿是資產階級的腐臭氣息。新娘則穿著三公尺的、專人設計的拖尾婚紗，在人們的簇擁中快樂地笑著。

結果許星洲遙遙跑去和一個女孩打招呼，還和那個女孩激動地抱在了一起。

秦渡看著那兩個女孩，摸著自己的袖釦，陷入亙古的沉默。

陳博濤湊過來問：「兩年了。感覺自己被渣了沒有？」

「……」

秦渡說：「你滾吧。」

陳博濤就滾了。

秦渡凝視了一下許星洲這個拔屌無情的混蛋的方向：她還和那個朋友黏黏糊糊的，她那個朋友長得也挺漂亮，乍一看居然有些煙山霧繞的美感，一看就是個矜持又冷淡的女生。

秦渡不再去看，因為他一看就知道他和這種氣質的人氣場極其不合，可能會留下血海深仇。

接著，秦渡和一個很熟悉的後輩視線相撞。

這個後輩他好幾年沒見了——還是秦渡大二那一年去P大參加丘成桐杯時認識的，在P大光華學院學經管，比秦渡小一屆，成績不錯，開朗帥氣，人緣極其好，與秦渡一起打過幾場籃球。

如果不是休學創業的話，今年也應該畢業了。

那後輩也是一愣，對著秦渡一點頭，在初夏熾熱的陽光中，端著杯子走了過來。

秦渡點了點頭道：「沈澤。」

那叫沈澤的後輩也笑著打招呼：「秦學長。」

驕陽傾瀉，樹影在風中搖擺。

上海那天天氣不錯，婚禮進行曲不絕地響著，小提琴手倚靠在迴廊上拉著曲子，遠處鮮花穹頂反著萬丈金光。

許星洲在一旁小聲回覆著她的畢製導師。

——這年她要畢業了。

這世界也太小了吧，秦渡莫名其妙地想。

許星洲和那個叫顧關山的女孩認識了許多年，而顧關山又正好是秦渡的舊識——沈澤——那個只聞其名不見其人的女朋友，這怎麼想也太過巧合了。

許星洲只和顧關山敘了一下舊，又各自有事散開了。他們畢竟是來參加朋友婚禮的，而顧關山更只是來走個過場——她對上海田子坊非常有興趣，她來上海甚至根本不是為了參加婚禮，是為了來老弄堂采風。

那婚禮真的極其精緻。

然而許星洲全程沒有什麼太大的反應，對她那個朋友的反應都比婚禮本身要大。她似乎對婚禮本身沒有任何興趣，只是因為這是必要的社交，才出現在此處。

秦渡想起陳博濤問「兩年了，感覺被渣沒有」時的樣子，一時覺得自己幾乎被世界拋棄，忍不住捏了捏許星洲的後頸皮。

許星洲躲在人家精心布置的婚禮現場偷偷改論文，被一捏，呆呆地道：「咦，師兄……？」

秦渡恨鐵不成鋼地問：「小師妹妳都要畢業了啊？啊？妳對我沒點什麼想法嗎？」

「有的呀？」許星洲語氣甜絲絲，像花火大會脆甜的蘋果糖，說：「師兄我工作都找好啦，特別好玩的那種！畢業口試結束之後就入職！」

「……」

我沒問妳這個，秦渡有口難言。

有個小孩在附近擺弄著禮堂座位邊垂到地上的白玫瑰，用手搓著玫瑰新鮮的花瓣。

秦渡突然想起，沈澤幾小時前和他說的話。

「……秦學長，你問我結婚的事？你問錯人了，真的問錯人了。我這兩年結不到婚的——就算求她，她也不可能同意。」

那時婚禮進行曲噹噹噹地悠然響起，許星洲和他的女朋友頭對頭坐在一起，應該是在一起畫畫。

許星洲天生討人喜歡，拿著鉛筆模仿那個女生，還要那女生握著她的手教她。那兩個人看起來極其和諧甜蜜，秦渡幾乎是立刻意識到這個小浪貨是在撩妹——還是撩他學弟的女朋友。

「現在的女孩子哪有想結婚的。」沈澤字字血淚地說：「簡直一個比一個渣，睡完就走，拔屌無情，絕不認人。」

「……」

然後沈澤看了一下，又開口道：「秦學長，你管管你家那個行嗎。」

「……勾搭別人女朋友勾搭到我學弟頭上來，」秦渡一邊找車一邊對許星洲發洩自己的一腔惡意：「還浪，許星洲妳他媽等著被浸豬籠吧。」

許星洲拽著小包嗆回去：「我樂意！我家關山太太就是喜歡我！可是沒有奸情的，我們是不會被浸豬籠的！」

秦渡瞇眼道：「放屁，我第一個推妳進豬籠裡。」

然後秦渡把許星洲的小包拎了過來，幫她開了車門，讓許星洲上車。

他們兩個人打架歸打架，受豬籠威脅歸受威脅，但還是一碼事歸一碼事——許星洲乖乖鑽進了車裡。秦渡從另一側車門上去，本來準備發動車子，抬起眼睛時卻突然看見許星洲坐在副駕上，看著秦師兄，綻出了個彎彎的、笑盈盈的眉眼。

那眼神裡，滿滿都是她柔軟甜蜜的、水蜜桃般的喜歡。

秦渡：「……」

許星洲笑咪咪地說：「可是粥粥和師兄有奸情嘛。我想和師兄一起浸豬籠。」

操他媽的……奸情個屁啊。

秦渡面紅耳赤地說：「我他媽慣的妳。」

然後秦師兄使勁捏了捏許星洲的小臉，本想讓她安靜一下別撩了，小浪蹄子卻又湊過來，啾啾地親了親面頰。

「畢……畢業口試是什麼時候？定下了嗎？」秦師兄耳根通紅地問：「有空閒的話我帶妳去莫斯科玩兩天……」

許星洲笑道：「嗯！剛剛終稿交上去啦，ＰＰＴ也準備好了！口試在十五號，入職在六月十八，還有蠻長的空閒時間。」

秦渡嗯了一聲，發動了車子。

他畢業後換了一輛新車——秦渡大學時為了低調開Ａ８，可是工作了就不再需要避嫌，便換了輛星空藍的邁巴赫 S600——被許星洲塞了幾個有點噁心萌的小靠頸，秦渡此時腦袋後面那靠頸就是個撅著屁股的屁桃。

秦渡還抗議過，為什麼許星洲選的這些卡通人物都這麼醜——他強烈要求換成別的卡通人物，否則這些東西傳出去秦家太子爺的名聲往哪放？往屁桃的屁股上嗎？

但是，這位太子爺的抗議，全部被許小師妹無情無恥、無理取鬧地駁了回來。

於是這輛邁巴赫，別說許星洲專屬的副駕駛座了，連駕駛座，都被喪權辱國地塞了個大紅色沙雕企鵝的坐墊。

「師兄，」許星洲抱著自己的書包小聲道：「可我不想去俄羅斯。」

秦渡靠著屁桃靠頸，揉了揉自己的耳朵，漫不經心地說：「不想去俄羅斯就換個地方，或者想去吃哪家好吃的也行。我這兩天項目剛收尾，有幾天假，能帶妳出去玩。」

許星洲猶豫了一下：「嗯……」

「這、這個，師兄，」許星洲終於鼓起勇氣開口：「你能陪我回去一趟嗎？」

秦渡那一剎那，微微一怔。

外面金黃的夕陽落在許星洲的小腿上。女孩手腕細長，不離身的鐲子下毛毛蟲般的痕跡半點不褪，在那光線下扭曲而模糊。

「就是，」許星洲尷尬地說道：「師兄你不想去也沒關係。可我得回去處理一下那邊的事，得回去見見我爸他們，還……」

……還得趁著現在有空，幫奶奶上墳。

許星洲終究沒有說後一句話，畢竟那是忌諱，與許秦渡不願意去呢？

然後，她又鄭重其事地問：「……師兄，你能陪我回一趟湖北嗎？」

02、荷馬墓上的玫瑰

大多數即將大學畢業的、外地的大四學生，都會趁交上了畢業論文終稿卻還沒開始口試的時間，回一趟家。

尤其是大城市的那些學生：他們選擇在北上廣深工作，而且即將告別學生的身分，從此沒有寒暑假，也不會再有能蹺課回家的空隙。他們將在這怪物般膨脹的城市中努力扎下根，試圖在這裡買房，在這裡組建家庭。

他們和那片養大他們的土地關係密不可分，可是隔著千萬里的距離，他們與那片土地只剩一條血緣的紐帶，並注定永遠離開。

許星洲也是要回老家的，但她顯然是這些人裡的例外。

她回去的原因，最主要是因為湖北是她的戶籍地，她在那裡生活了十多年，還有不少事在那，其次就是應該回去見見自己的父親。

——畢竟是他出錢給自己上大學，就算血緣稀薄，養育之恩不深，也應該讓他知道，自己畢業了。

畢竟面子工程還是要做的。

✧

六月初高架橋上驕陽如火，秦叔叔的助理祕書當了一次他們的司機——他們周圍的車川流不息，秦渡手搭在一個不大不小的、屬於許星洲的書包上，許星洲發著呆往外看。

——她是真的很喜歡觀察車窗外的一切。

秦渡曾經很不解，因為他認為自己比外面的行人好看多了，遂問過一次為什麼，許星洲想了一下，很認真地告訴他，是因為外面很好玩。

秦渡當時還不曉得為什麼，後來許星洲就專門拉著他講了一次。她指著路邊大樹說這個樹很適合做小樹屋，那個大媽拎著的無紡布包裡裝著《暗殺教室》的漫畫，那個國中生居然還在用時代的眼淚iTouch……

總之，許星洲幫每個人都安排了一場戲，難怪這麼喜歡朝外看——總算是緩解了秦渡的好奇心。

汽車在高架橋上轟鳴，去往虹橋機場的路途坎坷。秦渡摸了摸那個書包問：「這包裡有什麼？」

許星洲想了想道：「主要是阿姨讓我們在火車上吃的東西。」

……阿姨。

許星洲總是這樣稱呼他媽媽。這個小混蛋每個週末都會和秦渡一起去他家吃飯，這習慣已經堅持了兩年，而這兩年的時間都過去了，她還是堅持叫他媽媽「阿姨」，叫他爸爸「叔叔」。

但是他媽媽還是寵她寵到不行……恨不能每次逛街都買包給她。

秦渡想到這裡，突然有點好奇如果他一直搞不定許星洲的話他媽媽會不會直接讓許星洲到他家來當他妹妹……秦渡摸了摸自己發麻的後脖頸，拉開她的書包拉鍊，裡面果真整整齊齊地排著六七個小餐盒。

從小餅乾到切得漂漂亮亮的水果，他家家政阿姨熬得碎爛的銀耳羹與冰鎮葡萄汁在保溫杯裡，再到新醃烤的叉燒和小章魚香腸和沙拉，花花綠綠，色彩繽紛，一應俱全。

秦渡：「……」

許星洲笑咪咪地說：「還有草莓，阿姨幫我裝好的！不過會分給師兄吃的唷。」

秦渡瞇著眼說：「胖了，回去跟我跑健身房。」

許星洲呆了一下。

秦渡惡意道：「昨天晚上我看妳小肚子都出來了。」

「……」

許星洲直到檢票上車時，都沉浸在秦渡那句「妳小肚子都出來了」裡，她深受震驚，無法自拔。

許星洲一開始認為，雖然她問歸問，但秦師兄是不會願意和她回去的。

一來是因為秦師兄假期難得——他們公司裡近期破事很多，也快到年中彙報的節點了，他得做總結做彙報。而他前段時間忙到夜裡十二點多才能回家，累得不行。二來是因為秦渡對她父親的厭惡，有時甚至有點不加掩飾的感覺。

他至今認為，如果那對夫妻對許星洲有半分溫暖柔軟的、屬於父母的責任感，也不會令自己的女兒在那麼年幼的時候，落下這樣的心病。他將許星洲那年幾乎不受控的發病盡數歸結於她的那一對父母——而事實也的確如此，因此他甚至不會隱藏自己對這兩個人的厭惡。

而如果回湖北的話，他必然要和許星洲的父親……至少也得吃頓飯。

秦師兄極其討厭無用社交，尤其是和他沒有好感的人。

許星洲完全理解秦渡不願意和她回去的理由，也特別說了一下自己只打算回去三天，處理一下老家那邊的事就回來。但是她沒想到的是，秦渡只考慮了兩秒鐘就同意了。接著他買好了回湖北的火車票，還把行程拉長到了七天。

驕陽萬里，虹橋火車站的月臺上人擠人，六月初其實還不算擠，連升學考的學生都沒放出來——升學考假期快開始了。

車廂裡嘈嘈雜雜，還有拽著媽媽的手的小孩。

秦渡將行李箱塞了上去，又把那個裝滿了食物的書包放在了自己那一側。許星洲喜歡靠窗，於是占了窗邊的位子。

列車發動時，陽光都晃動了一下。

車廂裡還是有點吵鬧，小孩子在陽光的照耀下跑來跑去，銀鈴般笑著。

流線型的和諧號沿著鐵軌滑了出去，許星洲那一瞬間覺得，和四年前別無二致。

很多人都很討厭在車廂裡無法保證安靜的小孩，可是許星洲是個例外。

這世上的每個人與生俱來的新奇感，都會隨他們對世界的了解加深而消退，可是赤誠的孩子們對一切都是會感到新奇的：旅行、列車和在成年人看來平平無奇的走廊，穿著高跟皮鞋推銷火車模型的乘務員，拿著黑色大塑膠袋收垃圾的乘務阿姨。

那些對這些孩子而言，都無異於一場全新的冒險。

許星洲非常喜歡他們。

乘務員來檢票，秦渡將身分證和車票遞了出去，許星洲也發著呆，從自己包裡翻出了學生證。

她的學生證封皮通紅，印著F大的校徽，畢竟還沒有畢業，院裡也還沒有將證件收回去，上面已經蓋了將近四年的註冊章。

乘務員見狀一愣道：「商務座沒有學生票，您不用出示證件。」

許星洲呆呆地道：「哎、哎？好的……」

「……」

秦渡戳了一塊切好的桃子給許星洲，逗逗她問：「怎麼了？怎麼心不在焉的？」

許星洲似乎都不知道發生了什麼，也不知道秦渡是在問她，眼睛看著窗外，張開嘴，將桃子乖乖吃了。

秦渡笑著捏了捏她道：「還真在發呆啊。」

許星洲仍看著外面陽光下的原野，片刻後說：「……師兄，和我來的時候，好像啊。」

秦渡第一時間都沒反應過來許星洲在說什麼。

但是接著他就明白了過來。

許星洲所說的，是指她來上大學的那年夏天。

那年晚夏，她千里迢迢地拖著行李箱，懷裡抱著錄取通知書，孤身一人踏上火車，從此背井離鄉，並將再也不回去。

從上海到許星洲的家鄉，要足足七小時。

那幾天上海倒是很晴朗，晴空萬里，無憂無慮，可是在路過鎮江時就開始陰天，許星洲收到通訊公司的訊息時，外面天就已經陰了。

許星洲說她那年來的時候，隔壁坐了一個從武漢去南京上學的小姐姐，那個小姐姐已經大三了，念藥學系，頭髮不多，但是告訴了她一句關於南京的傳說。

秦渡就很配合地問她，那個關於南京的傳說是什麼。

許星洲想了想道，南京人都知道，沒有一隻鴨子游得過秦淮河。

……行吧，秦渡想。

雖然秦渡覺得湖北沒任何資格嘲笑南京這邊鴨子吃得多——南京也就是吃吃鴨肉鴨血，湖北周黑鴨和武漢絕味鴨脖這兩家連鎖店連鴨頭都不放過，一隻鴨子落到南京人手裡興許還能留下他們啃的骨頭，落進許星洲手裡，可能只剩一攤鴨毛。

秦渡看著窗外，突然意識到他旁邊的許星洲，曾經距離他是那麼的遙遠。

許星洲仍年輕漂亮，眉眼裡還帶著抹不去的朝氣和快樂，開心地望著窗外，外面下著雨。

——許星洲來上大學的那年，不過十七歲。

十七歲的她對未來的規劃明確卻又模糊，她知道自己必須要遠離家鄉，要考得很好才能有自由的本錢，可是秦渡知道，那自由的本錢，她可以在F大得到，也可以在A大、B大、C大獲得相似的教育，而這一切對她來說並無不同。

他們中間曾經相隔一千多公里、上千萬人。

這該是何等巧合，令許星洲出現在他的身側。

秦渡心中一震。

許星洲在四年前的九月份，那個和夏天無異的秋老虎天裡，隻身一人離開了家鄉。

四年前她去火車站的那天，老家的雨下得一塌糊塗，長江漲水，排水癱瘓，馬路上都淹了。十七歲的許星洲一大清早自己攔了車去火車站，計程車上那個司機大叔極其暴躁，一路都在埋怨許星洲的行李為什麼這麼多，行李這麼多都不能共乘了——他們那地方的規矩就是去火車站得接受路上的共乘要求，不然要多收十塊錢。

許星洲覺得有點尷尬。

那個大叔應該也不喜歡下雨天開車，路上一塞車就暴躁地摁著喇叭——快到站時，許星洲才臉很紅地說，她是去大學報到的。

司機當時愣了一下，問，為什麼不是妳父母送妳？

——他們忙。許星洲臉色更紅，而且太早了，我不好麻煩他們。

那司機咋舌，最後死活也沒多收那十塊錢，還將車停在路邊，親手幫許星洲將她的行李提到了火車站的檢票口。臨走時他還很欲言又止地提醒這個學生，在外面一切小心，扒手很多，要將書包時時背在胸前。

然後許星洲在那個司機叔叔的幫助下，在那災難一樣的雨天，拖著一大堆行李，坐上了向東的列車。

一路都是烏壓壓的雨。

武漢都要淹了，漆黑的、烏雲滾滾，到了合肥雨稍小了些，到南京時雨水嘟地停止，天陰了——然後許星洲在走出虹橋火車站時，迎接了蔚藍又燦爛的天空。

火車站外廣場，四年前的許星洲按照新生群的指引，找到了來迎新的學長學姐們。

這次非常戲劇化的是，天氣居然是反過來的。

秦渡在許星洲旁邊懶洋洋地玩了一下遊戲，又把筆電拿出來和許星洲一起看他下載好的電影，外面的天從萬里無雲變成陰天，過了一下雨水劈里啪啦地糊在了窗外。

那電影特別無聊，一看就是屬於直男的情懷，萌妹許星洲一看到下雨，就準備悄悄遠離——

接著，就被秦師兄捏著後脖頸揪了回來。

被捏住命運的後頸皮的許星洲：「……」

秦渡眯著眼睛道：「我還沒有外面的雨好看？」

「……」

怎麼突然又開始騷了！許星洲直打哆嗦：「可、可是電影無聊……」

秦渡更危險地道：「就算加上無聊的電影，師兄還沒有外面的雨好看？」

「……」許星洲憋悶地屈服於騷雞的淫威：「沒有，你最好看了。」

他們到站時，已經快夜裡八點多了。

外面夜雨傾盆，天地間唰然一片大雨，月臺上的鐵穹頂被雨點敲擊，奏出一片音樂。

秦渡一向不讓許星洲拎行李，他一個人拉著行李箱背著書包，許星洲就替他拿著證件檢票出站。

許星洲往閘門裡面塞票，突然非常正經地道：「師兄，我得坦白一件事。」

秦渡一怔：「嗯？」

——他眯起眼睛。

接著許星洲就鄭重其事地說：「對不起，沒人來接，我們得自己搭計程車回去。」

「……」

這有什麼好道歉的？秦渡滿頭霧水。

許星洲立刻解釋道：「我告訴了我爸我回來的時間，但是他不會來接——他就沒來接過，不是因為你所以不來——這次也不例外。等等我就帶你回我和我奶奶以前住的家。」

秦渡噗哧笑了，示意許星洲拉住自己的手，從書包裡摸出傘，撐在了他們兩個人的頭上。

「嗯。」他在雨聲中忍笑道：「我也沒指望他來接。」

然後秦師兄促狹地咬許星洲的耳朵，問：「你有我爸媽和我接，還不滿足嗎？」

秦渡老早就知道，許星洲是自己住在外面的。

她名下在本地有兩間房子。一間是公寓，一間是在瓦屋垣鎮上的老院子，後者恐怕有近四十年歷史了——哪怕是公寓也不年輕，它的建築時間非常早，還是她爺爺在世時買了讓他們老倆口住的，說是老了也想享清福。

後來她爺爺過世，她奶奶接了小星洲回家之後，唯恐小星洲住公寓不安全，怕她想不開跳下去，索性搬回了鎮上，住回了住了許多年的塵土飛揚小胡同裡。

她奶奶過世後，唯恐自己的孫女無依無靠，怕她受欺負，便將那兩間房子都留給了她。

而許星洲懷念奶奶，就一直住在她從小長大的那間小院子裡面。

秦渡晚上抱著許星洲有一搭沒一搭地聊天時，有時會聊到童年。每當此時她總會用非常燦爛喜愛的語氣描述那個院子——院子裡的向日葵、綠油油的石榴樹和酸菜罈後的小菜地，她奶奶在廚房裡燒大鍋，劈里啪啦地、變戲法般炸出新鮮的蘿蔔丸子。

廊下有靠椅。他的星洲的親奶奶喜歡靠在躺椅上聽收音機、唱戲，還喜歡叫一群夕陽紅老麻將團來陪她一起搓麻將。有時候還會很為老不尊地帶上自己的小孫女幫自己作弊。

許星洲每每描述那個院子和她的奶奶時，都令秦渡想起某種金燦燦的、不容碰觸的寶物。

那一定是個很好的地方吧，秦渡想，一定是個室外樂園，否則怎麼能讓他的星洲念念不忘這麼多年？

雨夜濃黑，暴雨傾盆。

秦渡在計程車裡坐著，懶洋洋地聽著車裡的深夜廣播。許星洲坐在他旁邊，眼神像小星星，嚮往地看著她闊別一年半的家鄉。秦渡看了她一下，握住了她的手指。

整個城市都有點破舊，處處泥水四濺，秦渡甚至都覺得從天上下下來的雨水是髒的。

計程車被泥水濺了一屁股，像個大花臉，車裡一股濃烈菸味，勉強開了點空調，但是一點也不涼爽。

秦渡這輩子都沒坐過這麼難受的車。

計程車在瓦屋垣外的幹道停下，便不肯往裡面走了。

司機是說進去了不好轉彎出來，下雨天還容易出事故，死活不肯開進去。許星洲便道了謝，付錢，背上了包。

她家住得倒是離下車的地方不遠。

周圍的小吃店已經關門了，只剩破破的燈箱在雨夜挨淋，上面藍底黃字印著「重慶小麵」和「熱乾麵」幾個字——那是家麵店，兼做炸物；不遠處還有個是做滷味的，沒關門，依稀地亮著昏昏的螢光燈。

許星洲家是個鏽跡斑斑的紅色大鐵門，落著重鎖，貼著去年許星洲貼的對聯。那對聯殘破不堪，顏色都掉成了白色，一派荒涼之相。

許星洲莞爾道：「以前有人想租，說是臨路房，我怕他們把我奶奶留下的格局改了，就沒同意。」

秦渡撐著傘咋舌：「靠……這也太破了，妳跟著我吃香喝辣不好嗎？少回來吧，也太遭罪了。」

許星洲就哈哈笑了起來。

她笑得太甜了，接著秦師兄一傾傘，隔絕一切存在的不存在的視線，低下頭示意許星洲快吻他。

許星洲就乖乖踮起腳尖，仰頭親了一小口。

秦渡饜足地說：「——嗯，這麼喜歡我啊。」

然後秦渡還趁著天黑，在許星洲鏽跡斑斑的家門前，拍了拍她的小屁屁。

許星洲炸了：「幹嘛！」

秦渡忽然想起一件事：小許星洲會知道二十一歲的自己，會在家門前被自己師兄揩油嗎？

——媽的，秦渡瞇起眼睛，過激背德。

許星洲天生缺乏對危險的感知能力，此時也渾然不覺自己師兄突然冒出的一大股壞水，還傻不啦嘰地覺得師兄又在表演自己渾身上下所有的性格缺陷。

她終於找到了家門鑰匙，用手機照著光，將鑰匙塞進了塵封了近一年半的，她從小在這裡長大的家門。

在這風疏雨驟的深夜裡，那把大鎖咔噠一響，接著許星洲用力一推。

那生鏽的大門吱嘎一聲，開了。

03、沼澤之王的女兒

雨水淅淅瀝瀝，長街靜謐，連經過的車輛都無。

吱呀一聲，許星洲推開了那扇生鏽的大門。

大門輪軸已經生鏽了，發出了奇怪而走調的轟鳴聲，附近不知哪家養的狗突然開始狂吠，許星洲先是被嗆了一下，開始咳嗽，接著秦渡看見了那個許星洲從小長大的地方。

——和秦渡想像的不同，那院子暗暗的，非常擠窄，房子也是舊的。院牆水泥裂了數道縫隙，被雨水滲了進去，那些花草該枯萎的枯萎該乾死的乾死，只有那幾棵花椒樹生長得自由奔放，猶如灌木。

在許星洲的故事裡敘述過的陶罈子髒得一塌糊塗，卻仍能看到上面貼過福字，已經成了發黃皺巴巴的一張黃紙。

許星洲摸索著開了院裡的燈，笑著說：「我那個阿姨幾個月前應該來收拾過一次。屋裡應該還能住人，不過肯定比我住院的時候要好得多……」

秦渡沒回答，發怔地看著燈上的蛛網。

許星洲又去開了屋門，秦渡站在院裡左右環顧，他只見得茫茫雨夜和屋裡啪地亮起的燈火。那時還不到九點，城市尚未入眠，可是廢墟不曾醒來。

秦渡心想，這就是許星洲童年所在的地方嗎？

——是，她所描述的童年就在此處。

秦渡跟著許星洲進了屋。

這個秦渡素不相識的城市，當前雨驟風疏。這所房子是個典型的上世紀自建民宅，確實是她爺爺輩的東西，牆上牆皮剝落，牆上還貼著二〇一四年的褪色掛曆。

秦渡一進去就覺得有一種他極其熟悉卻又陌生的氣息——倒是真的不算髒，是許星洲那個阿姨來掃過房的結果，處處都蒙著各種防塵布，隔絕著灰塵，許星洲熟練地將沙發上蒙的布掀了。

「師兄你先坐一下，」許星洲溫和笑道：「我去幫你找拖鞋。」

秦師兄手足無措地嗯了一聲，在那張沙發上坐了下來。

華中華東的夏天都潮濕，加之外面驟雨傾盆，她家這獨門獨院的老房子有一股溫暖發甜的霉味。這家的孫女將窗戶推開，霎時間雨與泥的味道如山海般湧了進來。

沙發是很老的沙發了。

他們上上一輩人有一種歲月銘刻在他們骨子中的節儉，連秦渡的爺爺奶奶都不例外，這沙發還是圓木把手，清漆剝落，秦渡好奇地摸了摸，發覺那是幾個蠻力劃出的、歪歪扭扭的「鐵碎牙」和「犬夜叉」，中間一個大愛心——愛心縫裡還貼著一張頗有歲月的貼紙。

——那字，秦渡極其熟悉。

許星洲寫字是很有特點的，運筆凌厲，有種刀劈斧鑿的味道——她寫豎收筆時總會一勾，極其有辨識度，秦渡沒想到她這小習慣，居然還是她從小就有的。

燈罩裡落了灰，便暗暗的，像是一座棲息了蝴蝶的墳墓。

許星洲拎著一雙用水沖過的粉紅拖鞋回來，看到秦渡在研究沙發扶手上那幾個字，噗哧一笑說：「小學的時候用圓規畫的，那時候電視臺天天播犬夜叉，鬼迷心竅。」

秦渡猶豫道：「鐵碎牙……」

他想問鐵碎牙不是刀嗎，許星洲妳從那時候就開始吃人外了？

可是他還沒問，就看見許星洲笑咪咪地把拖鞋往地上一扔，說：「那邊是我的房間喲！師兄，我宣布今晚我們就睡在那裡啦。」

秦渡沒幻想過許星洲的房間是什麼樣子。

可是他進來一看，覺得許星洲的房間，也不算很新。

畢竟那是她住了十多年的地方，據說原先是她父母的婚房改的，歷史少說也有個二十年。可是如今一點痕跡都沒了。秦渡知道那是婚房也是因為許星洲告訴他的——當然，如今已經是閨房了，閨房的小主人敏捷地忙裡忙外，跑去外面裝水。

檯燈昏昏亮著，秦渡伸手摸了摸她的書桌。

那書桌歷史也頗為悠久，還隔著層厚玻璃，玻璃上面這厚厚一層灰，秦渡用手一抹，露出女孩子生嫩的筆跡：「二〇一二年願望，升學考六百九十分。加油丫！」

是了，那年代確實是流行將「呀」寫成「丫」。

這要是別人寫的，秦渡會覺得這人真他媽羞恥愛跟風——可是這是小浪貨的筆跡，秦師兄就很沒骨氣地覺得小浪貨好萌。

他又擦了擦那塊髒玻璃，看見下面都是許星洲留下的筆跡。

那個秦渡沒見過的小星洲，寫了無數張便利貼。

從「買《遙遠的理想鄉》復刻（加粗）」、「二〇一一XX的訂製印刷購買計畫」、

「三菱零點五的黑筆不好用！毀我考試！以後堅決不買了」……再到「數學考不到一百二十許星洲就用鐵鍬鏟自己」。

然後那時候，小星洲還鄭重其事地，在下面用紅筆畫了個指紋。

秦渡：「……」

秦渡看得面紅耳赤，認為自己無論在哪個時期遇到這個把妹成癮小浪貨，大概都是在劫難逃。

應該考到一百二了吧，秦師兄又紅著耳朵推測，看小浪貨也沒用鐵鍬鏟過自己。

秦渡想著，又撈了濕抹布，把桌子擦了，去偷偷窺視她的過去。

許星洲真的很喜歡在玻璃下面夾便利貼。

這張老舊的桌子，被她無數張粉紅粉綠的便利貼貼成了花兒一樣的桌子，發綠的老玻璃後，從便利貼裡，湧出了海嘯一般的生機：「升學考結束要和雁雁出去玩！」

她寫：「一定要做完暑假新發的物理習題，學不會許星洲就自己把自己醃成醬菜。」

「Ukulele—！」

對了，許星洲確實會彈烏克麗麗。秦渡想。

過去的許星洲又滿懷惡意地寫道：「物理真的好難，從解題步驟求解是不可能求出來的！但是可以求出老林是個傻子。」

「要做一個善良的、會因為善良而上當受騙的人。」

那些東西亂七八糟的，可是秦渡忍不住用手指摩挲那玻璃，像是摩挲他缺席的、許星洲的歲月——那隻孤獨而熱烈地生活在世間的、年幼的飛鳥。

「決定了！以後就買這顆星星！」

秦渡看見二〇〇九年的小許星洲在一張白紙上寫：「這顆星星像是會說話一般。」

然後十二歲的小粥粥不明所以地在紙上點了一堆黑點，卻在其中畫了最亮的一顆星，並且把它命名為了「大猩星」。

秦渡噗哧笑了起來，接著擦掉了筆筒壓著的那塊玻璃上的浮灰。

——那張紙條，卻不是許星洲的筆跡。

字跡歪歪扭扭，漂浮凌亂，應是病危的人寫的——不能說話的人，用最好塗色的鉛筆，在白紙上劃下一行字：「要高興起來，洲洲。」

秦渡那一刹那，眼眶都紅了。

這房間裡曾有稚嫩的穿花裙子的小女孩滿身泥巴地滾進來，有紮著辮子的小星洲在桌前認認真真寫作業，穿著黑藍白校服的女孩偷偷在抽屜裡藏漫畫。這地方有她的淚水，有她的親情，有她無望而又處處是希望生長的人生。

那時候，秦渡顛沛流離渾渾噩噩，與這個女孩相隔萬里。

可是，如今，那個許星洲笑咪咪地鑽了進來。

她從後面抱住秦師兄，環住師兄的腰，手濕漉漉，細白手指勾著，甜甜地道：「洗臉嗎秦大少爺，小童養媳剛剛把水燒好！還可以泡泡腳。服務態度可好啦。」

秦渡心都要化了。

他將許星洲的手摁著，在自己衣服上擦了擦，心想自己看起來像個廢物，明天怎麼都得學個燒開水才行。

可是秦渡又想，許星洲在家十指不沾陽春水，鐘點工不來的話飯都是他做，有時候秦師兄忙完公司的事還要幫許星洲看她的報告，許星洲只負責在旁邊吶喊助威並且往菜裡偷偷扔辣椒，現在讓她伺候一下怎麼了！

這能有錯嗎？沒有半點啊！

「——行，」特別想被伺候一次的秦渡痛快道：「妳把水給我端來。」

於是他大爺般地往椅子上一坐，許星洲端著小盆鑽了進來，外面雨聲淅淅瀝瀝，秦渡脫了鞋和襪子泡腳——許星洲托著腮笑咪咪地看著他。

雨水潲進來了些許，秦渡瞇著眼睛：「嗯？」

許星洲眼睛笑成小月牙，道：「秦大少爺，回童養媳家委屈嗎？」

「……」

秦渡危險道：「看不起我，妳等著吧。」

許星洲就哈哈大笑，把濕漉漉的手在秦渡身上擦了擦，跑了。

秦渡認為許星洲真的可愛過頭，而且是二十年如一日的萌。他計畫明天逼許星洲找出她的老照片，非得看看這個小混蛋小時候是什麼樣貌——臉上有肉肉嗎？或者是小包子臉？笑起來也像塊小蜜糖？

結果許星洲又捏著個夾煤的鐵夾子，樂滋滋地來了。

「師兄，」許星洲開心地說：「給你看個東西噢。」

秦師兄滿頭霧水：「拿這個做什麼？」

然後許星洲啪嘰一鬆夾子。

一隻滾圓的、快成精了的蟑螂啪嘰一聲，掉在了秦渡鞋邊。

許星洲說：「本地特產。」

然後許星洲用夾子一戳蟑螂，帶著無盡的快樂撥動牠，道：「你看，還會飛。」

「……」

秦師兄這輩子沒見過這種陣仗——他家裡怎麼可能有蟑螂？還是這種美洲大蠊，肥得成精，絲毫不怕人，足有他的大拇指大小，看起來像是蟑螂的曾爺爺，也可能是元嬰期修士。

而許星洲腦子還進水了，把這位結丹的蟑螂，丟在了秦渡腳邊。

然後許星洲又惡作劇地一戳。

那蟑螂登時猶如雄鷹般騰空而起！

「啊啊啊！」秦渡一腳踢翻了洗腳水，撕心裂肺地慘叫道：「許星洲妳他媽完了——」

地頭蛇和外來人員，根本不是同一個階層。

「輕、輕點……」小地頭蛇帶著哭腔哀求道：「師兄……」

秦渡說：「屁話真多。」

然後他抽了條小毛巾，將許星洲的嘴塞住了。

——肉償。

許星洲捏住綁著自己手腕的皮帶，咬著毛巾哭出了聲。

秦渡不知道做了什麼。黑暗中，許星洲被綁在床頭，以哭腔，咬著毛巾，抑著爽到髮梢的哭叫。

「想過沒有？」

「——妳在妳從小睡到大的床上，被我幹得一塌糊塗。」

那視覺效果，恐怕沒有幾個男人能抵禦得了。

這房間裡處處是他的小愛人的氣息：小小的許星洲貼在床頭的無數張課表，貼在牆頭的海報——動畫、遊戲甚至樂隊，牆上貼著 Linkin Park，床單是粉紅格子。

而那個在這裡生長、如今早已長大成人的女孩，在這個落雨的夜裡，被他侵犯得徹徹底底。

這行為裡面，怎麼都帶著些至此這個女孩只為他所有的味道。

於是秦渡低下頭，在那個雨夜，那間老舊的臥室，虔誠地、重重地親吻她的額頭。

許星洲早上起來時，腰還真的挺疼的。

秦師兄在床上已經很壞了，他很喜歡用把許星洲逼到極致的方法來宣示自己的所有權，但是他在這個環境下幾乎是發了瘋，格外的狠。他極盡親昵之能事地、溫柔地吻她的耳朵，卻幾乎把她活活吃了進去。

窗外雷聲轟鳴，烏雲壓城，下著傾盆大雨。

許星洲靠在窗邊，濕漉漉的青翠花椒枝探了進來。她在啃秦師兄買回來的三鮮豆皮——那是許星洲早上把他踢下床去買的，街頭王姐的那家。她自己往裡面倒了點醬油和炒油辣子。

秦師兄早餐就買了碗鴨湯麵，已經吃完了，此時那免洗紙碗就在茶几上，他開著手機熱點，和下屬開視訊會議。

「……嗯，」秦渡兩指抵著下巴道：「行，那下週二上午十點前把計畫書給我，尤其要把近五年的市場調研做仔細。還有告訴 Richard 和 Kristin 做好新人教育，今年我們部門的新人就由他們兩個人負責。」

「我在女朋友家裡，」秦渡過了一下又對下屬道：「昨天回來的，沒網路，有事發 E-mail 給我，晚上看。」

許星洲一邊用小湯匙戳著豆皮，一邊怔怔地看著雨水發呆。

花椒枝葉上的雨滴啪地落在她裙子上，許星洲望著窗外——接著，她的思緒被猛地拉了回來。

「這是妳奶奶的房間？」秦渡指了指一扇房門問。

許星洲回過頭一看，嗯了一聲。

「是……」許星洲發著呆道：「對了師兄，下午我們要去我爸爸家吃個飯……」

可是秦渡都沒聽完，就把那扇門打開了。

雨滴乒乓敲著屋瓦。

許星洲奶奶的房間暗暗的，拉著厚厚的老布藍窗簾，一切都落了些灰，卻十分整潔，有股甜絲絲的霉味。

那床已經撤了被褥，床頭櫃卻仍擺著一個上世紀的紅塑膠電話和電話簿，按鈕晶瑩剔透，只是落了一層薄薄的灰塵。床尾兩個紅色大木箱，上面的福字沒有褪色。

許星洲笑著道：「那兩個箱子，還是我奶奶陪嫁過來的。」

秦渡怔怔的：「……嗯。」

「說起來，」許星洲看著那個箱子笑了起來：「師兄。」

「我小時候經常和我奶奶玩躲貓貓呢，」許星洲笑咪咪地背著手說：「那時候特別喜歡鑽箱子，我奶奶經常嚇唬我要把我鎖在裡面沉河，但是每次她把我從箱子裡面拽出來都會和我一起笑——我就又笑又叫的，特別吵。」

秦渡：「……嗯。」

「我很小的時候，」許星洲說：「那時候我爸離婚不算太久，我也不憂鬱，願意和人說話了，我爸來看我奶奶，我那時候太小，不懂察言觀色，總吵著鬧著要跟他回他家。」

秦渡怔怔地看著床頭櫃上那副老花眼鏡。

那老花眼鏡上一層薄灰，火紅的鏡架，像許星洲最愛穿的裙子顏色——它就這樣躺在床頭櫃上，彷彿它的主人從來不曾離開過。

——秦渡只知道許星洲懷念她的奶奶。

可他卻不知道這麼多年，她都將她奶奶的房間保持了原狀。

褪了色的高血壓藥盒、過期近五年的硝酸甘油含片，秦渡能叫出名字的、叫不出的藥盒，桌旁厚厚的一打老人訂的養生報紙，落了灰的高血壓計。

許星洲眼眶發酸地道：「我爸拗不過我，就會把我接回去住兩天，過幾天之後，再由我奶奶把我接回來。」

秦渡：「……」

「回來的路上，我哭著說不想走，」許星洲眼眶微紅地道：「說想要爸爸，不想要奶奶。」

「……小時候不懂事。」

雨聲淅淅瀝瀝，許星洲揉了揉眼眶，自言自語道：「那時候，我應該讓奶奶非常難過了吧。」

——這院子幾乎是個廢墟。

曾經豐茂的菜地如今荒涼得野草足有半人高，不復許星洲所講述的金黃燦爛；她曾經拿來玩扮家家酒、爬著玩的醬菜罈子已經被凍裂了。

處處都是那個年幼的、笑容燦爛的、在深夜中哭泣的許星洲的生活痕跡。

卻處處都物是人非。

而許星洲，則站在最物是人非的房間裡，用整個身心去懷念，那個不會回來的親人。

秦渡那一剎那，眼眶一紅。

人們該如何形容這樣的過去。

——也許是舊詩篇，白尼祿之上順水漂走的玫瑰花苞；許是打開的潘朵拉之盒，蔓延世間的黑沉颶風。

許星洲有無比幸福的童年和那之下的河流，有無憂無慮的伊甸園，愛她如愛自己的眼珠的親人，也有將她棄之如敝屣的過客。

許星洲一個人坐在她奶奶的房間裡，安靜地擦拭奶奶的桌子和紅漆床頭。

窗外落雨連綿，潮氣順著大開的窗戶，漫了進來。

許星洲擦完那些浮灰，又無意識地把奶奶的老花眼鏡擦了一遍，擦奶奶幾十年前帶來的嫁妝奩，擦衣櫃的門把，將地上的蟲子屍體和灰塵掃得乾乾淨淨，又打開了那兩個紅木箱子。

裡面裝著一床厚厚的棉褥、床單和毛毯——小星洲曾經無數次偷偷鑽奶奶的床，把自己裹進一股奶奶氣味的毛毯之中。

香嗎，奶奶好笑地問，不都是老婆子的臭氣嗎。

小星洲那時若有所思地點了點頭，說，不好聞，可是粥粥喜歡。

——粥粥喜歡。她說。

奶奶走後，許星洲再也捨不得碰那床散發著奶奶氣味的床褥，將它團了起來，裝進奶奶嫁進老許家時帶來的兩個紅木箱子裡，像是在封存一種名為溫情的罐頭，生怕氣味溢出半點。

她透過氣味懷念奶奶，透過不改變的布局懷念這世上最愛自己的那個老人。

二十一歲的許星洲滿眶淚水，低下頭去聞那一箱床褥。

——那一床她蹭過無數次的、奶奶晾曬被子時她當作迷宮穿來穿去的、奶奶在上面嘔出過血的、救護車將奶奶拉走之後陪伴著許星洲的屬於奶奶的床褥，和陪伴了奶奶數十年的嫁妝箱子。

裡面只剩一股，很淡的霉味。

許星洲淚水止不住地往外湧。

她聽見秦師兄在外面忙裡忙外，不知道在忙些什麼；她聽見自己的淚水啪嗒啪嗒地落在緞面的床褥上，可是沒有人會被喚醒，世間沒有靈魂留存。

她一個人悶聲大哭，痙攣地按著被褥，抱著火紅的毯子，哭得肝腸無聲寸寸斷。

這世界好殘酷啊，許星洲捂著胸口想。

怎麼能把奶奶從我的身邊奪走呢，她絕望地想。

可是沒有別的辦法，人老了是會離開的，就像盂蘭盆節流入江海的燈籠，終將離我們遠去。

——奶奶身體總是斷斷續續地出著毛病，她沒有看到我帶秦師兄回來，秦師兄也沒能吃到我奶奶最拿手的粽子和炸物。

這已經成了定局。

許星洲拚命抹了抹眼淚。

不能哭了，許星洲告訴自己，出去的時候眼眶通紅的話師兄會擔心——別看他平時狗狗的好像什麼都不在乎，看起來像塊茅坑裡的石頭，但是他其實一看自己眼眶紅腫就會難受，甚至會旁敲側擊地問他是不是哪裡有遺漏了。

她用裙角擦了擦淚水，又告訴自己，下午還要去爸爸家吃飯，一定要驕傲地走進去。

我不是玻璃做的，也不是水做的，我活在當下，又不是活在過去。

然後許星洲又揉了揉鼻尖，對著衣櫥上的鏡子檢查了一下，確定自己看起來不像哭過，就推開門走了出去。

秦渡居然不在客廳。

可是客廳茶几上留著半塊抹布，灰塵被擦得乾乾淨淨。燈管也擦過了，電視櫃上蒙的老布被撤了下來，老花瓶和裡面裝飾的塑膠花被水沖過，水淋淋地垂著腦袋，許星洲小時候買的貝殼雕塑露出本身雪白的顏色，老照片老掛框灰濛濛的玻璃上有一層水光。

許星洲呆了一下，接著就聽見秦渡在院子裡喊她：「妳家怎麼連雨衣都沒有！」秦渡特別生氣地吼道：「淋死了，出來幫我撐傘！」

許星洲心想怎麼說得跟「小兔崽子出來挨打」似的，趕緊去找了傘衝了出去。

接著，她看見秦師兄褲管捲得很高，踩著雙粉紅涼拖鞋，被雨水淋得透濕——他站在雜草足有半人高的菜地裡面，艱難地捲著袖子拔草。

「媽的，」秦渡狼狽地道：「這輩子沒拔過這種東西，這草也太結實了吧……過來幫我撐傘，淋死了。」

他沒有拔過草。

確切來說，這位從小種種光環加身的太子爺，可能連碰都沒碰過這種韌性的雜草——可是他拔過的地方，又袒露出了許星洲所熟悉的、泥濘的黃土地。

「妳別碰這種東西，」秦渡說：「不准上手！陪我站著就行。」

過了一下，秦渡又說：「有我這麼寵妳的嗎。」

雨水敲擊著那把傘的傘面，秦渡齜牙咧嘴地站在小菜地裡，將拔出的草往身後一扔，長而雜亂的一堆。

這片小菜開始向她記憶中的樣子靠攏，灰塵褪去，雜草消失。

繼而露出屬於她的樂園的冰山一角。

「師兄，」許星洲撐著傘，帶著哭腔重複道：「師兄……」

秦渡低聲示意道：「——淋到了，傘往自己那邊撐一下。」

秦師兄一上午都在大掃除，出了一身汗，還淋了雨。

但是太陽能熱水器的管線堵塞了，還陰天下雨，許星洲就算會變戲法也變不出熱水讓他洗頭洗澡，他整個人簡直都要炸了，下午還要去許星洲爸爸家吃飯，他馬馬虎虎洗了個頭，就遵著約定的時間，和許星洲往她爸爸家的方向去。

計程車上，許星洲提醒他：「師兄，雖然我不歸他管，但是一定要禮貌……」

秦渡莫名其妙地道：「我為什麼會對妳爸不禮貌？我不喜歡他和我會讓他留下好印象不衝突，妳放心吧。」

許星洲撓了撓頭：「哎呀我也說不清楚……」

「雖然我爸也挺一言難盡的，但是你要忍的不是他，」許星洲艱難地解釋：「是……我那個妹妹……」

秦渡奇怪地看了許星洲一眼，許星洲也不知要怎麼描述自己這個叫許春生的、同父異母的妹妹。

讓秦師兄別和這個十三四歲的小孩計較嗎？這勸告也太看不起人了，秦師兄還不先把許星洲皮剝了才怪。

許星洲：「……」

許星洲不想被剝皮，立刻道：「不，沒事，當我沒說。」

「……」

計程車駛過滿城的黑風鐵雨。

她爸住的地段顯然要繁華一些，搭計程車過去的話，會路過石市區的一些商業街。這些購物中心比不得作為金融中心的上海，卻也算得上車水馬龍。

秦渡看了一下，一揮手，示意計程車停下。

「我下去買點東西，」秦渡穩穩道：「我們不空手去。」

然後秦渡又道：「妳先去妳爸社區門口找個避雨的地方等著，等我匯合……我很快的，最多十五分鐘。」

確實，空手去也太不像話了。

又不是別的什麼關係，是關係那麼疏遠的父親和他的家人——而秦師兄確實很懂人情往來。

許星洲便嗯了一聲，示意他不用擔心，然後把自己的小星星傘從車窗遞給他，讓師兄別淋著。

計程車司機笑道：「小妹妹，妳男朋友蠻帥的，妳眼光很高啊。」

許星洲哈哈大笑。

計程車司機將她載到了梧桐社區門口。

她父親住的社區不遠，門口法國梧桐低矮，在漆黑風雨中撕扯飄搖，公寓卻高端不少。

上次來這還是一年半以前，許星洲從包裡摸出另一把傘，結清車費，結果看到那包裡一張有點皺的A４紙。

她看著那張A４紙一下，把它鄭重地、珍貴而謹慎地塞進了自己的包包深處。

「——小妹妹，路上小心，」司機笑道：「這雨可不小，小心路滑。」

許星洲甜甜笑道：「您也是！祝您今天順順利利喲。」

司機笑著對許星洲一點頭致意。

然後許星洲冒著雨，跑進了那社區的門房裡。

她把傘收了起來，把自己淋濕的裙角拽了起來，跺了跺腳，又把頭髮往後一撥——剛準備登記一下客人來訪的清單，接著，就看到了一個意想不到的人。

許春生在門房的門後，陰暗地看著她。

許星洲：「……」

「妳來了，」許春生說：「姐姐。」

許星洲瞇起眼睛道：「妳在這等我？」

許春生：「要不是他們派我，我來等妳做什麼？心裡有點數吧。」

「然後呢——」

許春生刷卡開了社區的門，絲毫不掩飾輕蔑地看著門外的許星洲，開了口——

04、踩麵包的女孩子

雨自天穹而落，飄飄灑灑的，天沉沉欲雨。

社區門口梧桐飄搖，路人行色匆匆地撐著傘穿過長街，汽車碾過時泥水四濺，梧桐社區的門房前泥水一片。

許春生刷卡開了社區的門，絲毫不掩飾輕蔑地看著門外的許星洲，開了口：「——那個在上海收留妳的，妳的同居對象呢？」

許星洲立刻瞇起了眼睛。

許春生說這話時連半點敵意都沒有隱藏，眼神陰暗地盯著她，那句話不疼不癢的，也就是非常家長裡短、心胸不大、質疑許星洲不檢點的意思——可是這話出自許星洲僅有十三四歲的妹妹口中。

——十三四歲。

十三四歲，在二十多歲的人看來可能是個小孩子，但是其實這個年紀已經不小了。這年紀的孩子已經開始懂得攻擊別人，也懂了最基礎的蕩婦羞辱。

國中生已經開始具備成人的惡意了。

許星洲也不與她計較，漠然道：「那叫男朋友。」

許春生短促地、譏諷地笑了一聲，將社區門拉開，許星洲撐著傘走了進來，說：「他還在後面——我在這裡等他，妳隨意。」

許星洲收了傘，在門房避雨，可許春生也沒走。

於是她們兩個人站在同一個屋簷下，任由雨濺得到處都是。

她這個妹妹接的命令是在這裡把許星洲和那個叫「秦渡」的人迎回家，迎不到的話是要回家挨罵的。

姐妹二人一言不發。

許星洲其實不介意打破僵局，但她一直不太理解自己的妹妹為什麼會對自己有這麼深的敵意——明明從小也沒在一起長大，別的姐妹關係不好應該也是因為朝夕相處磨出的性格不合，但到了許春生這裡，她的敵意來得毫無根據，甚至像是與生俱來的。

而許星洲怎麼想，也沒想出來自己做過什麼會得罪這孩子的事情。

許春生看了她一下，道：「妳這種行為，本質就是倒貼。」

許星洲愣了一下。

「我以前就聽他們聊過了，」許春生不無陰毒地道：「妳和那個男的婚前同居，好幾個假期都不回家，街坊鄰居都議論呢。」

許星洲：「……」

她妹妹又帶著幼稚的惡意，得寸進尺道：「那個男的怎麼樣？妳也不和家裡說，老許家的臉都被妳丟盡了。」

許星洲揉了揉眉心，頭疼地說：「到底誰丟老許家的臉，還是過個十年再看吧。」

「……」

許星洲四兩撥千斤，將挑事的嗆了回去。

說實話，許星洲不愛吵架，更不想把自己有限的生命浪費到無限的糟心事上——畢竟喜歡她的人多了去了，犯得上跟一個一年到頭見不到的小丫頭計較嗎？真的犯不上。

許春生極其不服，許星洲跺了跺腳，將鞋跟的水抖了，接著就清晰地聽見了她妹妹的一聲嗤笑：「誰知道妳這種腦筋不正常的，會找個什麼樣的。」

……一切的惡意都是有源頭的。

許星洲那一瞬間感到胃一疼——她幾乎能想到許春生的父母在家都是怎麼議論她的了。她爸爸可能還會惦記著血肉親情嘴下留情，不至於將她說得太過不堪，可那個阿姨和她的女兒呢？

當然，以許星洲對那個阿姨的了解，未必會說得這麼壞——但是從許春生的態度，就能窺探出他們對這件事的本源態度。

妳這種「腦筋有問題的」會「找什麼樣的」——他們可能會沒在家裡說過嗎？

許星洲盯著許春生看了一下，意識到她所等待的標準劇本是什麼——以許春生的敵意，她期待的就是秦渡連普通人都不如。許星洲差點就想不吃飯走人，可是理智卻又知道這飯不能不吃，她正糾結著，卻突然聽見了身後秦渡的呼喊。

「星洲！」

說曹操曹操到，那個「什麼樣的」混蛋，說來就來。

許星洲鞋子裡進了水，不適地跺了跺腳，回過頭一看。

秦渡冒雨涉水而來。他身材又結實修長，是個活活的衣架子——穿了條國潮禪風闊腿褲，看起來腿長一百八十，卻正經而帥氣。他真的去買了不少東西——秦師兄大包小包地將一干酒和禮盒裝的東西拎了過來，

在他們回來之前，秦渡曾經認真地和許星洲溝通過這個問題。

秦渡說妳爸家的面子我肯定會給。雖然我對妳沒有半分保留，可是對妳爸爸家不行。如

果妳爸爸把妳親手養育成人，付出了感情，我怎麼對待他們都應該——但是問題是妳父母除了付妳的學費，根本就是害了妳一輩子。

所以，我會做面子工程。可對他們掏心掏肺，是不可能的。

許星洲說，我知道。

因此秦師兄來的時候，拎的東西都是現買的。

秦師兄本身還是沒把這件事放在心上，否則他應該早就買好了，從上海拎到這裡來，而不是在來之前的二十分鐘之內就把東西全部買完。

他大步跑了過來後隨手撥了一下自己濕淋淋的捲髮，抬頭，看見了許春生。

——這個小女生，能看出是許星洲的妹妹。

儘管同父異母，姐妹二人還是有些相似的。但許春生有一些發胖，青春期還爆了痘，眼角吊著——這氣質令秦渡不舒服，認為星洲的妹妹生了個心術不正的面孔。

那女孩看著秦渡的眼神流露出一絲驚愕。

秦渡道：「妳就是春生？星洲經常和我說起妳。」

然後他對許春生恰到好處地一點頭，便轉過去示意許星洲也拎兩個禮品盒。許春生愕然地看看許星洲又看看秦渡，半天終於不情不願地嗯了一聲，帶著一絲幾不可察的羞赧，說「你好」。

茫茫的大雨，秦渡也沒看她，揉著自己的頭髮，看著許星洲嗯了一聲。

許星洲推開父親家家門時，再三告訴自己，不能在飯桌上和妹妹抬槓。畢竟以後也不會有什麼見面的事，以後無論發生什麼都不可能回這座城市定居了，在這裡留下點最後的好印象就夠了。父親雖然對自己不好卻也不會害自己，何況這是他們主動提出的飯局，不會輕慢他們。

秦師兄放下了大半禮物，那個阿姨直呼「怎麼這麼客氣」。

許星洲看了他一下，有點驚訝秦師兄的社交能力——這個光看外表就覺得吊兒郎當的青年人，居然這麼會給人留下好印象——不過也難怪，許星洲想，如果沒有這樣的社交能力，他怎麼能跑得這麼遠呢？

他甚至還會主動去幫廚，被那阿姨拒絕後就留在餐桌前，和許星洲的父親天南海北地聊天。

許星洲的父親叩了叩菸灰問：「小秦，你家裡是做什麼的？」

秦師兄便禮貌笑道：「做點小生意，和建材商打交道，別的不說，溫飽是夠了。」

許星洲走著神想：原本一直都是有錢就是可以為所欲為的態度……第一次見他這麼謙虛……

秦師兄畢竟是那種家庭出來的人，眼界寬廣，又能言善道，將許父哄得笑顏逐開。

居然，是一派和樂融融的景象。

那是真的和樂融融。

有粥有飯，有有血緣關係的親人，她的愛人與他們笑著交談，有瀰漫在窗戶上的霧煙，有人在廚房裡忙進忙出，可是這裡不是她的家。

她的家不在這裡。

十年前她的家在那所老院子之中，有一個老人把自己的孫女迎回了家；十年後在千里之外，她的家如今還在組建的路上。

許星洲發呆地看著窗外的落雨，不時地應和兩句父親的提問，心思全然不在即將開始的飯局上。

許春生坐在她旁邊，突然道：「看不出來，妳運氣還挺好。」

許星洲連頭都不回地說：「妳作業是不是很少？」

「……」

「妳和他是什麼時候開始的？」許春生仍不依不饒地、帶著一種不甘心的味道問：「妳大二發病的那次？妳是靠裝病找的男朋友嗎？」

許星洲冷漠道：「妳是靠胎盤變人才能說話的嗎？」

許星洲只是不嗆人，但嗆起人來其實相當毒辣，說完之後就低頭開始玩手機，片刻後突然聽見她父親的哈哈大笑聲。

「是啊！」許父笑著對秦渡說道，「你別說，我家就星洲最聽話，最不用管！可她妹妹就不行……」

許星洲聽了那句話微微一愣，下意識地往許春生的方向看了一眼。

——她同父異母的妹妹咬住嘴唇，陰翳地盯著窗外。

「星洲是跟著她奶奶長大的，」飯桌上菜香蒸騰，許父一邊夾菜一邊對秦渡道：「她從小就乖，不用我們操心，你看她妹妹，上個國中擇校就花了我們五萬塊，進去之後，唉，成績和她姐姐比差遠了。」

秦渡笑著點頭。

許星洲悶頭去夾四季豆——秦師兄幾乎沒怎麼動筷，就逮著唯一一盤不辣的炒莧菜和馬鈴薯燉牛腩夾。許星洲來前就說過秦渡家裡很少吃辣，可是顯然他們沒把這件事放在心上。

「星洲上國中小學都是就近上。」許父又一邊吃飯一邊說：「是真的省心，從來沒有鬧出什麼事過。老二倒是需要我們天天往那裡跑。」

玻璃上黏著無盡的、瀑布般的雨。

——才不是呢。我小學的時候經常和人打架，許星洲想，有人罵我是野孩子，有人說我沒人要，還有男孩子喜歡欺負漂亮女孩，我從不受欺負。所以我就在小學拉幫結派當山大王，最壞的一次把那個罵我的男孩用五上數學課本的稜角打得頭都破了，鮮血直流。

可是每次都是奶奶來，奶奶也不會去找你告狀，在你眼裡當然很聽話。

「上高中也是，」許父又說：「左鄰右舍哪家孩子不上補習班？星洲就自己悶頭學，他們那年升學考難，他們全校總共八個過了六百五十的，星洲就是其中一個。」

——不是的，許星洲夾著粉蒸肉茫然地想，我不是聰明人，那年報了數學補習，從一輪複習報到二輪，可是你已經忘了。

秦渡笑道：「很不容易了。」

「星洲國中生病歸生病，功課可是一點都沒落下，她媽媽那邊指望不上，全靠我幫她找關係。」

——不是的，我落下過功課。十四歲的我剛回到國三的課堂。那時候我因病耽誤了一年，就算自己在家自學都趕不上進度，還是那時的新隔壁桌程雁將我撈了出來。她手把手地教我、將自己的課堂筆記借給我讓我抄，在無數個自習課上壓低了聲音講題給我聽，才把我拖進我後來的高中。

你什麼都不知道，甚至什麼都不記得。

許父差不多將自己印象中的大女兒講了一遍——然而其實沒什麼好講，畢竟也沒什麼——又喜氣洋洋地說：「今年畢業了是吧，星洲？」

許星洲微微一愣，說：「是，再有兩個多星期就是畢業典禮了。」

許父問：「畢業證書拿到了沒有？」

「還沒拿到，」許星洲平靜地說：「得畢業典禮才發。」

大約是許星洲完全沒注意這場對話模樣的緣故，許父便不高興地道：「那也得出了。怎麼也不帶回來？我出錢給妳上大學，到頭連妳的畢業證書我都看不到？」

許星洲：「……」

許星洲看了秦渡一眼，秦渡默不作聲。

「算了，」許星洲爸爸說：「今天這種日子我也不和妳說這個。」

「不如意是不如意了一些，不過也沒什麼。雖然這孩子沒在我身邊長大——」許星洲又看著自己的父親嘴唇翕動，聽見他的聲音帶著無數歲月的隔閡與一無所知的自大在自己耳邊炸響：「可她是挺堅強獨立的。」

這是誇獎。

帶著冰冷味道的、毫無感情的誇獎。

——畢竟你根本沒見過我躲在故去的奶奶的床上蜷縮著睡著的夜晚。許星洲心裡的那個小人說。

你不明白我一個人存活於世的艱辛，我對親情的渴望與情緒的巴別塔。你根本沒有出現過，因此沒有立場去評價我。那個小人無聲吶喊。

可是，那又怎麼樣呢，難道要時隔十多年後將舊帳一一翻開，然後鬧得大家都不愉快嗎？再說這些事情都已經過去了，十年的時間，應該被掩埋在風沙下了。

許星洲悶不作聲，低下頭去夾炒好的蒜苔肉。

飯桌上的氣氛稍微有些不愉快。

許星洲心裡不服，不去捧她爸的話，氣氛一時都僵了一下，秦渡也一句話都沒說。於是許父說完那句話之後餐桌上一片寧靜，只剩那阿姨伸筷子去夾莧菜的聲音。

窗外落雨不絕，那一筷莧菜，火紅的汁水啪嗒掉在桌布上，像一塊扎眼的血跡。

沉默流淌，片刻後，許父冰冷地哼了一聲道：「許星洲，好歹也是妳爹把妳養大的。」

這句話確實沒有錯——畢竟他出了錢。

可是許星洲還是忍不住覺得委屈，說了聲：「是嗎。」

這句話就捅了馬蜂窩。

許父勃然大怒道：「什麼意思？妳以為沒有妳爸妳能有今天？」

許星洲愣了一下：「……」

許春生說：「對啊，爸爸一直在誇妳，妳怎麼這麼不識好歹啊。」

「姐，如果不是妳還有我們這個家，」許春生怨毒地道：「別說補習班了，連能不能上學都成問題，還談什麼考上那麼好的大學，遇上這個來家裡吃飯的哥哥？妳也太過分了吧。」

飯桌上的氣氛僵成這模樣，許星洲剛準備低頭隨便認個錯，讓這件事過去，回家再和秦師兄一起開罵。

她懂事後，就沒再在這場合嗆回去過。

別人家鐵板一塊，外來人非得去踢這塊鐵板做什麼？這世上也不是說手心手背都是肉的。

有什麼委屈，自己消化一下也就算了。

可是接著，她就聽見了秦師兄漠然的聲音：「這話怎麼說的啊？」

他冷漠地說：「父母養育孩子，怎麼還成了給孩子臉了呢？」

空氣都僵了一下。

秦師兄卻完全沒有一點惹事的自覺，他望著許父道：「不僅這個我不懂。你說的話，有些地方我也不太明白。」

「譬如吧，我就沒覺得星洲堅強獨立。」

「她堅強獨立是外在，也許是骨子，」秦師兄笑著夾了一筷子魚，一邊夾一邊道：「可是她對熟悉的人可是很會撒嬌的——在醫院的時候她晚上睡不著，根本離不開人，非得抱著什麼東西睡。」

「她那個熊，叫小黑，」秦師兄垂下眼睫自顧自地一邊夾菜一邊道：「抱著睡了快十年了，她奶奶買給她的，至今離不得，抱不到就睡不著。」

「怎麼到您這就成——」

秦渡抬起眼睛，眼梢微吊，似乎忍著滿腔的怒氣，開口道：「就成這孩子雖然沒在身邊長大，可就是堅強獨立了？」

那一瞬間，飯桌上鴉雀無聲，甚至能聽見空調嗡嗡運行的聲音。

秦師兄話音落下，看了看周圍安靜如雞的人，嗤笑了一聲，將夾的菜放進了許星洲的碗裡。

外面的雨沒有半點變小的意思，仍是瓢潑般下著。

黃昏時天漆黑如墨，傾盆大雨之下，地上聚的水窪匯為水潭。

秦渡啪地撐開傘，將許星洲罩在傘下，帶著她朝社區外走——那把傘還是她兩年前給秦渡的那一把小星星傘，女式雨傘，娘裡娘氣的，可秦師兄用它簡直用上了癮，走到哪都帶著，從國內背到國外，像是他的寵兒，總放在行李箱或者背包的一角。

秦渡拎著個不起眼的小袋子，得意道：「看到沒？他們一句話都說不出來。」

許星洲笑得臉都紅了。

「我以前一直以為我已經很不吃嘴上的虧了，」許星洲憋著笑說：「沒想到你比我還狠——我猜一兩年內，他們是不願意我回來了。」

秦渡說：「放屁，還一兩年呢，妳看那家裡除了妳爸之外，誰還想讓妳來？」

「……」

「就連妳爹，」秦渡使勁一戳許星洲的腦袋：「也不太喜歡妳回去。」

許星洲笑容逐漸消失，摸了摸頭悻悻道：「……我又不是不知道。」

「——知道就行。」

「妳那個妹妹嫉妒妳，」秦渡不爽地說：「妳爸爸對妳冷漠，妳那個什麼蔡阿姨把妳當成家裡的定時炸彈……這種家怎麼待？怪不得妳跑這麼遠來上大學呢。」

秦師兄觀察人也觀察得太敏銳了吧，許星洲想。

一頓飯的功夫，就把她爸爸家的三個人都拍了張ＭＲＩ。

許星洲摸了摸頭，笑道：「不過他們也沒有苛待我。」

秦渡嘆了口氣，揉了揉許星洲的頭髮，說：「……是啊。」

他不知在想什麼，眼裡映著綿延落雨，還映著一路梧桐，看起來有種難言的灰敗蒼涼。

許星洲不知為什麼他會露出這樣的眼神。她只是感到秦師兄用力握住了她的手指，猶如溺水之人抱緊水中浮木。

秦渡突然道：「對了，那個畢業證書，師兄不是託關係幫妳拿出來複印了嗎？」

許星洲笑了起來，從自己的小包裡拿出一張摺得妥妥當當的Ａ４紙。

「我還以為不見了呢。」秦師兄奇怪地說：「這不是還在嗎，妳爸要看怎麼不給？」

許星洲哈哈大笑。

「複印了不是給他看的啦。」

許星洲笑得眉眼彎彎地問他：「——師兄，過幾天，陪我去個地方好不好呀？」

05、遠東皇帝的夜鶯

秦師兄一直沒有說話。

他心事重重，可是許星洲知道他是會去的——哪怕他連許星洲要去哪裡都不知道，可秦師兄還是會跟著她去目的地。

沉沉雨幕，許星洲伸出手，試探性地接了一滴雨。

她身旁的秦師兄手裡拎著個不起眼的包——和他拎去她家的禮物不同，那個小包挺普通的，許星洲感到一絲好奇，忍不住問：「這是什麼呀？」

秦渡嗯了一聲，笑道：「回家就知道了。」

狂風大作，濺起萬千漣漪水花，天黑得猶如黑夜，許星洲的裙子被吹得飛了起來，她按住裙子，大概是覺得風吹得很舒服，就頂著風哈哈大笑。

秦渡聽了笑聲，突然道：「妳不如跟我講點事情。」

許星洲灌了滿嘴風，人來瘋地大喊：「講什麼！」

「講點妳以前的事。」

秦渡拎著那袋東西說：「學齡前也好，小學也好，國中也好，高中也罷——認識我以前的所有事情。」

許星洲愣住了。

「只要妳能想起來，」他沙啞地說：「我都想聽聽看。」

既然他想聽，就都說給他聽吧——反正也沒事做。

她雖然不明白秦渡為什麼會提出這樣的要求，可還是這樣想道。

於是在他們回家的路上，許星洲便講她在小學裡如何欺男霸女——她和許春生不同，是就近劃區入學的，因此同年級的每個人幾乎都知道她家那點破事，就算不知道的，過幾天也都會知道了。

一開始是有嘴賤的人去說許星洲是沒人要的小毛孩，後來又有小孩編排許星洲，說是因為許星洲太調皮搗蛋才會讓自己的父母離婚——後來好事的人挖掘出許星洲的媽，於是所有人都知道許星洲的媽是個出軌的「爛貨」。

聽起來很過分，可是說實話，小星洲沒吃過一次虧。

許星洲小時候也實在是個小混蛋，拉幫結派、結黨營私、武力威脅樣樣無師自通，而且有一點「三歲看大七歲看老」的意思。

七八歲的小星洲靠自己的美色和慷慨以及莫名其妙的男友力拉攏了自己的後宮，為她們伸張「今天我又被誰誰誰扯了剛綁好的辮子」、「誰誰誰說我醜」一類的冤屈——後面許星洲還收小弟，誰敢欺負她她就打誰，奶奶頻繁去學校報到，乃是遠近聞名、響噹噹的一粒刺兒頭。

蠻橫到什麼程度呢，她小學時候的綽號就叫「粥粥山大王」。

然而，儘管如此，許星洲對自己那時候的評價還是人善被人欺，馬善被人騎。

「好在那時候沒有《搞笑漫畫日和》，」許星洲一邊開門一邊說：「否則搞不好就不是『粥粥山大王』這麼了不起的名字了。他們可能要叫我肉山大魔王。」

秦渡嗤地笑出了聲。

燭火黃昏，大雨滂沱，蒲公英被雨點釘在石磚上。

許星洲推開院門時，秦師兄正在結滿蛛網的昏白燈光下，賣力地擦著窗玻璃。那院子裡不再那麼荒蕪——院子菜地裡的草被秦師兄拔淨了，窗戶擦了一半，防盜門還隔著一層灰，得用水盆接了水去沖。

居然依稀有一些她童年的樣子了，許星洲想。

許星洲喊道：「師兄，我買飯回來了！」

秦師兄便嗯了一聲，將手套摘了扔在一邊，抹了抹臉上的灰，進屋吃飯。

外面黑了天。

而這種小鎮的天黑得格外早，這種鎮上還是秉持著日出而作日落而息的作息，外面哇嗷一陣狗叫，犬吠柴門。

他們兩個人已經在許星洲的父親家吃過了一頓，因此此時許星洲只是在附近的店隨便買了兩碗炸醬麵了事——她加了兩顆茶葉蛋，還特別買了一根豆棍。

許星洲將兩個小紙碗放在了桌上。

秦渡去洗手，許星洲自己坐在桌前，夾起了一筷子油亮的粗麵。

這家店，她吃了許多年。

湖北是個缺不得麵的地方。十年前炸醬麵三塊錢一碗，奶奶不舒服時不做飯，小星洲就會去街頭的「王姐麵館」買一碗墊肚子。有時候她會加點豆棍，有時候加根烤腸，有時候加茶葉蛋，但不變的是一定要加上一大筷子的醋醃白蘿蔔，店主王阿姨還會加一大勺醋湯給她。

奶奶去世時，全市的炸醬麵都已經四塊錢了。

許星洲出院後去王阿姨那裡吃東西，王阿姨的小女兒送了她一大把自己畫的優惠券，全是她自己寫的，讓星洲姐姐以後來免費吃麵——上面還有國中肄業的王阿姨歪歪扭扭的「確認」二字。

是真的一大把，許星洲斷斷續續地用到了國三畢業。

後來她升學考時炸醬麵已經漲到了四塊五。而如今已經六塊錢了。

許星洲去買麵時，王阿姨那時看到她，愣了一下。

王阿姨把麵下進鍋裡，好奇地問：怎麼，這次不是一個人來買麵了？

「……師兄，放在以前的話，」許星洲拌了拌麵條裡的醋汁，在朦朧的燈火中問：「你會想到你有一天會陪我吃這種東西嗎？」

在這樣的老房子裡，吃六塊錢一碗的湯麵。

秦渡看了許星洲一眼，莫名其妙地說：「我跟著妳吃的東西多了，還差這一樣？」

落雨刷然，許星洲在那雨聲中哈哈大笑。

「回頭看看我帶回來的那個小袋子，」他不輕不重地在許星洲額頭上戳了下：「都是買給妳的，我猜妳最近就想吃這個。」

許星洲放下筷子，笑咪咪地將小額頭湊了過去。

「……」

許星洲眉眼彎彎道：「師兄，知道你戳一下不過癮，本王特別開恩，允許你彈一下額頭。」

老狗比第一次見到主動找打的，立刻滿足了許星洲這種傻子要求，在許星洲額上使勁一彈，擲地有聲，活像驗西瓜。

許星洲眼淚都要出來了：「嗷——」

秦渡彈完那一下心滿意足——打這個小混蛋是萬萬捨不得的，可是她又總令人恨得牙癢癢，只有彈額頭才能解氣。

然後在燈火的昏暗處，電視櫃上的花瓶後——秦渡眼尖地看見了一張照片。

秦渡指了一下，問：「那是妳奶奶？」

許星洲疼得齜牙咧嘴回過頭，看到那張相框，模糊地嗯了一聲。

秦師兄所說的那個袋子裡，居然都是懷舊零食。

什麼西瓜泡泡糖，什麼無花果乾，什麼可以當捲尺扯著吃的大大卷和跳跳糖，還有麻辣水煮魚與真空包裝辣子雞——許星洲拆開那包麻辣水煮魚時，真的覺得自己有了一點小時候的味道。

秦師兄熱得一身汗，也不讓許星洲幫忙，甚至不許她碰抹布，自己踩在梯子上用抹布擦燈泡。

許星洲想起以前寢室夜談，大家天南海北地聊——她們說起四川男人耙耳朵，耳根子軟，四川家暴率高都是女揍男，又說起北方男人大男子主義，說起有些地方重男輕女——最後，她們說起了上海男人。

上海男人啊，那時候李青青摸著下巴道，好像都有點吝嗇吧——雖然吝嗇，可是特別勤快疼老婆。我在上海最驚訝的一點就是菜市場好多大叔啊，買菜做飯好像都被他們包了。

當時許星洲覺得李青青是放屁，現在想來，李青青的總結，至少適用於秦師兄。

上海男人憤怒道：「許星洲妳怎麼就這樣開始吃了？我還在這裡掃灰，妳不怕吃一嘴泥巴嗎？」

許星洲優哉遊哉地捏著小水煮魚說：「不怕，師兄，都九點多了你還在大掃除，你在我爸爸家可沒有這麼勤快。」

秦渡立刻大怒：「這他媽能一樣？那裡是妳家嗎！」「滾進去玩手機。」秦渡嗆她：「別在這裡礙事。」

許小師妹大笑，抱著零食和手機逃了。

秦渡自己一個人站在那老舊的客廳，襯著昏暗的節能燈，將抹布的水擰了出來。

抹布擰出的水都是黑的，這房子至少已經四五年沒掃除過，導致整個房子就像廢墟一般，沒有半點人氣——可是誰都知道，這裡曾經有一個老人和她的孫女，在這裡相依為命地生活。

這裡怎麼會沒有人氣呢。

分明到處都是她們的味道，就算被灰塵掩埋，也能看出當時的溫柔與和煦。

秦渡將沙發拖出來掃沙發底時，在沙發後看見了小星洲在牆上亂塗亂畫的太陽和房子；他擦電視時在電視機下找到了許星洲的四十分數學卷，還是奧數班的，小雞和兔兔同籠的題錯得全是叉——小學時的許星洲厚顏無恥地把這卷子摺了又摺，塞進了電視機下面。

太可愛了吧，秦渡看著那張卷子憋著笑想。

如果那時候就認識許星洲的話該有多好——就算對小混蛋沒什麼實際的好處，但是至少不會放任這小女孩奧數十道題錯六道。

非得幫她補到全對不可。

——他的星洲，那時候究竟是什麼樣子呢。

秦渡望向牆角的老人相框。

那是許星洲從來沒有撤過的靈位，是她奶奶為數不多的照片之一。

秦渡放下那張卷子，擦乾淨了相框，直視那老人慈祥的面孔。

06、豌豆上的小公主

那天夜裡淅淅瀝瀝地下著雨，燈管昏白，那是鄉下老房子特有的節能燈，將老舊的相框映得影影綽綽。

秦渡看著那張老照片——相框中的老人眉目間慈祥又悍然，與許星洲極其相似。

其實要說的話，許星洲的五官長得應該更像爸爸一些，可是不知為什麼秦渡就是覺得她爸爸和星洲長得不像——儘管他們的五官都很相似，可是他就是覺得他的星洲像河又像風，像河渡口聚起的一抔靈氣，沒有半分她父親的模樣。

秦渡只當他的星洲是基因突變，畢竟全家居然沒有一個與她相像的——可是當他看到這老人時，甚至不用說，都能發現這是許星洲的親人。

秦渡那一剎那眼眶發紅，不知在想什麼，急匆匆地拿著抹布走了。

他那天晚上大掃除到近十點，洗完澡推門進去時許星洲已經換了家居短褲和小吊帶背心，在檯燈的光裡一身清新的鵝黃，趴在自己的床上晃著腿，用 iPad 玩 OPUS。

而且大概是閒著無聊，將他買的零食全部吃光了。

秦渡：「不准吃。」

許星洲笑咪咪地喊他：「師兄——」

秦渡不爽地說：「畢業論文交了？就這麼浪？」

許星洲被嗆也不往心裡去，笑咪咪的要他抱抱，秦渡酸得打翻了五斤山西老陳醋，想嗆小混蛋兩句，更想和她吵一架——結果，許星洲乖乖地蹭到他的懷裡去了。

「……」

許星洲拍他馬屁：「師兄最勤勞了。」

秦渡啪嘰一聲彈了許星洲的腦袋，低下頭就和她接吻，一邊親一邊熟門熟路地將女孩推倒在了床上。

許星洲被推到床上，一呆：「哎？今、今晚師兄你不累嗎……？」

「還行。」

秦渡說完，又低下頭與她接吻。

許星洲呆呆的，被秦師兄按著揉捏腰肢，在昏暗的燈光中，被反覆摩挲，又發出柔軟的嗚咽聲。

外面傳來滂沱雨聲，敲擊著屋頂的黑瓦，猶如兒時的夜晚。

秦渡那天晚上極其溫柔。

這房間裡，全都是她的氣息。

——這是許星洲從小生長的地方，滲入雨水的窗臺上裝著彈珠的荷葉盤，她從小到大的課表，頭髮被綁得千奇百怪的娃娃，書架上疊著的教科書……秦渡把許星洲抱起時，許星洲朦朦朧朧地生出一種，她好像已經被秦渡徹底占據的感覺。

「我沒了妳可怎麼辦……」他一邊親一邊說。

「……嗯？粥粥。」

許星洲被欺負得朦朦朧朧昏昏沉沉，將吊帶衣擺咬在嘴裡忍著不喊，過了一下發出近乎崩潰的抽噎，秦渡從後面抱著許星洲溫柔親吻，猶如大地親吻島嶼，乞丐親吻繁星。

夜裡雨打青瓦叮叮作響，喘息融在其中，極其溫柔纏綣，令人想起荷葉接天萬里長江，春花秋月百年之後，陰雨潤風和僅存在人間的耳鬢廝磨。

一個多小時後，夜裡十二點多，秦師兄饜足地摸了摸盒子，囂張道：「套子帶少了，明天再去買。」

他出了一身的汗，抱著許星洲不鬆手，愜意地瞇著眼睛——許星洲連體嬰似的被他抱在懷裡，聽到套子用完了氣得牙癢癢：「我們回來才幾天？你帶的還是五個一盒的。」

秦渡在許星洲脖頸處親了親，模糊不清道：「嗯——我家小師妹撿到寶了，不用謝師兄了。」

「……」

厚顏無恥，撿個屁寶啊！他在床上還這麼壞，就算今晚溫柔也不能改變已經狗了兩年多的事實！這迷魂湯不會喝的！

許星洲完全沒有想誇他的心。

秦渡安靜了一下，又說：「乖，我出去抽根菸。」

許星洲一愣：「事後菸？就是那種渣男啪啪完嫌人醜，氣悶抽的那種菸嗎……」

她還沒說完，就被秦渡使勁捏了一下。

「別瞎講，」秦師兄嗓音沙啞：「我是不想嗆到妳。」

接著許星洲聽見他走了出去，又聽見屋門被打開。

那扇老防盜門熟悉地闔上，就像每天晚上奶奶披著衣服出去，顧著爐灶一般。她在無數個夜晚裡這麼做，顧著添了蜂窩煤的爐子，也給她的星洲留下了無數個靜謐的、空無一人的夜晚。

——這聲音，有多久沒聽到了呢。

這房子裡終於又有了除了她以外的人聲，許星洲抱著自己的枕頭，忍不住就想落下淚來。

可是師兄到底在想什麼呢？

許星洲將自己的枕頭抱在懷裡，趿上拖鞋，出去偷偷看了一眼。

接著許星洲看見無邊的落雨之中，秦渡立在黑沉沉的滴水簷下，在風中，菸頭火光明明滅滅。

狂風大作，秦渡捏著香菸，一手擋風，猶如一座石頭般望著遠方，目光沉沉，不知在想些什麼。

——他其實已經許久不抽菸了。

許星洲知道秦師兄並沒有很重的菸癮，他抽菸的習慣是他十五歲那年染上的，像他其他一切的壞習慣一樣不成癮，只是極其煩躁或者亢奮的時候，他才會摸出香菸。他抽菸時只是意味著自己極其煩躁，需要尼古丁來鎮定，不意味著他想抽。

確切來說，從許星洲和他在一起之後，他幾乎就沒再動過菸盒。

可是此時秦師兄看起來心事重重，煙霧飄散，火光亮了又暗。

長夜落雨，雨聲纏綿。許星洲那一瞬間意識到，秦師兄看起來，有點說不出的絕望意味。

第二天早上仍是大雨，許星洲摸了秦師兄的手機看了看天氣預報，發現未來的四天都不可能晴天。室外悶雷滾滾，已經連續下了四五天的雨，地暖不夠用，氣溫只有二十多度。

這地方的六月，如果出了太陽的話能將人曬得中暑，然而只要這陰雨六月一開始，就能令氣溫降到初春乍暖還寒的時候。

秦渡結束了大掃除時，許星洲已經換上了衣服。

秦渡問：「做什麼？」

許星洲一邊找傘一邊道：「我出去買點東西……」

「——我陪妳。」

秦渡說完，就將手一擦，撐開了許星洲的傘。

許星洲一開始還想推辭一下，因為她覺得這種事不好麻煩秦渡——這些事一向都是她經手的，覺得不好假手他人。可是那拒絕的話到了嘴邊，看到秦渡後，卻又嚥了回去。

於是他們鎖了門，撐著傘，往外走。

路上雨下得一片泥濘，許星洲跳著往前走，突然冒出了一句：「其實算算日子，也過了不少天了。」

秦渡：「嗯？」

許星洲說：「……我奶奶的忌日。」

秦渡微微一愣。

許星洲在他的傘下笑了笑道：「那時候是五月份吧。我記得很清楚，那年我十三歲，還在準備期中考試，做那種綜合練習題，什麼因式分解啊什麼……我奶奶的身體其實一直有老人病，什麼高血壓啊什麼萎縮性胃炎……」

「然後那天晚上，」許星洲酸澀道：「也是下著這種雨，我突然聽見我奶奶的房間好像翻倒了什麼東西。」

秦渡乾澀地，嗯了一聲。

「我衝過去一看，是我奶奶在吐血。」

許星洲沙啞地說：「我都沒想過人居然會有這麼多的血可以吐，比我在神雕俠侶啊什麼還珠格格電視劇裡面看的還要誇張，我小時候看電視劇的時候總是覺得很奇怪為什麼喝了毒藥一定要吐出血來，還是一道血，才會毒發身亡——我一邊大哭一邊大叫，把所有鄰居都引了過來。」

許星洲：「……他們把我奶奶送到醫院去，我以為醫生會有辦法，可是沒有。」

「五天。」

許星洲笑了笑道：「只五天，我奶就在ＩＣＵ裡去世了。臨走前她又清醒了半個多小時，神智特別清明，連氧氣管都不要。我那時還以為她會好，拚命陪她說話，說我這次考了班裡第一，沒有給奶奶丟臉，還說我這次和老天打了賭，如果我考第一就讓奶奶快點出院。」

秦師兄低著頭，沒有說話。

「但是我奶奶說，」許星洲揉了揉眼眶：「以後沒有奶奶也不可以想著死，讓我上了大學還要記得回來看她，要我好好活。」

許星洲望著遠方道：「史鐵生以前在〈秋天的懷念〉裡寫，他媽媽和他說『咱們娘倆好好地活』，後來大口大口地嘔血，被拉上三輪車，史鐵生自己就這樣看著，沒想到這就是訣別。」

——〈秋天的懷念〉，出自史鐵生的《我與地壇》。那是他高一的國文課本。

秦渡還記得學《我與地壇》的那節國文課自己在桌子抽屜裡玩遊戲。那天似乎也下著些小雨，初春雨潤如酥，下課後他周圍聚了一圈同學，十七歲的秦渡岔開腿坐著，漫不經心而又沒心沒肺地享受著所有人的眼光。

許星洲自嘲道：「……我學那篇課文的時候，下課去操場上發了很久的呆，就覺得特別難受，像心裡唯一愛我的那個人又被剜出了第二次一樣。」

走在路上，秦渡手心都出了汗。

許星洲想了想，握住了他的手。

她奶奶家其實不算太偏，步行就能走到萬達去，而萬達下面就有一家大潤發。他們城市基礎建設並不好，滿地泥濘，排水不暢，秦渡和許星洲都走了滿腿的泥。

許星洲笑道：「我奶以前都罵我行動遲緩，沒想到師兄你也是。」

秦渡啪嘰一聲彈了她的腦袋，也沒說話。

他興致顯然不是很高，似乎總有心事，也不知道是什麼。

但是儘管如此，該做的事情他又總做得滴水不漏——秦渡推著車，和許星洲一起去買生活必需品。她買了袋麵粉，買了酵母，又買了鹹鴨蛋、五花肉和醬油，乾箬葉和糯米若干，秦渡一直在發呆。

而正當許星洲對著購物清單準備去買藕和紅糖時，她見到了一個她意想不到的人。

許星洲拿起紅糖包，突然聽到了身後一個熟悉的聲音。

「星洲……？」那聲音試探般道：「是妳嗎？」

許星洲一愣之下回頭，卻看見了一個熟悉又陌生的青年人。

他個子仍挺高的，卻褪去了大男孩的味道，如今穿著裡帶著股成熟的感覺，手裡拿了一包掛麵，正往購物籃裡放。

許星洲不確定地瞇起眼睛：「林……」

「林邵凡，」他笑著揚了揚手中的掛麵，道：「星洲，好久不見。」

——是了，是林邵凡。

許星洲終於想了起來。

「好久不見，」許星洲笑道：「最近怎麼樣呀？」

他們這城市小，在這裡遇見熟人並不是什麼神奇的事情——尤其是許星洲知道林邵凡的家離自己很近。

他變了很多，許星洲想。

林邵凡原先是個很靦腆的人，帶著點學霸特有的、生澀的驕傲。但是他的大學生活終於將他磨練了出來——如今他看起來帥氣溫和又遊刃有餘，也不再輕易臉紅了。

林邵凡笑著說：「快畢業了，回家待一段時間，然後出國念研。」

畢竟是老同學，許星洲也許久沒與他聯絡，因此好奇心滿滿。她眼睛一亮，認真地問：「出國？去哪裡？」

林邵凡溫和一笑：「申請了史丹佛的MBA，八月就去美國了——星洲，妳呢？」

許星洲笑咪咪地拍馬屁道：「我不讀書。就是去工作啦……老林你要好好幹啊，我以前就覺得我們八班這麼多人裡，只有你是個經天緯地的棟梁。」

林邵凡頓時耳根又是一紅，不好意思地撓了撓頭皮。

那場尷尬的表白，似乎已經被他們遺忘在了腦後。

許星洲和他隨便聊了兩句學業和工作，他們就像兩個最普通的老同學一般交談。林邵凡即將出國深造，許星洲則將步入社會，生活軌跡截然不同，兩個人聊了幾句自己的未來，又聊了兩句別的同學。

林邵凡突然道：「說起來，我們班上那個李樺業，不是都結婚了嗎。」

「是耶，」許星洲皺眉頭：「他和他老婆今年三月份就結婚了，所有人都沒能去，大部分都在上學。是閃婚吧？」

林邵凡笑了笑，問：「是的吧。說起來我一直以為妳會和妳當時那個學長交往……」

許星洲一怔：「哎？」

林邵凡又求證式地問：「就妳那個學數學的，和我們一起吃過飯的學長。他和妳表白過了吧？」

許星洲呆了：「哈——？」

林邵凡怎麼會知道啊？許星洲一聽都愣了，秦師兄那時候都狗成那樣了，林邵凡是從哪裡得知的？

許星洲本人那時都一度認為秦渡特別討厭自己，自己在他眼裡就是一截蘿蔔，連雌性生物都算不上。

林邵凡頭上冒出一串問號，說：「沒有嗎？奇怪……也就是過了兩年我才敢說，那時候他對我敵意特別重，感覺像是要把妳摁在他碗裡護著似的，要說的話有點像那種護食的邊牧……」

許星洲：「哈……哈哈是嗎……」

「是啊。」林邵凡無奈道：「反正就是這樣了。」

接著他突然道：「星洲，他們都有對象了，那妳呢？」

許星洲又是一愣：「哎？」

「妳呢，星洲？」林邵凡溫和地重複了一遍：「現在有男朋友了嗎？」

許星洲：「……」

許星洲立刻就想拔腿逃跑，這問題就是別有居心的問題NO.1！林邵凡也太深情了吧！雖然以這世界上大豬蹄子們的共性，他應該是處於感情空窗期才會對學生時代暗戀過的女孩子提出這種尷尬的提問。

成年人的愛情不都是這樣嗎……

但是這個問題還是很尷尬……還是裝傻沒聽出第二層意思好了……

許星洲斬釘截鐵道：「有了。」

——雖然男朋友現在有點心不在焉，但男朋友就是男朋友，而且我真的很愛他。

林邵凡神色微微一黯。

「交往很久了嗎？」林邵凡有點恨地問：「你們學校的？還是工作實習認識的？我看妳貼文好像沒怎麼提起過，還是最近剛剛開始？」

許星洲被一連串問題砸得有點暈：「挺……久的了……」

林邵凡手裡的掛麵，嘎吱一響。

許星洲快刀斬亂麻：「感情穩定！挺長久的了，見過父母！我這次回來就是為了帶他見長輩！」

這完全就是一劑猛藥。

林邵凡嘎吱嘎吱地捏著掛麵道：「妳那時候告訴我妳有心理疾病，說很嚴重，我其實後面又想過很多次……」

「挺後悔的，」他說：「我覺得我當時表現太差勁了，妳就是妳，和妳有什麼心理疾病有什麼關係？不過關於妳這段感情我有一點小勸告，妳要謹慎對待帶他回來看家長這件事。」

「我以前問過我北醫的同學，他們說憂鬱症患者很容易把伸出援手的人當成自己心理和情感的唯一寄託，無條件地信任他們，哪怕他們不愛自己也會把自己全部交付……」

他話還沒說完，就是微微一頓。

許星洲打了個哈哈說：「哪有這麼複雜，喜歡就是喜歡，不喜歡的人付出再多，我也不可能把自己交出去對不……」

「對」字還沒說出來，許星洲就從後面被捏住了。

「……」這熟悉的觸感。

林邵凡：「……」

那個學數學的師兄推著推車出現在貨架後面，瞇著眼睛，捏著小浪貨的後頸皮一揉。

然後這條邊牧慢條斯理地、矜持地、字正腔圓地開口，呼喚這個在他嘴裡當了三年「林什麼來著、木什麼來著、什麼燒什麼、鬼知道他叫什麼」、「完全是個路人、誰他媽care」的許星洲的高中同學：「林邵凡。」

他危險地笑了起來，問：「幹什麼呢？」

07、七色之花

「林邵凡，幹什麼呢？」

燈光積澱在貨架上，超市裡響著小朋友找媽媽的廣播，歲月流淌，三人齊聚一堂。

秦渡說完，把許星洲往自己身後一拽，又把她手裡的紅糖丟進車裡，眯著眼睛望向林邵凡。

林邵凡：「……」

許星洲被捏得挺疼，小聲道：「你這不是記得他的名字嗎，你怎麼老跟我說不記得他是誰？」

……連許星洲都差點沒想起來林邵凡的真名，怎麼秦師兄一見面就喊出來了？

秦渡：「……」

秦渡被許星洲揭穿也不臉紅，臉皮厚得很，堪比城牆。

接著，秦渡鬆了手，雙手抱著手臂，散漫地看著林邵凡。

林邵凡怔怔地問：「這……這是妳男朋友？」

許星洲點了點頭，嗯了一聲，認真道：「就是那個……和我們一起吃過飯的師兄。」

——那個對你敵意很重的、就像護食的邊牧一樣的師兄。

「我們之前見過，」林邵凡似乎驚了，愣愣地伸出手：「就是那年去參加挑戰賽的時候，我還記得您。秦學長您好。」

秦渡哼了一聲，還算禮貌地，和他握了握手。

許星洲明顯地感覺到秦師兄與林邵凡握手的瞬間，氣場全開。

他是個從小在人上人裡打滾長大的菁英，對上林邵凡這種初出茅廬的學生還要下意識地壓迫對方——許星洲覺得秦師兄簡直像個小孩子似的。

林邵凡手足無措。

秦渡握完手又去貨架上拿了兩包紅糖，也不看許星洲，只道：「什麼情感寄託不寄託的我不知道，但是我覺得我還是有點發言權的。」

糟了，他還聽見了！

許星洲暗暗叫苦，立刻就知道自己今天恐怕會完蛋……以秦渡這種拿記仇當飯吃的人來看，許星洲恐怕要在回去的路上哄一路的小屁孩。

真是遇人不淑……

然後，許星洲聽見秦師兄說：「我不知道我是不是她的情感寄託，但我知道——」

「喜歡一個人，人人都能做到。」

秦渡漫不經心地將紅糖丟進購物車。

「可是，想擁有一個人，沒有那麼簡單——是要付出一切的。」他說。

「擁有一個人」不是站在那裡告訴她「我很喜歡妳」就可以的事情。

想「馴服」一隻無法棲息的飛鳥，需要最誠摯的愛戀與最認真的喜歡，需要全身心的付出，需要時間與沉重的歲月，需要耐心和溫情，需要剖出自己的心——才能令飛鳥棲息於枝頭。

在這世上，想擁有一個名牌包要賺錢，想出去踏遍山河要認真工作，我們願意為了這些美好或是能令自己快樂的東西付出時間和精力——那麼更昂貴而奢侈的「人」呢？

——秦渡說，要擁有一個人，要把自己也交付出去。

要付出一切。

大雨落於荊楚之地，沿江霧氣彌散，渡船煙雨。

許星洲撐著傘，罩在秦渡的頭上，兩個人彳亍穿過漫長泥濘的小巷。

許星洲說：「……這個萬達還是我高一那年開的，剛開的時候我和雁雁來玩過！那是我第一次吃DQ，DQ那年出了一個新的什麼鬼起司培根鹹霜淇淋，我不顧雁雁的勸告買了一個——」

秦渡還沒等許星洲說完，就從鼻子裡，發自內心地輕蔑地哼了一聲。

許星洲笑道：「那個霜淇淋特別難吃！我至今記得呢。」

秦渡沒有半點好氣，一巴掌糊在了許星洲的後腦勺上，把她拍得趔趄了一下，眼冒金星。

……果然要哄。

許星洲可憐地揉了揉冒金星的眼睛，拿出自己平時泡小女生的模樣，軟軟糯糯地服軟道：「師兄兄，不生氣啦。」

許星洲這女生可甜可鹽，偏偏還長了個招人疼的模樣，此時一雙眼裡蘊著萬千水光情義，是個女人見了都想疼的美人——她自己清楚地知道這一點，而且這美人計就是她拿來當武器用的。

秦渡瞇起了眼睛，許星洲笑出一對小臥蠶，對他眨了眨眼睛，甜得猶如一塊裹了粉的紅豆湯圓。

哪怕是女孩子，怕是都敵不過這種小模樣。

接著秦師兄就將傘搶走，讓許星洲滾去淋雨。

「……」

「師兄！師兄！」許星洲告饒：「哎呀我錯了！！不敢了！」

秦渡這才把傘罩回許星洲頭上。

許星洲頭上頭髮絲全是小水珠，她心塞地想，他怎麼就是不吃自己的美人計呢。

……明明那些不夠愛我的人都吃這一套的。但是放在秦師兄這裡，他卻無動於衷。許星洲知道他疼自己，卻又有點得寸進尺地想讓秦師兄也會因為自己賣乖而服個軟。

別人的男朋友不都是這樣的嗎，許星洲想，偏偏秦師兄就是不吃這一套。

許星洲笑咪咪地開口：「師兄……」

沿河柳樹飄搖風雨中，田埂荷葉接天無窮碧。許星洲剛說完，就意識到秦師兄在走神。

——他還在想什麼呢。

許星洲愣了一下，心想，他到底在想什麼呢？

許星洲很少把奶奶的祭品假手他人。

她奶奶過世快十年了，許星洲上墳上了也快十年，這種上墳放到別人那裡，興許就是隨便做點東西了事——除非是逢年過節的場合，可許星洲十年來，從來不曾糊弄過。

呼呼的南風颳著院裡茶碗般粗的枇杷樹，枇杷青黃剔透地掛於枝上，雨水滴落簷下，許星洲套了她高中時的舊校服，擦著額頭的汗水坐在小馬札上包粽子。

箬葉買的是真空裝的乾箬葉，得在水裡泡過才能包粽子。糯米被泡在湯碗裡，淡醬油、料酒與花生油被和在一起，老陶盆裡醃著去皮五花肉。

許星洲聽著雨聲，想起奶奶在世的時候，想起自己的過去。

她的外曾祖母——也就是奶奶的娘，是嘉興人。再加上他們這地方就算去打工也少有會去北京上海的，因此十里八鄉裡其實沒幾個能接受肉粽的人，可是許星洲的奶奶就喜歡吃。許星洲小學時每次放端午假，奶奶都會對小星洲擠擠眼睛，讓她去隔壁阿姨家賣萌借點糯米或者箬葉回來。

然後小星洲就會和奶奶一起頭對頭坐著，祖孫倆一起包粽子。

許星洲包過許多粽子，而且一直不太好看，五角的、六個角的，紮不上口的——唯獨沒有四角尖尖的，這種笨手笨腳一直持續到現在，因此許星洲至今包不出多好看的粽子。

她將糯米拌了一點白糖和鹽，用湯匙攪了攪，捏了兩片箬葉，以箬葉圈出個小漏斗——然後把糯米與醃製的去皮五花盛進去，捏上了口。

滿鍋都是奇形怪狀的小粽子，就像形狀各異的繁星。

許星洲擦了擦額頭上的汗水，雨落在絲瓜藤上，啪嗒一響。

接著，許星洲聽見秦渡道：「剛剛看了一下，妳蒸的包子好了。」

許星洲呆呆地嗯了一聲。

她看著碗裡白花花的糯米，突然想起，那個勞動節假期——許星洲也是買了粽子，讓程雁帶了回來，又讓她幫忙送到了奶奶的墳前。

那年的初夏，好像也是這樣下著雨的。

——那年秦師兄把在五角場剛買完粽子的自己送回宿舍，那年林邵凡在江畔的表白，那個雨天秦師兄把自己堵在ＡＴＭ裡的輕佻……

那年桃樹影中路燈下，許星洲撕心裂肺又無息的大哭。

——那是十九歲的許星洲的春天。

許星洲望著雨，鼻尖就是一紅。

奶奶走時她只有十四歲，對感情幾乎一無所知，盡情地做著班裡的土霸王；奶奶沒能見到她的小星洲長大成人，也沒能見到她的星洲因為愛上一個人，在雨中大哭。

奶奶如果見到的話，又會怎麼說呢？

許星洲滿眶的淚。

可是，下一秒，許星洲還沒來得及醞釀更多的情緒，她就被秦師兄用力拍了拍腦袋。

「——自生自滅去吧，」秦渡惡毒地評價：「這是什麼，粽子？許星洲妳把這叫粽子還是叫手裡劍啊？」

然後他又在許星洲後腦勺叭叭彈了兩下洩憤，一邊彈一邊人身攻擊她：「許星洲妳包得這麼醜，我要是奶奶，我就到妳夢裡用粽子打死妳。」

許星洲帶著哭腔道：「奶奶她、她才捨不得呢……」

「奶奶的粽子，」秦渡將毛巾往許星洲頭上一扔，道：「我包就行了。」

許星洲接著就意識到了，秦渡是如何稱呼奶奶的。

那是個有別於「妳爸」和「妳那個媽」的稱呼。秦師兄在她父親家稱呼她父親也不過就是一句「叔叔」——可是他對著已經過世的許星洲的奶奶，沒有加任何修飾詞，是叫清清楚楚的「奶奶」二字。

那意味著什麼？許星洲沒有細想，可耳根都在發紅。

許星洲和秦渡足足忙了一個下午加一個晚上，才把上墳要帶去的祭品準備好。各類瓜果和燉肉，許星洲和奶奶承諾過的粽子，還要加上酒水點心。她奶奶胃沒出問題前總喜歡在飯桌上小酌兩杯，於是許星洲去沽了奶奶生前最喜歡的老酒。

許星洲回這一趟老家，其實最想做的事情，就是幫她奶奶上墳。

秦渡提著餐盒，跟著許星洲，她將門鎖上。

沿街氤氳的盡是雨霧，老桑樹垂下頭顱，月季沉重地在雨中綻開花苞。

「……我小時候，煤氣中毒過好多次。」

許星洲把鑰匙裝進秦渡的口袋裡，一邊裝一邊說：「師兄你應該沒中過吧，晚上燒蜂窩煤取暖的話，如果通風有問題，就會煤氣中毒。我奶奶特別敏銳，總是會把我從裡面拖出來……」

「我會因為這個不寫作業……」

「因為會頭疼，就有正大光明偷懶的理由了。老師打電話來，我就讓奶奶告訴她我煤氣中毒了。」

秦渡嗤地笑出了聲——那都是屬於她的過去，那個小星洲的故事。

而那個小星洲，和這個在他旁邊走著的小師妹完全是同一個魂，可以說是三歲見大，五歲見老。

長大了的小師妹走在他的身畔。她沿著她從小走到大的道路向前。

秦渡那一瞬間，思緒都模糊了一下。

他彷彿看見了那個在沒有他的歲月中孤獨又璀璨的許星洲。

那段歲月中的她，又是什麼樣子呢。

那無數偶然拼湊而成的這場相遇如果不曾發生，她又該是什麼模樣？

而許星洲仍在叭叭地講話。

「……我小學的時候班級安排春遊，我奶奶給了我十塊錢鉅款，我一出門就弄丟了……」

秦渡聽見她滿是笑意的聲音。

「……我奶奶去世之後，她們那幫老婆婆鬥地主打麻將三缺一，就叫我這個孫女去頂替，結果打了三次牌之後發現都打不過我，我賺得盆滿缽滿，後來她們投票，把我投去旁邊了……」

秦渡嗤地一笑。

「鬥地主這個就是算數先不說了，」許星洲使壞地道：「她們這群老太太出老千都比不過我。」

「……」秦渡——他們圈中公認的老千之王，饒有趣味地開口：「回頭跟我試試？」

許星洲哪裡知道秦渡比自己還垃圾，開心笑道：「好呀！我不會欺負師兄的！」

秦師兄意味深長地嗯了一聲，道：「拜託了。」

他們便向前走。

視線盡頭長江江水滔滔，如今下雨時間長了，揚子河凌汛已起，黃江淡水如碎石鑿山般飛濺——他們鎮旁仍有人種田包地，加之有山有水風水不錯，而且他們這地方也不興火葬，便保留了莊裡各家的祖墳，其中老許家的墳地就在這。

江上落起傾盆驟雨，溝渠之中荷花亭亭，荷葉新綠濃郁。

遠山雨霧繚繞，低矮長草的墳塋在雨中冒出個頭。

那墳應該有半年多沒有修葺過了，上頭長滿了低矮野草，墳頭不高，立了一座平凡的碑。

——「楊翠蘭之墓」五個字，在霧氣中氤氳得模糊不清。

這就是，許星洲奶奶的墳墓。秦渡想。

那老人埋身於此，棺槨在地裡沉睡，而她愛如珍寶的血脈，千里迢迢回來看她。

風雨飄搖，根本不會有人在這樣的天氣出來上墳，更遑論這是農曆五月，前不著清明後不著中元的——偌大的一片嶺，只有許星洲和秦渡二人。

許星洲咳嗽了兩聲，在墳前蹲下，除了她奶奶墳頭的雜草，然後才將祭品依次擺開。秦渡站著幫她撐傘，雨點劈里啪啦敲擊著傘面。

許星洲撩起裙子跪在了墳前，那墳前的草扎著她的膝蓋，許星洲以手指輕輕撫摸碑上的文字，帶著笑意開口：「奶奶。」

許星洲甜甜地說：「奶奶，粥粥回來了。」

「上次回來，我告訴妳我有對象啦，」許星洲笑著道：「十九歲找了個對象，沒給妳丟臉吧？我說真的，他人真的很好，就是麻煩了一點……可我是什麼人哪！我花了兩年，把那個對象拐回來了。」

被拐回來的秦師兄噗哧一笑，蹲下身，和許星洲一起望向那座墓。

風呼地吹過。

許星洲被糊了一身的雨，咳嗽了一聲，對墓碑笑道：「還有，奶奶，我大學畢業啦。雁這次不和我一起了，不過我們工作的地方還是很近……」

「對，我工作也找好了，不用妳操心幫我張羅了。」

「這個月十五號畢業口試……」

許星洲一邊說一邊拿了打火機燒紙錢，那紙錢焚得煙熏火燎，嗆得不行。

許星洲眼眶通紅，深呼吸了一口氣，從包裡摸出了一張A４紙。

「——我想辦法，提前拿來給妳了。」

許星洲揉了揉眼睛，展開了那張紙，那張紙經過數日的搓揉已經皺巴巴地起了毛邊，可是展開的瞬間，畢業證書四個大字躍然紙上。

許星洲拿打火機，將那張她爸爸要都沒給他看的畢業證書影本和紙錢一起，哢嚓一聲，點燃了。

灰燼簌簌地落在那老人的墳前。

許星洲拚命揉了揉通紅的眼睛，笑道：「……以後可能不能經常來看妳了，奶奶。」

畢竟，許星洲不能活在墳前。

她再愛她奶奶，也不能整日在這個城市守著她——許星洲心裡難受得要命，幾乎覺得這是訣別。

以後應該還會回來的，她想，可是到底是什麼時候，連自己都不知道了。

許星洲揉著紅紅的眼皮道：「……所以也給妳看看。」

「這個人，就這個。」許星洲把秦渡往墳前拽了拽，像是覺得奶奶墳頭就有個小貓眼，秦師兄站偏了一點奶奶會看不到他似的。

然而秦師兄腰板挺得直直的，特別難拽——許星洲一邊暴力拽他一邊突然犯病，對著墳頭喊道：「奶奶，這個是我男朋友！名字叫秦渡，年齡比我大兩歲，是我人生第一個男朋友！人很壞，不值錢，愛好是吃飛醋，特長是彈人腦袋……」

可是許星洲那句「希望他不是最後一個」的「個」字還沒說完，就被秦師兄極其不爽地拽住了耳朵！

許星洲被拽得腦袋都要飛了。

秦渡捏著許星洲的小耳朵，瞇著眼睛說：「對著奶奶放屁很快樂？妳以為妳剛剛差點哭了，我就不會因為妳這幾句話記妳的仇了是吧？」

許星洲疼得眼淚都要出來了，可憐兮兮地問：「……哎？我沒、沒說什麼呀……」

秦師兄顯然不覺得這是「沒什麼」。他惡狠狠地拽著許星洲的耳朵扭了扭，小混蛋疼得嗷一聲，

「師兄……」許星洲被拽住耳朵，簡直活脫脫一隻可憐蟲，「師兄，我不該說你不、不值錢……？」

秦渡危險地瞇起了眼睛，也不說什麼，將手一鬆，許星洲立刻捂住了自己被師兄捏得緋紅的小耳朵……男人的「生理期」來了真可怕，許星洲揉著小耳朵想，師兄可比女孩子難哄多了。

可是許星洲畢竟是婦女之友，而且已經長時間地和一位小屁孩交往——她小心地準備順毛安撫心情不好還不怎麼值錢的師兄。

她剛準備開口，就愣在了當場。

許星洲的身旁，秦師兄跪在草叢泥沼中，頂著瓢潑大雨，對著奶奶的墳塋和滾滾長江——

無聲地，重重地，磕了三個頭。

他為什麼會磕下頭呢？

許星洲被秦渡捏著小脖子提起來的時候，就這樣想。

他們一路冒著雨走回去。

秦渡撐著傘，那金色小星星傘接著連綿的雨，水珠順著傘骨滴落，許星洲伸手摸了摸，手腕上的星星扣月亮的手鐲反著昏昏的天光。

他們路過鎮口時，濛濛細雨中，有一個老太太披著蓑衣斗笠，推著個滿是蓮蓬的三輪車。

秦渡去買了一大把。

許星洲看著他拎著一大袋蓮蓬冒雨回來時，突然意識到……她和師兄的故事，很大一部分都是發生在下雨的日子裡。

——他們相遇的那天夜晚，就是剛下完雨的。

許星洲帶著那群女孩從酒吧跑出來時，滿街都是倒映路燈和月亮的水窪。

她那天晚上一小杯莫希托下肚，酒精卻上了頭，一時分不清哪個是月亮也分不清哪個是路燈，也許每個光環都是月亮也說不定。

許星洲曾經在四月的某個下午跑去理學教學大樓參加學生會例會，那天風雨如晦，學姐們在樓下提起一個名為秦渡的學生會傳奇。

此後他們的外灘燈火璀璨。他們的華言樓前人群如川。

他們曾在無數個雨天相遇，也在千萬回歸大地的水滴之中吵架。高架橋上的落雨與沉鬱海洋，被風吹起的雨傘，細碎枯草和慘白燈盞。秦渡這個人討厭至極，卻又溫柔得令人不敢置信。

許星洲定了定神，說：「師兄……」

秦師兄曾經把許星洲從桃樹的陰影後抱出來。曾經抱著她在深夜入睡。

——許星洲總以為他總會走，可是日月窗間過馬，時光歲月荏苒，他再也沒有離開。那個傳說中的秦渡師兄此時就站在許星洲出生長大的城市之中，站在她曾經扯著風箏線奔跑過的、背著書包和彈珠經過的街口，拎著東翠綠蓮蓬，看著許星洲，笑了一下。

神態純粹至極，心情很好，沒有半點心事，猶如握花前來的柏修斯。

被他馴服的許星洲想到這個就耳根發紅，小聲問：「——師兄，你剛剛為什麼磕頭？」

雨落在傘上，許星洲清晰地聽見秦渡嗤地笑了一聲。

許星洲那一瞬間又覺得羞恥，覺得師兄也許只是為了表達尊敬，這個問題問得不太對，還不如問他晚上吃什麼呢。

可是，許星洲聽見秦渡開口道：「……我前幾天，一直在想一個問題。」

秦渡慢條斯理地說。

「可是怎麼想都沒有答案，怎麼想都覺得痛苦，我告訴自己這是鑽牛角尖，可又沒辦法停止……」

「直到跪在奶奶墳前，我才想明白。」

雨聲纏綿悱惻，他們沿著街朝家裡走，許星洲愣愣地開口：「可是……」

「……小師妹，」秦渡饒有趣味道：「可是什麼？」

許星洲忙搖了搖頭：「沒什麼！」

然後許星洲去掏秦渡的口袋，摸她放進秦師兄口袋的正門鑰匙——許星洲正摸著呢，就突然被秦渡抱在了懷裡。

「既然都和奶奶保證了……」那個壞蛋師兄把臉埋在許星洲肩膀上，笑著蹭了蹭，揶揄道：「都保證了嘛，抱個也沒什麼了。」

許星洲簡直都不知道他在說什麼：「哎？！」

這是什麼意思？什麼保證……？許星洲都愣了。

秦渡將許星洲摁在她家那扇大門上，環著她束著紅裙的小細腰，親昵地親親她的耳朵：「粥粥，我抱著，好還不好？」

許星洲眼睛裡轉著圈圈：「哎、哎？」

——什麼意思？他想幹什麼啊啊啊？

秦渡也不回答，只是又去親許星洲的耳朵——甚至還使壞地咬著她的耳垂，輕輕一碾。

那是個極其親密無間的動作，帶著難言的情色意味，許星洲耳朵特別怕被碰，一碰就要全身發紅，許星洲刹那眼裡都霧濛濛了，她聽見秦渡在耳邊使壞地重複道：「嗯？小師妹，」秦師兄又惡劣地說：「師兄抱著，好還不好？」

許小師妹不堪奴役，瑟瑟發抖，只得點頭：「好……」

「——好就行。」

秦渡說。接著他又滿眼是笑意地問她：「師兄也覺得好，所以想抱一輩子，小師妹妳樂不樂意？」

許星洲看見茫茫大雨籠罩天地，溝渠荷花湖水紅。她看見熟悉的街上熟悉的水窪，而在她所生長的小鎮上，在那一瞬間吹過了她所見過，感受過的，世間最溫柔的風。

「我已經和奶奶保證了。」

那個在墳前磕了三個響頭的人笑咪咪地說。

「我保證一輩子對粥粥好，一輩子疼她，盡量不當小屁孩，一輩子晚上睡覺的時候，就算吵架也不關門……還有別家能開出更好的條件嗎？」

許星洲眼眶通紅。

秦渡使壞地擰住了許星洲的小鼻尖，道：「——沒有。妳可想清楚。」

「妳想清楚啊。」

「想清楚了，就和我簽個賣身契……」

「妳就是我的了。」

那個混蛋口是心非地說。

「……我在這麼多的偶然裡面，好不容易才遇見妳，」他說：「與其糾結這麼多偶然，妳是經歷了什麼才能出現在我面前，不如把妳摁住。」

「放妳走是不可能的，」他笑著道：「這輩子都不可能放妳走。」

許星洲一顆心幾乎都要脹開了，幾乎每個角落都被這個壞蛋捏住揉搓，疼痛溫暖，猶如傷口上新結的痂痊癒的黎明。

這世上，不會有更好的求婚了。

也不會有更好的人了。

許星洲大哭出聲。

許星洲二十年人生，就是一個深淵。

被父母拋棄，唯一疼愛她的老人離世，她孤身一人踟躕在世上，猶如在沙漠中孤獨跋涉的行者。她有過無數個蜷縮著入眠的夜晚，手臂上傷痕疊著傷痕，人生角落都是空空的安眠藥盒子。她甚至數次掙扎著，試圖離開。

是啊，她經歷了這些，怎麼熱愛世界呢，有人說。

可是這世上有程雁的筆記本和溫度，有她們相依偎入睡的夜晚，有她們的每一通電話和簡訊。有王阿姨的麵和雞蛋，有喜歡她的同學，有譚瑞瑞和李青青，還有溫暖夕陽和沉甸甸的月季花。

這世界給了孤獨的行者這些溫暖的人，而這些人就已經足夠支撐她繼續踟躕獨行。

可是這世界，又給了她秦渡。

這世界待我們向來殘酷無情，然而不可否認的是，它處處又有溫暖的花。

他的星河萬里。

她的渡舟。

「妳不是要畢業了嗎。」

秦渡趾高氣昂地道：「畢業結婚的情侶這麼多，我求婚有什麼不對？」

連這種時候都不會哄一下，這是找了個什麼人啊！許星洲蹲在沙發上氣得嚎啕大哭。

許星洲回過神，覺得秦渡完全是個垃圾，甚至毫無誠意。因此她不僅要哭，還要一邊哭一邊找他的碴，許星洲從最近發生的「你有心事還不說」找到「你兩年前居然還搶我的傘」，甚至連屁大點的事都拿出來鞭屍了一遍，儘管如此，秦渡良心都絲毫不痛，無動於衷。

許星洲瞄著秦渡的表情，試圖從他的臉上找到半分愧疚，一邊掉小金豆子一邊哭唧唧：「嗚嗚嗚我才不要答應……秦渡你這個王八蛋你那年在酒吧叫了這麼多漂亮大姐姐陪你喝酒……」

王八蛋瞇起眼睛：「屁話怎麼這麼多。答應求婚很難嗎？」

「……」

「你居然還脅迫我！你這種人真是垃圾！」許星洲發洩道：「爛人，求婚求成人販子就算了，連第一次見我的時候都不純粹！漂亮大姐姐這件事也不解釋一下？」

秦渡惱羞成怒：「有什麼好解釋的？妳覺得我問心有愧？我他媽的那天晚上給妳——」

許星洲擠著鱷魚的眼淚問：「那天晚上？給我？」

「那天晚上……」秦渡差點咬到舌頭，說：「那天晚上妳搶我女人，我都沒要妳的狗命，不夠證明我愛妳嗎？」

許星洲瞇起眼睛，打量了一下他，道：「——紙條是你遞的。」

秦渡：「放屁。」

「是你買酒給我的對不對，那杯莫希托？」許星洲好奇地問：「你是不是在酒吧搭訕我的那個男的？」

「……」

秦渡說：「有病治病，我出門擦缸了。」

番外三 故事前夜

01、疾風驟雨

黃浦江面疾風驟雨，大風磅礴，席捲天地而來。

二〇一四年的雨落在窗臺上，秦渡一手夾著菸，一手拿著電話，漫不經心地望向雨幕之外。

十八歲的秦渡單手扣著陽臺的雕花石柱，懶洋洋地對電話道：「博濤，回頭再說吧。我現在一個人靜一下。」

「……行吧。」

電話掛上的瞬間，雨聲嘩然迫近。

秦渡吊兒郎當地沿著走廊走回去，在走廊盡頭，以肩膀吱呀一聲頂開了他的專屬包廂門。

這家私人會所是秦渡名下的產業，位於黃浦江畔黃金地段，他上大學後下午沒課便喜歡開車來這裡喝個小酒，一切裝潢都是以他的愛好為準的。

——十八歲的秦渡喜歡那些看起來廉價而熱辣的東西，霓虹燈管和噴漆塗鴉、女人爆炸的曲線和嘻哈音樂，他接手了這家會所後就將其裝修成了布魯克林街頭的風格——他爺爺在他十七歲時將這座寸土寸金的江畔會所買下送給了自己的孫子。

而秦少爺則根本不差這點經營會所的錢，因此這會所從不對外營業，只招待一部分自己的朋友。

秦渡一進門，就覺得屋裡味道不對。

空氣裡有一股說不出的血泥味，彷彿下雨的公路，秦渡擰起眉頭，警惕地走向背對著他的沙發。

那沙發上傳來窸窸窣窣的聲音。

秦渡從旁邊拿了個酒瓶，接著他就看見了沙發上躺著的人。

那是一個年輕的、他素未謀面的女孩。

那女孩背影細瘦勻稱，T恤長褲，一頭長髮束在腦後，髮間滿是泥濘，血絲和著汗，捂著嘴咳嗽，猶如風箱一般。

她似乎感應到了什麼，轉過頭，望向秦渡。

那是張濺了泥點、劃了幾道血痕的面孔。

「……」

她眼睛長得非常漂亮，有種讓人難以拒絕的熱烈，秦渡那一瞬間心臟幾乎都漏跳了一拍——直到她看到秦渡微微呆了一下，然後不確定地喊道：「師兄……？」

秦渡立刻回神，心想師兄是什麼梗。那個女孩見到秦渡後整個人都呆呆的，掐了自己一把，又沒大沒小地想上來掐秦渡一把——秦渡一點也不喜歡被陌生人碰，立刻後退三步。

那女孩也怔住了。

「妳是誰？」

十八歲的秦渡忽略了那一瞬間的心悸，冷冷道：「別碰我，碰我我就讓妳吃牢飯。」

「所以，妳是說……」

二〇一四年十月十四日。

紙醉金迷的會所之中，外面下著瓢潑大雨，十八歲大一的秦渡兩腳搭在酒桌上晃，不耐煩地敲了敲桌子，望向對面的女孩。

「妳是說，六年之後我和妳訂婚了，」秦渡狹長的雙眼瞇起，道：「而且還在和妳同居？」

十八歲的秦渡和二十幾歲的他截然不同，眼神銳利桀驁，帥氣十足，還有種許星洲從未見過的不馴之感。他兩條長腿搭在酒桌上晃著，滿桌菸頭和空酒杯，卻絲毫不顯頹靡。

許星洲坐在沙發上揉了揉車禍撞擊得生疼的後背，吃驚地望向這會所。

會所裡面音樂震耳欲聾，燈光光怪陸離，牆上紫霓虹燈七拐八扭地拗出個女人的形狀。

許星洲甚至眼尖地看到牆上貼著巨型掛畫，一時之間目光都被吸引了過去。

二十二歲的許星洲對秦渡道：「可以這麼說吧，我在瓜地馬拉跟一個紀錄片項目的時候出了個車禍，越野車在雨林裡翻了，本來以為自己要完蛋，結果不知道為什麼一睜眼就在這裡……」

秦渡：「……」

許星洲在影影綽綽的燈光中認真解釋：「我猜當時我差點就死了，車禍還挺嚴重的，我昏迷之前……」

許星洲忽然哽了哽：「你……你用這種眼神看我幹嘛？」

秦渡審視了她兩秒鐘，就下了判斷。

他嘲道：「去妳媽的吧，當我傻子呢？」

「詐騙犯。」

秦渡把會所經理拽過來理論：他堅定地懷疑許星洲是在拍社會實驗影片——按他的話說，他在這裡消費不是為了被路人當猴拍，影片上傳社群軟體、YouTube。並且羞辱了許星洲這個劇本對著唐氏症患者仙人跳都會失敗。

「……」

許星洲其實自己一琢磨，也覺得秦渡不會信這個。

不知哪裡跑出一個人跟你說六年之後我和你訂婚了而且我就是你六年後的未婚妻，別說秦師兄了，連街邊的流浪漢都不會信這個。而且秦渡——他們這一撥有錢人，戒心極其強烈。

不可能相信自己的。

一下子回到六年前已經極其超自然了，還一下子出現在尚不認識自己的秦師兄面前，簡直刺激加倍。

那會所經理不住地跟秦公子賠罪，又立刻調來監視器檢查沒有會所卡的許星洲是如何出現的，但是結論是每個可能的入口都沒有她的出入紀錄，甚至連她出現在包廂裡之前的那段時間，包廂門口都沒有她的身影。

——彷彿這女孩是從虛空中出現的一般。

簡直奇了怪了。

許星洲渾身疼痛，又被提溜著盤查一番，腦袋都昏了，對會所經理道：「能放我走了嗎？」

年輕的秦渡瞥了她一眼。

面前的女孩要身分證沒身分證，要什麼證件沒什麼證件，勉強報了個身分證字號，一看竟然還是未成年，比秦渡足足小了兩歲多。她T恤上滿是泥濘與碎葉殘枝，狼狽不堪，正在用紙巾擦拭額頭上的血汙——看起來倒真像是剛在南美出了一場車禍。

秦渡搞不懂這女孩子是為了做什麼。

會所經理歉疚地搓著手道：「秦公子……您看，這小女生也沒有來上海的紀錄……」

秦渡不說話，只沉著張臉。

這個女孩子咳嗽了兩聲，又抽了張桌上的紙巾，堪堪止住了手臂上細長傷口上的血。

這兩位主角誰都不理誰，會所經理頭都要大了，茫然道：「少爺，我幫這小女生叫個車，讓她自己從哪來回哪去？」

許星洲按著手臂上的傷口，想了想道：「行，幫我叫個車，我自己想辦法就行了。」

她身上還有點現金——當時出國時，她帶了兩千美金和一些強勢貨幣以備不時之需，一部分換了格查爾以供日常花銷，剩下的美金是傍身的。這世道只要有錢就沒什麼不可以，許星洲畢業後跟了不少紀錄片劇組，打過的奇葩交道多了去了，人生經歷豐富，想在上海找個落腳處，並不是難事。

秦渡冷漠地掃了她一眼，對經理道：「你能送她去哪？」

會所經理心想我哪知道送去哪，總之別在您老人家眼前晃就對了——何況這個小女生看起來也沒在訛您，管人家去哪做什麼。

許星洲硬著頭皮道：「……我去找個地方落腳吧。」

許星洲也不知道自己還能不能回去，更不知道這個時空中的自己怎麼樣了，但是這些事情都應該等解決完了基本衣食住行的需求之後再去思考。

秦渡冷冷道：「沒住所、沒工作、沒身分證，妳能住哪，橋洞嗎？」

許星洲心想也不是沒住過，畢業之後我的人生經歷可豐富了……但是她對上秦渡帶刀子的眼神的瞬間，就把那句話嚥了回去。

秦渡慢吞吞移開目光，說：「我帶她走。」

會所經理猶豫道：「秦少爺，這不妥吧……」

「有什麼不妥？」秦渡漠然道：「這人來得蹊蹺。這女生的事我不希望在外面聽到半個字。」

「這事由我來處理。」

他漠然地說。

許星洲縮在秦渡的藍寶堅尼副駕上。

車裡開著冷氣，她悶著咳嗽了兩聲——這車她之前見過幾面，暗藍色亮漆，是個藍寶堅尼式的稜角分明，長了個賽車的騷樣，只是許星洲見到它時它就已經失寵了，在老秦家車庫裡落了灰，後來搬家，被秦渡處理了。

沒想到在這裡，居然還會再見它一面，許星洲想。

車外嘩嘩地下著雨，簡直像天漏了一般。許星洲偷偷打量了一下十八歲的秦渡，只覺得十八歲的他也挺有魅力的……比二十多歲的他少了幾分成熟的性感，取而代之的是幾分不服輸的執拗。

秦渡以手指煩躁地敲了敲方向盤，問：「喂，妳叫許星洲？」

許星洲正靠在車窗上，看著川流不息的窗外，呆呆地嗯了一聲。

此時正值下班尖峰時段，秦渡塞在高架上，看了許星洲一眼，渾不關心地道：「沒聽過。」

許星洲搓搓手指，疲憊道：「……因為你現在還不認識我。在這個時候我還沒入學呢。」

秦渡看了許星洲一眼。

許星洲道：「你是二〇一四年入學F大的，我是二〇一五年……哎我也說不清楚，就連我入學之後我們也不是立刻認識的……」

秦渡狐疑地瞇起了眼睛。

這表情許星洲極其熟悉，是秦渡懷疑某件事的真實性時的模樣——最近一次出現在上上週，是許星洲出去應酬喝醉酒回來，撒謊說自己是被領導灌的，而不是自己饞酒的時候。

許星洲想起那天晚上就脊背發麻，秦渡這人太壞了，他如果懷疑這件事的真實性，就會把人往死裡整。

可是現在他懷疑我我該怎麼辦？許星洲除了自己本人之外也沒有其他證據，他們兩個人睡一張床睡了那麼久，但是以現在這個情況，十八歲的秦渡信她才是智障。

許星洲嘆了口氣道：「Never mind……這些話你當個笑話聽就好了。師兄你現在不認識我，我也沒有想用這件事脅迫你的想法，更沒打算坑你……」

秦渡伸展了一下十指，道：「不是這個問題，小姐。」

許星洲咳嗽了一聲，抬眼望向六年前的秦渡。

剛成年的秦渡刺著梵文、戴著戒指的指頭在方向盤上叩了叩，帶著十萬分的嘲弄開了口——

「妳胸也太小了吧？幾年後我居然能接受這種發育不良型的？」

許星洲：「……」

二十幾歲的秦師兄平時又汙又壞，在床笫間嗆一下許小師妹連B罩杯都裝不滿的小胸脯，完全是常規操作。在他們水乳交融的性生活之外，這是許星洲第一次知道……秦渡原本居然是喜歡大胸御姐的。

原來那些嘲笑是真心的嗎！平胸女孩果然還是被嫌棄了……許星洲氣得想擰斷六年後的秦師兄的脖子。

十八歲的秦渡火上澆油：「妳有B罩杯嗎？沒有吧？」

許星洲：「……」

「長得倒是……」年輕的秦渡玩味地道：「還算標緻吧，但是看起來也太髒了，妳是在哪個旮旯裡鑽出來的小垃圾？」

許星洲揉了揉臉上的泥巴：「……」

「妳叫什麼，」年輕的秦渡惡意地問：「徐什麼粥？」

「……」連姓都念錯了，許星洲沉默了一下，不得不再次自報大名：「許星洲，星辰的星，芳草萋萋鸚鵡洲的洲。」

雨水嘩啦啦砸在車的頂棚上。

年輕的秦渡踩了一腳油門，雨刷刷了下玻璃，接著，他不無惡意地說：「行，徐星洲就徐星洲吧。」

是許不是徐，許星洲想。

秦渡是故意的，許星洲太了解他了，他在表達自己對這個故事，甚至許星洲這個人的蔑視。

然後他說：「六年後我就這眼光？我不信。」

02、茫茫黑夜

許星洲洗了一把臉，抬起頭看向鏡中的自己。

這是她這幾年裡最熟悉的浴室——至少在他們搬家之前是。鏡子旁都是秦渡的男性保養品，爽膚水和刮鬍泡，鏡子上貼著鵝黃便利貼。十八歲的秦渡字也不太好看，卻帶著一股凌厲之感。

許星洲瞇起眼睛，辨認了一下，發現那應該是他的作業截止時間。

——不奇怪，許星洲想。他一向是個很認真的人。

她臉上的細傷口還在流血。許星洲身上的傷口都不太嚴重，但是血一直在流，癒合得極其緩慢。許星洲奇怪地摸了摸那個傷口，感覺好像也不太痛，似乎連感官都變得遲鈍了不少。

許星洲其實還挺怕疼的，但是如今卻覺得傷口麻麻的，用手摸都不痛。

她覺得奇怪，就靠近了鏡子，貼著臉去看。

……毫無異狀。

她的額角還有最近水土不服的小紅痘痘，眉毛新修過，還殘留著從飯店出門時隨手畫的妝容。

秦渡在外面喊道：「在我浴室裡做什麼呢？」

許星洲一愣，意識到自己在裡面待的時間確實有些長，便立刻找了毛巾擦了擦臉，走出了浴室。

上海的十月陰雨墜落，猶如青山漫起一層霧。

這是許星洲和秦渡同居過兩年多近三年的那間 Loft 式樓中樓，裝修以黑色大理石和透明質感的無機玻璃為主，看起來有種漠然昂貴的冷淡質感。許星洲頗有些懷念地摸了摸浴室門口的白花瓶——這花瓶前年被秦師兄失手摔碎了。

——如今卻還能在這裡再見一面。

而花瓶的後面，十八歲的秦師兄坐在吧檯前，電腦開著，手邊放著杯黑咖啡，看到許星洲出來，非常冷漠地移開了眼睛。

許星洲：「……」

秦渡有一搭沒一搭地點著觸控板，過了一下漠然地道：「不說實話就給我滾出我家，說實話的話我分一間客房給妳。」

你活該被我騙這麼多次，許星洲腹誹。

許星洲騙他：「我是做節目的，跑社會新聞的第一線記者了解一下。」

秦渡終於抬起眼皮，正眼看了許星洲一眼。

許星洲天花亂墜的功力從畢業之後就日益見長，畢竟在外面跑節目必備胡謅八扯的能力，尤其許星洲跟的還是紀錄片。她大學時遇到秦渡是故意誆他，但是如果正經的胡說八道，還是有點欺騙性的。

「我之前在調查……」許星洲瞇起眼睛回憶二〇一四年大事記，很有誠意地騙他：「在調查一個很大的社會事件。牽扯到外地的一些工廠企業和不少既得利益者，也觸及到了他們目前的根本利益。現在他們來找我一個小撰稿人尋仇，買凶追殺我！嗚嗚嗚！我也沒地方可躲，當時還在被追殺呢，只好躲進你的會所了。」

「……」

秦渡瞇起眼睛：「哪家公司因為一個沒登出來的刊買凶殺人？妳當我家裡沒開過公司？徐星洲——妳他媽還騙呢？」

許星洲：「……」

十八歲的秦渡最終還是沒追究許星洲究竟是誰。

他對許星洲的身分奇怪地睜一隻眼閉一隻眼，不去追究許星洲的真實身分，但是堅持不叫對她的名字，而且把客房鎖上了，讓許星洲在沙發睡覺。

如果說許星洲在和秦渡交往的這幾年中學到了什麼的話，就是這個人太狗了，還幼稚，沒想到十八歲的時候比二十四歲的時候嚴重多了。

許星洲倒是也不介意，畢竟自己談的男朋友，跪著也得談下去。

何況，這是十八歲的秦渡。

許星洲想起以前曾經在社群軟體看一個漫畫，裡面有一個女孩，拿著愛人的信物遇見了一個權勢滔天的人，她的愛人年幼時於那人有恩，那人便問「有什麼我能給妳的嗎，黃金百兩，權勢滔天」。

於是那女孩想了想，猶豫著問，他十五六歲時可愛嗎？

那權勢滔天的男人隔著重重紗簾，撫掌大笑道：「小女子！我與妳說黃金百兩，妳卻問我他年少時的模樣！」

——黃金百兩，抵不過少時模樣。

許星洲看著自己的手指，想到這裡，笑了起來。

秋雨細碎地落在光裸平臺和陽傘上。

十八歲的秦渡就這樣坐在吧檯邊，喝著黑咖啡，做作業——許星洲則遙遙地坐在沙發上看一本天文學類雜誌。

雜誌由銅版紙印刷，在這種天氣裡摸起來涼涼的，許星洲摸了摸，覺得這確實不像個夢。

秦渡突然開口道：「妳比我大吧？」

許星洲笑道：「嚴格來說，我已經二十二歲了。」

秦渡懶洋洋地喝了口咖啡道：「那妳想都不用想了，我不和比我大的女人談戀愛。」

「……」

許星洲恨不得掐斷他的脖子，憋著股氣：「我說我要和你談了嗎？」

十八歲的秦渡抬眼看了許星洲一眼，說：「是妳一上來就告訴我妳是我未來的未婚妻，主動貼上來的——我客觀評價一下也不行？」

許星洲：「……行吧。」

然後她低下頭去翻書。

秦師兄曾經對我一見鍾情——許星洲面對著這個她全然陌生的、年輕的秦師兄想。他後來也羞恥地說起那晚失敗的搭訕，說起過他在無數個深夜的迷失。許星洲不會懷疑六年後他的深情——可是那一切的浪漫，也許只是個發生在那晚的巧合。

如果換一個地方、換一個時空，他還會像那樣愛我嗎？

許星洲以前從來沒有想過這個問題。

可是這問題，此時就這麼血淋淋地擺在了她的面前。

許星洲心裡酸酸的——像是一朵在酒裡泡發的乾花，它以為自己是新鮮的，卻在離開酒的那一瞬間，發現細胞壁下的虛假。許星洲摸了摸胸口，她突然不知道該如何面對秦渡——無論是二十四歲的還是十八歲的他。

……這大概是一場夢吧。

許星洲摸了摸自己中指上的戒指，安慰自己，這種超現實的事，應該是一場躺在醫院床上的惡夢罷了。

十八歲的秦渡也不看她，自顧自地上樓，進了主臥。

夜深了，許星洲一個人坐在客廳裡，聽著外面的落雨。

她自己磨了杯咖啡——然後又無聊地玩了一下遊戲，十八歲的秦渡不在家——他出去浪了，方位不明。

秦師兄曾經說過，他以前的夜生活相當豐富。

還真是挺豐富的……許星洲嘆了口氣。

這一天發生的事情實在是太令人難以置信了，先是回到了六年前，而且正好出現在十八歲的秦師兄面前；接著接二連三地發現十八歲的秦渡喜歡大胸而對自己冷嘲熱諷，現在還出去開趴——鬼知道是什麼趴啊，這傢伙當年真的是處男嗎？

許星洲想著想著就開始磨牙，突然摸了摸自己的胸。

許星洲放下手，心想，他娘的。

平胸女孩不爽地抽了張紙，擦了擦自己額頭的血，她的血還是細細的止不住，卻好像也沒什麼大問題。

……我還能回去嗎？許星洲望著窗外的夜景，忽然這樣想道。

這窗外的夜景她很熟悉，秦渡所居住的地方她也很熟悉——許星洲知道幾年後將會有他們在紐西蘭、在挪威的合照擺在她手邊的小圓桌上，可是如今只有秦渡看過的書孤零零地躺在那上面。

許星洲將那本書拿了起來，發現那是一本叫做《老虎的金黃》的詩集，詩集一頁角被摺了起來——而那一頁又被鋼筆劃過，紙都破了。

她於是拼起了那一頁，在微弱的光中，仔細辨認那是什麼——

那片黃金中有如許的孤獨。

眾多的夜晚，那月亮不是先人亞當望見的月亮。

在漫長的歲月裡，守夜的人們已用古老的悲哀將他填滿。

可是，看她，她是你的明鏡。

——Jorge Luis Borges。

那詩歌無比孤獨。

許星洲共情能力強，讀來只覺得那詩歌猶如寸草不生的荒漠，又像是茫茫黑夜中彳亍獨行的行者，連鼻尖都酸了一下。

可是那一頁被劃破了。

那 party 開在秦渡的一個朋友家裡。

他那個朋友剛去加拿大留學，花了一個月就開著車出了車禍，命大，只斷了條腿，他媽哭天喊地的要他休學，回國養腿——然後他們的兒子就打著石膏，在自己閔行區的 mansion 裡面開徹夜 party。

秦渡叼著馬克筆，一手拿著油漆筆，在他朋友右腿的石膏上寫下：「傻子東西」四個字。

他朋友動彈不得，說：「秦渡，我操你爹。」

秦渡將油漆筆扔出去，遠處一個俄羅斯嫩模接了，以紅唇親吻秦渡叼過的地方。

秦渡不看她，嘲諷朋友道：「沒涼在溫哥華就不錯了兄弟。」

然後他點了根菸——秦渡捏著菸時很有頹廢英俊之感，他瞇著眼睛吸了一口，緩緩吐出煙霧，雪白煙霧彌散開來，像是罩在他和世界之間的一層薄膜。

秦渡酒氣上頭，伸手在煙霧中一抓，卻什麼都沒抓住。

燈光落在他的眼皮上。音樂震耳欲聾。一四年流行的R&B之中仍有世紀初的HITS，而且經過時間錘鍊，百聽不厭。霓虹燈之中人影搖晃，視野中的年輕皮膚總比布料要多。他朋友笑著問：「老秦，Booze、Cigar和Sex，你還是老兩樣？」

秦渡疲倦地道：「……老兩樣。老徐你去調情吧，記得讓她們抬你上去。」

他朋友噴了他，然後摟了模特，推著輪椅走了。

十八歲的秦渡就這麼迷茫地望向落地窗外的城市。

過了十二點的上海仍亮著星星點點的燈，辦公大樓、路邊……這個國際化大都市不存在深夜，就像在NYC有人能看到凌晨四點的曼哈頓街道，這城市也有無數人將看到凌晨四點的外灘，看到在深夜中仍明亮的東方明珠。

十八歲的陳博濤拿著杯香檳走了過來，面前是浩瀚夜色。

「老毛病？」

陳博濤笑著問。

秦渡晃了晃酒，嗤笑了一聲：「——我他媽有那麼空虛嗎。」

陳博濤說：「你一喝酒就這樣，現在嘴硬什麼，上次喝醉了……」

秦渡：「停。」

他喝了一口酒，噙著嘲諷道：「喝醉了誰腦子都有病，你哥我要什麼沒有？活著痛苦也輪不到我來說不是嗎？」

陳博濤想了一下，沒說話。

在一片沉默之中，秦渡忽然道：「我現在家裡沙發上睡了個女人。」

陳博濤一驚：「我靠？」

「年齡比我大四歲吧，」秦渡抿了口酒：「今天撿到的時候渾身是傷，不知道的還以為出了車禍，長得挺漂亮的……」

陳博濤：「你空窗幾年，可以考慮發展一下。」

秦渡惋惜地說：「不是我好的那一口，平胸。」

「如果那女生有個C罩杯的話，以那姿色，追我追個一年半載的，」秦渡愜意地瞇起眼睛：「也許考慮滿足一下。」

陳博濤：「……你他媽是傻子吧。嫌棄人罩杯還把人撿回去？」

十八歲的秦渡調整了個姿勢，舒服地長吁了口氣：「畢竟我不是每天都能撿到人的。」

「……」陳博濤由衷道：「你快樂就ＯＫ。」

以往Party結束後，秦渡都會住在對方家裡。畢竟夜深時走動不太方便，況且只要是派對，都是要喝酒的。

可是這天晚上他在臨近結束時突然想回家，就叫了司機，開車將他載了回去。

客廳黑咕隆咚的，外面淅淅瀝瀝地下著細雨。

秦渡只覺得屋裡有一股溫暖香醇的味道，猶如還沒有散盡的咖啡香氣，大約是那個女生晚上自己磨了杯咖啡喝。他吁了口氣，將風衣脫了掛在門口，望向沙發的方向。

那女孩沒被允許睡客房，只能睡在客廳——這是秦渡刁難這種「信口開河」的小騙子的方式——客廳倒也不算很冷，但是肯定不如客臥舒服。

好在臨走前秦渡大發慈悲地抽了條毯子給她，所以此時漆黑的皮沙發上有一團裹著毯子的身影，而深灰毯子下露出了截細緻腳踝。

那腳踝白皙又細嫩，

十八歲的少年秦渡有心想去看看那素昧平生的騙子的睡相，而且看著她那裸露的腳踝也不順眼，覺得這是在等待著涼。但是他又不樂意讓自己顯得這麼溫情，於是秦渡糾結了片刻，索性沒管，讓那女孩自生自滅。

秦渡走進了浴室。

浴室燈光啪地亮起，黑大理石地板曜曜地反著光。秦渡脫了上衣準備淋浴，他疲憊地揉了揉眼眶，接著就以餘光看見了一條搭在洗手臺旁的毛巾。

那條毛巾本身不奇怪，令它變得顯眼的是上面鮮紅的血痕。

——應該是那個女孩用過的，秦渡想，拿起來端詳了一下：毛巾乾燥，是被她擦過臉的那條，可是上面的血卻鮮紅得像是剛從傷口裡流出來似的。

那女生是受了傷，秦渡拿著毛巾遲鈍地想，明天該讓她好好包紮一下。

可是這個血……

過去了這麼久，他媽的也該凝固了，再不濟也該變成鐵鏽色的血斑。

年輕秦渡打了個哈欠，擰開水龍頭，將毛巾放在水流下一沖。

那一瞬間，上面的血溶進水裡，毛巾上一點顏色都不剩。

秦渡：「……」

白得像是漂白過一般，上面不再有半點血色。

秦渡以為是自己眼花了，又把毛巾重新翻過來看了一遍，但那上面是真真切切的沒剩半點顏色，連血褪色後的橘黃都沒有，毛巾乾乾淨淨。

像是一朵不曾存在的雲。

又像是一位殘忍的，連紀念品都不會留下的過客。

03、光怪陸離

許星洲做了個很疼的夢。

這件事很奇怪，因為夢是不會痛的，在睡眠時神經突觸的敏感性都被放到了最低，許星洲做惡夢時曾被電鋸殺人狂追著砍，在地上滾得渾身是血，也沒覺得疼痛——可是這個夢的確是疼的。

在夢中許星洲疼得彷彿剛被車碾過，是一種遲鈍而冗長的疼法，可她卻又完全動彈不得，手被扣著，夢裡還有極其淺淡的消毒水味，她眼前一片模糊的光。

「……Enfermera……」有模糊的聲音遙遠地道：「ella está despierta……」

許星洲只覺得那像是某種古老的語言，朦朧時只覺得熟悉，卻又聽不懂。她像是漂浮在一片柔軟的海洋之中，又像是浸入了時間——她覺得疼痛而茫然迷失。

然後許星洲感到，她的手被人牢牢握住了。

握住許星洲的那雙手溫暖得如同爐火一般，帶著遙遠水霧與風，像是落雨春夜的火。

許星洲聽見那雙手的主人道：「……星洲。」

——星洲。他說。

許星洲聽了，就在那片朦朧的光中，用盡全力想要回握他。

她在夢中也知道那是秦師兄，但是並不能意識到他在做什麼，也不知道自己身處何方，只明白她想回握，而秦師兄需要她。

許星洲聽不清，卻知道那聲音裡，透出的是肝膽俱裂。

許星洲被秦師兄那斷斷續續的「星洲」弄得心中酸澀無比——她夢裡的光和夢裡的疼痛彷彿將刻入骨髓，於是眼角濕潤起來。

「星洲……」秦師兄聲音遙遠無比，透著深入骨髓的酸澀：「……我的星洲。」

然而，下一秒，同一個聲音在許星洲耳邊炸響：「——徐星洲！」

這次這聲音的主人極其壞，是故意要把許星洲吵醒的聲音。

許星洲睜開眼睛時，眼裡發潮。

映入眼簾的是她非常熟悉的天花板——幾年前，許星洲晚上等秦師兄回家時，經常遊戲打著打著就會在這片天花板下睡著，可是卻總是醒在師兄懷裡。秦師兄回來得很晚，但是總記得睡覺要抱著星洲睡。

許星洲恍惚了一下，身上的疼痛如潮水般散去，只剩一股慵懶的麻木感。

年輕的秦渡居高臨下地站在沙發前，惡毒地說：「都六點十五了妳還不起床？」

然後他把自己肩膀上的毛巾啪一聲扔在了許星洲的臉上。

許星洲由衷心想，我這就剁掉你的狗頭。

許星洲起床氣沒散，有氣無力地嗯了一聲。

秦渡又嘲諷這位「徐」小姐：「早上連起都起不來，六點十五還賴床，就這種意志力，loser 劇本，我他媽看上妳？別逗了。」

許星洲睏得要命，連瞪都懶得瞪這位骨子裡的槓精。

許星洲起來穿衣服。

她穿著衣服，突然想起之前——秦渡會在她穿衣服的時候湊過來親她。冬天的毛衣靜電哧哧啦啦作響，秦師兄在臥室扣著她的手親她的嘴唇——早晨時他沒有刮鬍子的嘴角還有些許鬍渣，他還會使壞蹭一蹭，許星洲被他逗得不住地笑。

——現在？

許星洲把T恤扯下來，望向熟悉的客廳。十八歲的秦渡早就不在家裡了——他已經出去晨練了，桌上留著冷的水煮蛋和吐司。

晨跑這個習慣倒是萬年不變，許星洲想。

許星洲那天，整日在街上遊蕩。

十八歲的秦渡倒也沒趕她出門，許星洲是自己走的。

流落熟悉街頭的許星洲身上錢不多，手機不在身上，想買個東西簡直得想盡千方百計。不過二十四歲的秦渡辦事的確周到，他塞給許星洲的三千元現金，在這種時候終於派上了用場。

許星洲看著錢就想賭氣，想乾脆不回去了，十八歲的秦渡一點也不討喜，還是二十四歲的他好。可是二十四歲的他不在這裡。

如果自己回去還要受十八歲的惡棍欺負——許星洲坐在外灘的街頭，覺得自己像個無家可歸的難民。

周圍人來人往，許星洲就坐在那裡，像十九歲的自己，裹著新買的風衣和毛衣，江風陣陣，烏雲壓城。

許星洲又覺得自己沒有家了。

二十四歲的秦渡愛許星洲，他們含著牙膏泡沫接吻，晚上一起出去遛彎，不定時會吵架。許星洲會拍著桌子罵他，老狗比則會頂嘴回去，過一下他後悔了，就趾高氣昂地回去認錯，把小師妹叼回自己的被窩。

——這是二十四歲的秦渡，可是，十八歲的他呢？

許星洲眼眶發紅，咬著嘴唇低下頭，下午江風狂作，她的手在口袋裡緊握成拳。

許星洲知道，她會回去，去抱住二十四歲的男朋友。

這是一個根植在她心裡的念頭——許星洲出現在這裡是不對的，她總會回歸。但是在這之前呢？

許星洲不想和十八歲的秦渡有什麼接觸了。

他又嫌許星洲胸小，又嫌許星洲意志力不堅定，配不上他，連姓都叫錯了，那態度欠揍得彷彿家裡有個王位要繼承，必須得甄選能在六點十五起床陪他晨跑的D罩杯徐氏女性才能配得上他高貴的血液。

許星洲盯著黃浦江看，半天由衷道：「傻子。」

「看不上你爹我的胸有本事別追我啊。」在風中，許星洲惡毒地自言自語：「六年後到底是誰離了誰沒辦法活哦？反正不是我耶。」

大江咆哮，天穹即將暴雨傾盆，面對許星洲的惡毒，天地間沒人回應。

許星洲：「……」

許小師妹終於討了個沒趣，把手慢吞吞插回了口袋。

她不太餓，也不需要吃飯。

——這是她如今異於常人的證明。

許星洲起身，沿著江徘徊。秦渡家公司離得很近，許星洲也摸過去看了一眼——那個她熟悉的保全大叔比她記憶裡的樣子年輕許多，手持警棍，站在門前。

許星洲在大四時，經常來這裡等秦渡下班。

秦渡那時已經畢業了，雖然是太子爺，但他也沒少加班，許星洲有時就坐在這個廳裡剪影片，連她秋招的 resume 都是在這裡寫完的。秦渡不喜歡許星洲在這等他，因為這吵吵嚷嚷人來人往，他總讓小師妹先滾回去，但是在看到小師妹後，還是會撓著頭笑起來。

許星洲遙遙地站著看了看，又看了看自己的手，覺得那手上彷彿還殘留著秦渡手掌的溫度。

那時天已經很黑了，許星洲買的風衣也被風吹了透濕。她雖不覺得冷，但還是不喜歡帶雨的風，將衣服裹了裹，打算去找個能住的民宿或者青旅——身分證查得鬆一些。

許星洲走在雨裡，突然覺得好笑。

正在緊張地複習的、遠在荊州的小星洲，會知道成年星洲在上海無家可歸嗎？

……肯定不知道。

許星洲想到十六歲的小星洲，又自覺出了一口惡氣——十八歲的秦渡的確是個狗東西，所以活該小星洲總對著林邵凡問題目。

這個時空的小星洲，還不屬於他。

許星洲就低著頭笑了起來，沿著江走，漆黑的雨夜裡她朝著霓虹燈的方向前進，她沒有手機，也沒有身分證，只有身上剛換的外匯，一頭長髮披在腦後。

所有的民宿都不收她。

畢竟從雨夜裡出現的許星洲看起來太可疑了，嘴再甜都沒用，許星洲承諾她不是壞人，但是怎麼看怎麼像女終結者。許星洲被好言相勸請出民宿後，在街上茫然地站了一下。

雨水已經把她淋透了。

最後一個老奶奶給了許星洲一把傘，讓她不必還，只是不要淋雨，早點回去找自己的家人。

——家人。

是一個她在未來將會擁有，但是如今沒有的東西。

許星洲啪地撐開了傘。那時也不過晚上七點，時間過得非常慢，而那把傘的傘骨壞了，奇形怪狀，但能擋雨。

她長吁一口氣，轉了一圈，累得肩膀都垮了，正準備去下一家碰碰運氣——就突然被一隻手捉住，轉了一個圈。

許星洲那一瞬間嚇了一跳，以為那是來搶錢的。

她回過頭一看。

雨夜裡，十八歲的秦渡喘著粗氣，逼問道：「妳他媽去哪了？」

許星洲說：「啊？」

「不給你添麻煩了。」許星洲解釋道：「我今晚自己……」

「那妳他媽說一聲再走有什麼難的？」十八歲的秦渡死死地捏著她的肩膀，眼睛裡彷彿有火在燒，咄咄逼人道：「妳就這麼沒禮貌？妳昨晚吃我的喝我的今早一句話不說就走人了？」

許星洲一頭霧水：「我留紙條了，而且我也知道這樣做不好……」

十八歲的秦渡立刻打斷，並且強硬地胡攪蠻纏：「那妳他媽跟我道別了嗎？我讓妳走了？妳他媽這麼沒禮貌就別裝自己二十二歲行嗎？」

許星洲一下子就被秦師兄胡攪蠻纏的邏輯搞得頭昏腦脹，要罵他都不知道從哪裡開始……而秦渡罵完許星洲，占領了道德和道理的雙重高地，便居高臨下地刻薄起來：「今晚去處是流落街頭是吧？」

許星洲不願意跟秦師兄這爛人一樣low，誠實地道：「我還沒找到住的地方。」

大雨中，十八歲的秦渡裝作糾結地想了一下，有點嫌棄地道：「那妳出去住個什麼勁，跟我回家。」

——那姿態，特別的，欲蓋彌彰。

他是開車來的。

許星洲淋得透濕，咳嗽個沒完，額頭似乎也燒了起來。許星洲不曉得為什麼秦渡會出現在這個地方，但是秦渡一打開後座的門，許星洲就鑽了進去。

後座上有好幾個紙袋，許星洲累得手都抬不起來，秦渡在外面把她的傘收了，坐上了駕駛座。

許星洲迷迷糊糊地道：「……你開車很好。」

秦渡尖銳地道：「拍我馬屁做什麼，妳這種說什麼都像在說謊的人跟我說什麼都沒用。」

許星洲噗哧笑了起來，模模糊糊地道：「……也不是我第一次當騙子了。」

秦渡非常不屑地哼了一聲。

「妳一開始準備的劇本是什麼？」他硬氣地問道：「和我講講，我回去也許幫妳弄點薑湯。」

許星洲燒得迷迷糊糊，道：「……我會告訴你我們原定十一月份訂婚。」

十八歲的秦渡點評：「挺有創意——然後呢？」

「還會告訴你，」許星洲趴著，嗤嗤地笑了起來：「你很喜歡和我吵架，非常壞，但是每次認錯的也都是你……」

十八歲的他停頓了許久，惡毒地說：「放屁，我從來不認錯。」

「……」

許星洲早就知道會是這句話——她和老狗比交往久了也佛了，便不再和他爭辯。她只覺得渾身燒得發軟，眼眶裡眼淚都燒出來了，她隱隱約約看到光，又想起二十四歲的他很愛和自己吵架，但是從來都不是認真的吵。他這個人口是心非，口嫌體正直，但是非常、非常愛她。

許星洲縮在後座，突然想起秦渡第一次送她去 Studio 上班時，他沉默了一整路。

……她想起她跟組拍攝的這一組紀錄片。

許星洲差不多跟著組拍攝了兩年——從畢業之後到現在。這兩年的時間她至少有九個月的時間不在家，秦師兄沒事時就會跟著她跑。他不喜歡許星洲做這份工作，覺得太危險，隨時會失去她。

——可是他還是沒有阻止。

他只是忍受。

許星洲把臉藏在光怪陸離的路燈裡，極力忍住抽泣，淚水都掉在了座椅上。

我現在比他大，許星洲一邊流眼淚一邊告訴自己。所以我作為一個成熟的女性，在他面前哭是丟臉的。但是他如果沒有發現的話，那就是我沒有哭過……所以不能哭出聲音。

黑夜裡，暴雨敲打著車窗和車頂。許星洲先前淋得透濕，身上還蓋著十八歲的秦渡帶著嫌棄給她的外套，雨穿秋夜。

而在一片寂靜之中，破開一聲幾不可聞的、細小的抽泣。

秦渡：「……」

秦渡回頭看了一眼，一言不發地擰開了暖風。

許星洲手指扯著他的外套，哭得讓人心肝都要碎了。

她一邊哭一邊數著路燈。這條路她走過許多次，她知道前面右轉就能回到她的家。那條路的盡頭滿是藤月玫瑰，二十一歲後的秦渡曾經幫她摘過很多次。

車往右轉——橘黃路燈的影子中，十八歲的秦渡突然開了口：「妳哭什麼？」

他其實在極力掩飾著什麼。

許星洲卻哭得耳朵都嗡嗡的，並不能分辨出那話裡的、十八歲的他拚命遮掩著的柔軟易傷的情緒。

車往前開，許星洲哽哽咽咽地回答他的問題——

「我想我男朋友了。」

因為他是那樣溫柔。

04、風雨交加

暴雨、狂風穿過長夜中的天地。

許星洲燒得厲害，一個人歪歪地坐在沙發上，髮尖都在往下滴水。

小秦渡在回家的路上沉默了一整路，方才又一言不發地出去了。許星洲昏昏沉沉地坐著，望著茶几上怒放的百合——她不再哭，眼周的紅漸漸褪去，只想著二十四歲的秦渡，他曾經在這裡抱著許星洲一起讀書，在距離如今很多年之後的未來。

秦渡的脾氣從來都是表面壞，而且對上小師妹時動不動就會變成小屁孩，但是他真的是個會疼人的男人。

他會熬老雞湯給許星洲，會在下班後陪許星洲一起看電視劇和電影，有時甚至只是將腦袋靠在一起看星星，週末時他們經常一起出去吃飯，秦渡總是緊緊扣著女孩子的手。

——那是許星洲畢業前的事情了。許星洲卻還覺得自己的手心殘留著秦渡的溫度，像是他正握著許星洲的指尖，以指頭細細搓揉一般。

可是許星洲知道，如果她抬起頭，秦渡就會裝沒事，好像捏她手指頭的人不是他似的。

許星洲想到這個，噗哧一聲笑了出來。

秦渡求婚時還承諾「盡量不當小屁孩呢」。

打斷她思緒的是呼噠一響的大門，十八歲的秦渡開門回家，傘上全是水，把手裡拎著的塑膠袋扔到了茶几上。

許星洲：「……？」

「吃。」小秦渡冷漠地說：「一次一顆。」

許星洲吸了吸鼻涕，嗯了一聲。

於是許星洲就穿著他丟過來的、屬於十八歲秦渡的衣服，一個人抱著溫暖的馬克杯，燒得渾渾噩噩的坐在沙發上。秦渡把藥丟給她後就拿著電腦，背對著她，去吧檯打遊戲了。

許星洲燒得臉都紅紅的，蜷縮在小毯子裡，看見他在玩LOL。

二〇一四年是《英雄聯盟》的一年。走進網咖一瞧，幾乎不會有打別的遊戲的人。許星洲想起這一年她高三，明明是這麼要緊的一年，班上的男生還是會翻牆出去打LOL，其中甚至還包括林邵凡。

這群傻子後來半夜翻牆去網咖被教導主任抓了，主任將他們摁在牆邊一通臭罵，第二天上課時，連林邵凡都在苦哈哈地寫檢討。

一眨眼這麼多年過去了。

距今三年後……三年後，許星洲朦朦朧朧地回憶，二十一歲的秦渡好像就不太愛玩這種MOBA（多人線上戰鬥競技場遊戲）類的遊戲了。許星洲知道他吃雞很厲害，非常大神，應該玩遊戲也蠻厲害的，可是平時就陪朋友或者許星洲打打連線遊戲。

也不知道秦渡玩《英雄聯盟》玩得怎麼樣，十八歲的時候玩遊戲網戀過沒有。

想到網戀二字，又想到十八歲的秦渡對自己的冷臉，許星洲發自內心地酸了一下。

秦渡忽然漠然道：「妳說的是真的？」

許星洲一愣。

「什麼六年後，」年輕許多的秦渡盯著螢幕，目不轉睛地說：「什麼和我訂婚——都是真的？」

許星洲想了想，還是模模糊糊地嗯了一聲。

秦渡嗤了一聲，也不知是不是信了。

許星洲有點難過地蜷縮進了小毛毯裡面。

二十四歲的師兄還是壞，但是他是真的很會疼人。

許星洲生病的話他會把辦公場所都搬進臥室——她生病一向磨人，秦渡有時甚至會讓她靠在自己懷裡，抱著她，過一下還會蹭蹭她的髮旋，像摸小貓一樣，直到許星洲扛不住藥效昏昏睡去。

許星洲鑽進毛毯，想像那是二十四歲的秦渡穿著絨絨家居服的胸膛。

然後她聽見毛毯外的秦渡開了口。

「六年後的我……」他慢吞吞地問：「和我現在有什麼不一樣？」

許星洲一愣。

然後她聽見秦渡闔上筆電的聲音。

許星洲從毛毯縫裡露出個腦袋，看見十八歲的秦渡好像在朝這方向走過來，模糊又不痛不癢地道：「……他比你高點。」

年輕的他不爽地說：「我現在一百八十三。」

許星洲悶悶地和稀泥：「……後來又長了兩三公分。」

她心裡想，你們差別太大了。

——如果他們的相遇提前一些的話，許星洲難過地想，應該只會成為陌生人吧。

許星洲聽見轟隆作響的狂風，還有秦渡越來越近的、穿著拖鞋的腳步聲。他們已經交往了很久，朝夕相處，許星洲對他的步伐瞭若指掌，一聽就知道那是她的師兄——步伐確實是他，可是好像又不是他。

然後，許星洲的小毛毯被他扯了一角起來。

許星洲立刻死死地拽住，不讓他把毛毯扯掉。

他的冷漠、他的漠不關心。

十八歲的秦渡：「……」

他又拽了拽，語氣裡透著難言的煩躁：「許星洲，我看看妳發燒了嗎，妳讓我看看。」

許星洲悶悶地說：「……燒了，吃了退燒藥。」

秦渡執著地道：「去房間睡，我讓阿姨把客房整理出來了。」

許星洲仍拚命扯著自己的毛毯，頑強道：「我累了，這裡就可以。」

秦渡煩躁地揉了揉頭髮。

他看著縮成一團占據著他家沙發的許星洲是非常不爽的，可是又拿她毫無辦法。

外面風雨交加，空曠的客廳極其冷，秦渡又拽了一次，發現許星洲是在和他對抗。她在毛毯裡一動不動，不面對他，甚至連看他都不樂意。

秦渡：「……」

他又使勁一拽，這下許星洲死命地扯了回去！

再看不懂這女孩在生氣，就是傻子了。

年輕的秦渡從來沒受過這種眼色，憤怒道：「行——行，在我家睡還給我看起臉色來了……在沙發上睡吧，想怎麼睡怎麼睡，我他媽把客房鎖上！」

許星洲帶著鼻音乾脆地說：「……好，你鎖吧。」

「……」

秦渡二話沒說，將手裡的東西往她的毛毯上一摔，頭都不回地走了。

毯子裡透出客廳熟悉的燈光，她想起他們在這裡擁抱，在這裡接吻——師兄在這裡跪著，低頭與她親昵地磨蹭額頭。

下一秒，燈啪一聲關了，回憶被強行掐斷。

許星洲被留在黑暗裡，難過地一滴滴落著淚。她的眼淚浸潤到沙發柔軟的皮質上，那是他們將在未來，坐在上面擁抱的沙發，可是在這裡，除了許星洲，沒人知道這件事。

毛毯外，熟悉的腳步聲連半分停頓都沒有，徑直踩著一格一格的樓梯，走了上去。

許星洲又做了個夢。

夢裡暗暗的，很溫暖，有一股藥味，還有百合花的香氣。有人握著她的手指，將額頭抵在她的指節上，喃喃地跟她說著些什麼。

「……許星洲，」他沙啞地開口：「我他媽真想打斷妳的狗腿……」

許星洲卻只想哭。

她知道那是誰，卻想不起他的名字。

在濃得化不開的黑暗中，許星洲聽見一聲縹緲遙遠的開門聲，更遙遠的地方有個女人問：「Mr.Qin, is the patient all right?」

那個要打斷她的腿的人捏著她的手指說：「She's fine, but she still got a fever……」

「There was a severe bruise on her head……」

那個遙遠的女聲說：「CT showed nothing but we can't be sure about it, so we need you to keep your eye on her, But you shouldn't worry that much, I'm sure your fiancée will be fine……」

接著門關上了，那女人為他們留下了滿室溫暖的、充盈著百合花香的黑暗。

於是那個人又回來捏了捏許星洲的手指——許星洲感受到他手指上有一個硬硬的環，粗糙又堅實地抵著她的手心。

「回去我他媽得關妳兩個月再說，」他以指環在她的愛情線上摩挲：「……可是，粥粥，叫一聲師兄，我就原諒妳……」

那聲音，酸軟得近乎崩潰。

她知道這是誰，許星洲淚水幾乎是立刻湧了出來。

二十四歲的秦渡撐著床頭親吻她。

百合花的水珠滴在她的枕頭上，師兄的唇乾裂扎人。

可是許星洲連指頭都挪動不了——意識從另一個世界急切地拉扯著她，吝嗇得甚至不允許她結束與秦師兄的這個吻。

夜裡十一點，距離他上樓，僅僅過去了二十分鐘。

十八歲的秦渡從樓上走了下來，按開了飯廳的燈。那個女孩子還蜷縮著，睡在沙發一角上。

他一看就覺得煩躁。

客廳真的有點冷，他甚至想把正在生病的那女孩弄醒拖進客房——在客廳睡是打算讓誰覺得秦渡在虐待她？從來沒人敢給秦渡看臉色，還是在他的家裡。

明天得讓她對自己道歉，秦渡憤怒地想。

他找了許星洲一個下午加半個晚上，她吃的藥還是他冒雨買的——附近的大藥店都關門了，他不得不驅車去兩公里外的連鎖小藥房。風太大了撐不了傘，他淋了半身的雨，只為了幫她買個感冒藥。

年輕的秦渡把毯子上那條他摔上去的濕毛巾拿開，發現她已經睡了。

許星洲睡覺睡得並不安穩，面孔燒得發紅，眼睫毛濕漉漉的，像是哭著睡著的一般。秦渡仔細審視，發覺許星洲看起來比他還嫩，處處都乾乾淨淨溫溫柔柔，是個被嬌慣了很久的樣子——還有左手中指上一枚細細的鉑金訂婚戒指。

秦渡：「……」

十八歲的秦渡已經足夠小心眼，他連想都沒想，就已經捏著戒指往下扯了。

哪個野男人，他酸不啦嘰地想，我不管來歷，有些東西被我看上了，那必然是我的。

但是那戒指紋絲不動，秦渡扯了兩下，發現許星洲好像會疼，戴訂婚戒指的手指微微發著抖。

秦渡幾乎繳械投降一般，第一反應是，迅速去摸她腦袋。

別醒，他告饒地想，別醒……別醒，我只是要把妳抱去客房。

然而秦渡一揉，許星洲居然就平復了下來，彷佛感受到了熟悉的氣息似的，非常順從地朝他的方向蹭了蹭。

但是，接著，秦渡就意識到了哪裡不對勁。

——許星洲的頭摸不出溫度。

她燒得滿臉通紅，呼吸急促，額頭上的傷口都沒結痂，看起來頗為可憐——可是秦渡卻摸不出她的任何體溫。

秦渡又伸手去探她的鼻息。

……他摸不到。

秦渡悚然一驚，把那女孩抱在懷裡，又換了手背去試，卻還是只有寧靜的冷空氣碰觸他的汗毛。

許星洲躺在他的懷裡，躺在他客廳的沙發上，孱弱又溫柔地蜷縮著，對秦渡而言觸手可及。

她分明那麼難過，病得淚水都出來了。

可活在二〇一四年的秦渡摸不到她的體溫，觸不到她的呼吸。

05、花苞破土

次日，許星洲醒來時眼角疼痛，彷彿流了一整夜的淚水，眼角被鹽水咬得生疼。她睜開了眼睛。

那一瞬間她有一絲恍惚。

許星洲的憂鬱症，最後一次發作是她大二那一年。那年她被秦渡從雨裡撿了回來，睜開眼睛時就看到了這一片天花板。

她眨了眨眼睛，從床上爬了起來。

許星洲那時燒得不太嚴重了，她意識到自己睡在客房裡。客房，這地方她已經很久沒來睡過了。

一來是他們已經搬了家，二來是她和秦師兄正式交往後，就總是和他睡在主臥裡了。

二十二歲的許星洲發了下怔，碰了碰自己的指節，那裡居然也都是傷口，全數破了皮，是她在車上滾下來時劃的。

是不是有點恍如隔世？許星洲有點茫然地想。

然後她趿上拖鞋，下了樓。

十八歲的秦渡在餐桌旁，拿著本唐娜．塔特寫的《金翅雀》，用眼角餘光瞥到她從樓梯上走了下來。她穿著雙毛茸茸的拖鞋，露出纏著兩圈繃帶的腳踝。

他不自然地咳嗽了一聲，抬起頭看向那個女孩。

──這個女孩今年二十二歲，年紀比他大四歲，已經大學畢業了。

可是秦渡卻總沒來由地覺得，她好像比自己小不少。連睡醒了，有點生澀地面對著他的模樣，都透著股生嫩的感覺，頗為勾人。

秦渡：「……」

十八歲的秦渡不自然地別開了視線，冷漠道：「吃飯。」

那個女孩咳嗽了一聲：「我不餓。」

秦渡嘲諷：「不餓就不吃？分不清輕重緩急？」

許星洲頓了一下，艱難地解釋道：「我一直沒吃，但是一直不餓……」

十八歲的秦渡說：「不是三歲小孩了吧？」

輕飄飄的一句秦師兄式屁話。

許星洲白長了四歲，連遇上十八歲的師兄都被嗆得無話可說，一時之間連怎麼反抗都忘了。畢竟秦渡說的很有道理，不吃飯就不能吃藥，許星洲至今已經兩三天沒吃飯了，連三歲小孩都知道這樣不行。

許星洲：「……」

十八歲的秦渡漫不經心地開口：「今早都是清淡的。」

許星洲便不再拒絕，坐下喝粥。

粥裡蝦仁晶亮，她喝下第一口，就意識到這是秦渡經常去買的那家粥鋪——她那次憂鬱發作時，尚未與她確立關係的秦師兄經常去買的那家粥。這家粥鋪開車就要半個小時，排隊時間更長，但是熬得鮮香爽口。

秦渡靠在飯桌旁，翻了一頁書，卻沒有看字，以眼角餘光打量著那女孩。

這女孩一頭黑長直髮，此時身上穿著套客房的睡衣，滿是傷口的指節上戴著個刺眼的鉑金戒指。他家沒有女式睡衣，許星洲過長的睡褲褲管下露出細白的腳尖，肩膀細薄，看起來瘦而羸弱。

她的上一任，是怎麼餵自己的未婚妻——呸，女朋友的？

十八歲的秦渡在肚子裡對著這女孩橫挑鼻子豎挑眼，總覺得這瘦小身板是受了虐待。

許星洲吃飯的樣子很乖，埋著頭，像某種小動物，還挺招人疼的。

片刻後，許星洲不自然地說：「你、你看我吃飯……幹嘛？」

秦渡：「……」

秦渡不自然地咳嗽了一聲，別過了頭去。

——這真的會是他未來的未婚妻嗎？

秦渡看著趴在茶几旁趴著看紀錄片的許星洲，自己問自己。

這太超出他的理解範圍了，也超出了他對世界的認知，怎麼想，還是把對方當成騙子好些。從未來來的人，這也太假了，根本沒有科學依據。

可是秦渡卻不能否認這叫許星洲的女孩對他的無欲無求，不能無視她無意識中流露出的、對他的依賴。

更不能否認——

十八歲的秦渡立刻甩甩頭。

他面前擺著電腦，還沒看完的《金翅雀》擺在一旁，不再觀察那個他看不透的女孩。

——她的體溫。

四個字穿過他的腦海，年輕的秦渡手指無意識痙攣了一下，又朝許星洲的方向看去。

她頭髮乾乾淨淨地披在腦後，吃了感冒藥，臉色微微泛著點不太健康的紅，正托著腮幫，凝視電視螢幕。從秦渡的角度能看見女孩纖長微垂的睫毛，猶如春雨中的含羞草。

你他媽有病啊！秦渡羞恥地別臉撓頭，搓了搓發紅的臉。

但是，秦渡又控制不住地想，真的好他媽可愛啊……

……就算是騙子又怎麼了，撞進他手裡，認栽吧。

十八歲的秦渡：「妳哪年畢業的？」

許星洲：「……咳咳……咳，我是你下一屆的。」

秦渡在觸控板上點了點，散漫道：「我今年大一。」

「我二……二〇一五那年入學。」那女孩憋著咳嗽，眼圈都紅紅的，答道：「沒騙你，這次是真的。」

十八歲的秦渡饒有趣味地問：「這次是真的？以前還有假的？」

許星洲：「……」

許星洲想起來什麼似的，沉默了許久，眼圈紅紅地囁嚅道：「……有、有吧。」

「有空和我講講。」秦渡忍著笑道：「不舒服的話我送妳去醫院？」

那女孩搖了搖頭說：「就是胃難受……應該過一下就好了。」

秦渡嗯了聲。

溫暖的陽光灑了進來，外面湛湛晴空。

秦渡摸出耳機戴上，那女孩怕冷地圍著毯子，巴掌大的面孔藏在厚毯子裡。

許星洲突然道：「——我騙過你很多次。」

十八歲的秦渡眉毛一揚：「……嗯？」

「不是這個你，」許星洲笑道：「是另一個。我就騙過你我的身分……也騙過你我不喜歡你。當然我也騙過，說我喜歡你，還告訴過你我不會尋死。」

秦渡：「……」

許星洲趴在陽光裡暖暖笑道：「後果就是這麼多年我都不能穿黃裙子，明明我穿黃裙子很好看的。」

「你聽聽就行了，」許星洲放鬆地道：「搞不好我說的這些也都是騙你的。」

秦渡不屑道：「一聽就不是我，誰敢這樣騙我試試，我打斷她的腿。」

許星洲噗哧笑出了聲。

片刻後，她有點難受地道：「我胃真的不舒服。」

年輕的秦渡眉頭皺起：「怎麼了？」

許星洲搖了搖頭，蜷縮進了毛毯裡。

秦渡只當是女孩許久沒吃飯，今早猛地進食，有些胃痙攣，只消緩緩就好了。客廳的地毯上蜷縮著一個小小的蠶蛹，秦渡能看到她毛茸茸的腦袋，那地方從來沒出現過這樣的人，但是這個小騙子的出現，填補了一個亙古的空缺。

她突然開口問：「……你、你的理想型是什麼樣的？」

十八歲的秦渡隨口道：「胸大的。」

那個小蠶蛹笑得發抖。

「除——除了胸大的呢？」她笑得喘不過氣：「總得有點別的吧，還是你原來就喜歡卡戴珊家族那種？不過你家也不是娶不到……」

十八歲的秦渡兩指推著下巴道：「我喜歡大胸有什麼問題？卡戴珊怎麼了？」

蠶蛹快笑死了，一邊笑一邊咳嗽，幾乎喘不過氣。

秦渡一聽到這笑聲，就不太爽。

「擇偶標準第一條，不給我添麻煩的，」這位年僅十八的直男不悅地瞇起雙眼，進行死亡發言：「別他媽讓我操心，還有，黏人得分場合的，端莊賢慧的大家閨秀。」

許星洲笑得肚子疼，捂著肚子：「長澤雅美？」

她未來的未婚夫說：「胸大一點的橋本X奈。」

「……」

「……………………」

十八歲直男：「不喜歡卡戴珊那樣的，太假了。」

他又十分認真地想了想，「至於妳這種……」

……至於妳這種，這位先生彆扭地想道，當時我吐槽妳胸的那句話，妳可以當沒聽見。

然而這位先生還沒說完，許星洲就把自己的頭蒙上了。

「…………」

怎麼這就生氣了？

十八歲的秦渡喝著咖啡，頭疼地想。

這是真未婚妻啊？一句我喜歡胸大的都受不了？秦渡瞥了那個小蠶蛹一眼，又覺得真他媽的可愛，看她生氣都覺得萌得要命。

……這種女朋友。

秦渡想到這三個字，都覺得心裡癢得慌，像是有花苞將破土而出。

——但是不能哄。

十八歲的秦渡告誡自己。

她什麼都不是——明明什麼都不是，還在這拿喬，分明是來招討厭的。

06、悶雷轟然

天只晴了短短一下。

接著風雨湧動，雨雲被大風吹至城市上方。

那個姓許的小騙子蜷縮在沙發上，成為一顆小小的球，紀錄片仍在電視上播著，可是她連頭都縮進了毯子，根本沒在看。秦渡自電腦螢幕一抬頭，看見那個小毛毯蜷成的蠶蛹正在顫抖。

「……」他忍了忍，沒忍住，問：「不舒服？」

那團被子裡的女孩孱弱地說：「我、我胃痛……」

秦渡：「……」

他將筆電啪一闔，道：「穿衣服，我帶妳去醫院。」

「不……」許星洲難受地道：「感覺和醫院沒……沒關係，不用了。」

秦渡一聽覺得妳有病吧——他一想這騙子總歸是栽到自己手裡的，生殺予奪都在自己手上，她好像連能去的地方都沒有，強行拖去醫院算了，可是他剛一動，許星洲就「嗚」地一聲，在毛毯裡面難受地抽了下。

秦渡：「……」

這是怎麼了？

許星洲掀開毛毯，難受地捂著嘴，眼眶通紅。

「……嗚。」許星洲發著抖捂住嘴：「嘔……」

十八歲的秦渡從來沒有過任何這種經驗，他難以理解地說：「我沒給妳吃什麼東西吧——」

許星洲淚花都泛了出來：「……嗚、嘔……」

「妳怎麼回事，」秦渡眉頭皺起：「妳吃壞了什麼？」

他話音甚至都還沒落下，許星洲突然捂著嘴，嘔一聲吐了出來。

秦渡一慌，要去拿紙，可是他一轉頭，眼角餘光瞥見了許星洲吐出來的東西。

——她上午吃進去的所有東西，居然一點消化的痕跡都沒有，只有一點咀嚼過的模樣，就這麼清清楚楚地躺在地上。

而許星洲燒得臉都紅了，淚花都在往外滾，難受得渾身發抖，片刻後咳嗽了兩聲，連吃進去的藥片都吐了出來。

秦渡：「……」

那一切，甚至沒有半點消化過的痕跡。

本該有的消化液在吐出的那一刻，都消散得無影無蹤。

——彷彿，從來沒在這世上出現過一般。

半融的藥片濕淋淋地滾落在地，轉瞬乾燥堅硬——水澤轉瞬間消散殆盡，那個女孩子面頰燒得通紅，嘔吐完之後奄奄一息，蜷縮在毛毯之中。

「妳……」十八歲的秦渡看著地上的藥片，還有她嘔出來的、幾乎原封不動的飯菜，發著抖道：「妳怎麼……」

許星洲抬起頭，以水濛濛的眉眼望向面前的故人。

女孩子鼻尖都是紅的，額角破著皮，張開鮮紅濕潤的唇，難受地說：「對……對不起。」

「對不起，」許星洲病痛而木訥地看著他，說：「對不起，我等等幫你收拾……」

她難受地喘了一下氣，又道：「……收拾乾淨。」

窗外滾過沉悶的雷。

秦渡腦子裡嗡嗡的，看著面前這個狼狽又細瘦的女孩，腦子裡幾乎所有的資訊都一口氣炸裂開來——在包廂裡忽然出現的她，第一面就叫出的名字，她的無家可歸，她難過又飽含愛意的眼神，深夜裡他沒能探到的鼻息。

以及融進水裡，消散得毫無痕跡的毛巾上的血跡。

——我和妳訂婚了嗎？

那一聲，彷彿從另一個時空傳來的，模糊的「嗯」。

許星洲精力不濟，又昏睡了過去。

她總覺得自己像是快被抽乾了——從來到這個時空的那天到現在，許星洲清醒的時間一天比一天少，但無論睡多久都無法恢復精力。同時她在這個時空不需要進食，睡眠也不是平常的睡眠——像一塊只能放電，卻無法充電的電池。

許星洲清楚地知道，她昏睡的時間並不是在補充精力，更像是沒電之前的關機狀態。

——但是又會做一個很模糊又漫長的夢。

那個夢很溫柔。

許星洲醒來時記不得發生了什麼事，卻記得一點很溫柔的片段——她隱約記得暈開光中百合花的影子，與摩挲著她的手的溫暖乾燥的手指。

那是夢嗎？我在另一個時空怎麼樣了呢？

許星洲只記得那一場車禍，在此之後的一切概不記得。她不知道自己在那邊怎麼樣了，有沒有得到妥善的救治，秦師兄有沒有飛來，更不知道自己的身體究竟在何方——是不是已經不在人世。

應該活著吧，許星洲模糊地想，可是她自己也不確定。

如果我已經死了的話，我如今出現在這裡，是為了對年少的，甚至還不認識我、對我如此冷淡的師兄告別的嗎？

許星洲朦朦朧朧，腦海中猶如被撕扯一般，卻又有一絲說不出的沮喪。

……我一直以為，師兄對我是一見鍾情。她想。

他在酒吧點酒給我的那一夜，玻璃杯裡的莫希托，上海新雨的傍晚。理學教學大樓外的暴雨，他從來沒有丟過的我的雨傘。訂婚後我一直有個念頭，彷彿如果我們在別處相遇，我們也還是會走到一起的——我一直是這樣想的。

但是十八歲的他卻以冷漠與怒火待我。

如果我早幾年遇到他，也許不是這個故事了吧。

許星洲眼前有一團模糊的光影，她辨認出那是床頭的百合花，消毒水味縹緲。許星洲感到手指被用力地握住，一股溫暖的力量被渡了過來。

「粥粥。」一嘶啞嗓音道：「……許星洲。」

許星洲辨認出那是秦師兄的聲音，知道是他在握著自己的手指，她拚盡全力地試圖回握，那一刹那她覺得自己的骨骼都在嗡鳴，鑽心的疼痛從手指處傳來。

我在，許星洲幾乎在用那動作吶喊，我在的，師兄你別用這種語氣叫我。

可是她連一根指頭都動不了。

許星洲只能聽，只能模糊地看，無法支配自己的軀體哪怕最末端——她拚盡全力想握他一下，可是終於化為了一記高燒中，疼痛的抽搐。

「……」

不，不。我不是想這樣的。

許星洲難受至極，眼淚一滴滴滾進鬢角的髮絲。

「……許星洲。」

那個聲音彷彿有兩個，近乎絕望地穿透光與暗。

光影合攏，百合與消毒水逐漸淡去。許星洲只覺得自己馬上要沉入新的黑暗，難受得幾乎快喘不過氣。

她幾乎用盡了全身的力氣，手指用力一握。

握緊的，卻是另一雙年輕到近乎青澀的手掌。

下一秒，上海的悶雷轟然炸響。

許星洲倉皇地睜開燒得緋紅的眼睛，看見她多年前熟悉的天花板，難受地哽咽喘息，目光移向自己的右手，十八歲的秦渡用力握著女孩子的指頭。

「醒了？」年少的秦師兄聲音幾乎是啞的，赤紅的眼睛看向許星洲：「妳昏了一下午加一晚上。」

許星洲難受得連話都說不出來，不住地抽著氣。

「藥全吐了——」秦渡雙目赤紅地看著她：「飯也沒吃，吃進去什麼樣吐出來就什麼樣。」

許星洲眉眼裡全是眼淚，喘息道：「說、說了我不餓……」

「人他媽怎麼能不吃飯？」十八歲的秦渡瞇起眼睛：「還活著就要吃飯——妳他媽連這點道理都不懂？」

許星洲：「我也不、不知道我是不是還算活著……」

秦渡霎時間靜了。

那一瞬間房間裡靜得可怕，許星洲細瘦的手指被年少秦渡用力握在手心裡——刻了字的訂婚戒指卡在她的手上，硌著人，兩個人直直地對視。

「妳不知道？」十八歲的他眼睛危險狹長地瞇起：「妳知道什麼？」

許星洲眼眶裡的淚水往鬢髮裡滾：「不比你多。」

「……」

「我不知道我是怎麼回事，」許星洲躺在客臥的床上，疲憊地閉上眼睛，淚水湧了出來：「我不知道我為什麼在這，不知道我為什麼不用吃飯……不曉得我為什麼會把藥吐出來，更不知道為什麼傷口這麼久還沒好……」

窗外暴雨傾盆，秦渡死死地握著她的手。

「我說過的大多數話，都是真的。」

許星洲聲音酸楚到了極致，對面前這個尚不認識她的、剛上大學的秦師兄說：「我說我出了車禍，記憶只到我在樹林裡滾了幾圈，我頭髮裡全是枯枝敗葉就是證明。我說我沒有身分證，身上只有一點美金……我說我不知道我怎麼會出現在你這，我一點也不餓，其實也不需要睡覺……」

「我自己都不知道我是不是還活著，或者是已經死了。」

許星洲閉著眼，嗓子因發燒而沙啞，痛苦地道：「其他的事情你聽、聽過，就當忘了吧。」

許星洲不願自作多情。

寧可不告訴他，寧可他忘了。

年少的他過於冷淡尖銳，許星洲生怕他得知他的將來是和自己在一起，甚至會覺得面前的自己噁心。

許星洲眼睫緊閉，淚水卻如同斷了線的珠子一般往外湧。她試圖將自己的手指從十八歲秦師兄的手裡抽出，可是秦渡卻死死地攥著。

「忘了什麼？」

年輕的秦渡將許星洲纖細而破了皮的手拉向自己，聲線粗糲：「忘了妳告訴我我們訂婚了？」

「——還是忘了妳告訴我，我們交往了很多年？」

許星洲呆住了，睜開淚眼朦朧的眼睛望向秦渡，十八歲的秦師兄將許星洲往枕頭上一壓，手在她的訂婚戒指上揉捏，似乎想扯下來。

「從今天開始，」他嘶啞地、雙目赤紅地說：「許星洲，妳哪也不准去。」

07、大雨瓢潑

許星洲一覺睡醒又睜開眼睛時，已是深夜。

二〇一四年的初秋，上海雨水綿延不絕，許星洲看著熟悉的天花板，一時甚至有些恍惚。

她的覺多到了一種病態的地步。許星洲精神過於不濟，好似她的靈魂其實並不屬於這個軀殼一般，可又像是正在被逐漸抽離出去——可是另一方面，她的夢卻離她越來越近。

……那帶著百合花香氣的、溫柔的夢境。

許星洲模糊地記起夢中的種種。

落在額頭上的親吻，緩慢滴進血管中的、被捧在手中溫暖過的藥物，還有耳邊溫柔又酸楚的呢喃，以及愛人。

那金光燦爛的一切都在呼喚著她。彷彿在說，妳離開了太久，該回來了。

可是我會怎麼回去呢？

躺在床上的許星洲，艱難地眨了下眼睛。

窗外落雨漆黑，聽覺逐漸回歸，她支配這具身體的能力緩慢地回籠，連五感也變得清晰。窗外上海微冷空氣熟悉深刻，然後許星洲終於感到，她的床邊有一個隆起。

許星洲：「……」

許星洲艱難地轉過頭，看向床畔，發現那是一個人。

是秦渡。

十八歲的秦渡趴在床邊睡著了，一條手臂壓著被子，微捲的頭髮亂糟糟的，掩著眼睛。

許星洲只覺得心中泛起無限柔情，伸出手，在黑夜裡輕輕撫摸年少愛人的頭髮。

居然還會看到師兄年紀比我還小的樣子，許星洲沒憋住笑，偷偷揪了揪他的捲髮，那頭頭髮和二十四歲的師兄摸起來是同個質感。接著許星洲又摸了摸，覺得還是十八歲的質感好，畢竟十八歲的秦師兄還沒放開去折騰自己那頭毛——還沒經歷漂染和錫紙燙一系列酷刑，摸著十分順滑。

可是無論怎麼摸，這個腦袋都是秦渡的。人的確是很難改變的，許星洲摸著小秦渡的頭髮想。

他就是秦師兄，與師兄所描述的過往分毫不差。可是……

許星洲微微一頓，凝視著黑暗中的一點。

然後一個細若蚊吶的聲音在她腦海中說——可是如果重來，我們兩個人之間還會不會有故事？

而下一秒，秦渡的聲音困倦煩躁地響起：「妳拽我頭髮幹什麼？」

許星洲：「……」

許星洲乾笑三聲：「哈、哈哈師……你的頭髮好捲啊，我就摸摸。」

「師什麼……」十八歲的秦渡半夢半醒，模糊道：「妳睡了這麼久餓不餓，我幫妳叫……」

下一秒，秦渡惶然睜開眼。

——那雙年輕的眼混沌、布滿血絲，愴然望向蜷縮在他床上的許星洲。

他的話音戛然而止，猶如被切開的半顆檸檬。

次日。

「這幾天總在下雨。」許星洲站在露臺前感慨道：「從我來了之後就一直在下耶。」

秦渡坐在桌前，頭都不抬地道：「別想著出門。」

許星洲聞言笑了起來，抱著抱枕坐在落地玻璃窗前，問：「你是要軟禁我嗎？」

十八歲的秦渡答之以緘默。

許星洲抱著雪白的沙發抱枕看雨，半晌道：「我不明白。」

秦渡嗯了一聲，示意她說。

許星洲咳嗽了兩聲，笑了起來，道：「你就這麼相信我了嗎？相信的話，更應該明白，我的離開是攔不住的，連我自己都沒辦法控制。」

十八歲的秦渡沒回答她，他抿了口咖啡，看著虛空中的一點道：「我也不明白。」

許星洲抬起頭，看向他。

女孩子的頭髮剛洗過，半乾不乾的披在腦後。她穿著秦渡以前的家居服，挽起的袖口上滿是沒能癒合的傷口，頭髮蓬亂，眉眼稚氣未脫，像個剛闖完禍的小孩。

「妳的——」秦渡聲音沙啞：「妳的未婚夫。」

許星洲：「嗯？」

「許星洲，像妳這樣生性捉摸不定、自由散漫的人，」那介乎少年與青年的人擰著眉頭道：「他怎麼沒把妳鎖在家裡？」

許星洲認真地想了想。

然後她開口道：「……我覺得你肯定也想過吧，把我關家裡。」

許星洲托起腮，嚴謹道：「畢竟這幾個月動不動就要把我的腿打斷，絕對是有認真的成分在的，加上還出了這種事，如果我回去……的話，可能真的會有一條腿升天。」

秦渡：「……」

許星洲咳嗽了兩聲，悶悶地說：「我真的不想拄拐杖。」

秦渡道：「那妳——」

「——然而，」許星洲笑了起來：「這是我的天性，看到下雨了就想出去走走跑跑，從學校回宿舍的路上都能演完一齣獨角戲，想認識許多人，嚮往無數素不相識的風。我總覺得一生太短，能去的地方太少，這些你從一開始就知道。」

小秦渡聞言，嗤地笑了出來。

十八歲和二十四歲的差別是很小的，許星洲看著面前的小師兄，心都有些鬆軟，像剛出鍋的熱包子。

許星洲溫暖一笑，總結道：「所以你肯定想過，但是還是為我的天性讓步了。」

然後許小師妹摸了摸自己連著好幾天一滴水都沒喝下的肚皮，難過地訴苦：「師兄，我想吃外面的熱包子。」

半個小時後，室外。

天地間大雨瓢潑，將梧桐葉洗得泛綠，人行道上水聲譁然。

街邊羅森門鈴叮咚一響，秦渡站在便利商店的門口，一手將傘杵在許星洲的頭頂，另一手揭開包子的油紙皮，發麵蒸氣如霧漫溢出來，令人想起蘇州河上如山的霧氣，和蒸籠裡剛蒸出的桂花糕。

許小師妹被拖出來時髮梢未乾，看著那熱包子愧疚道：「……你買這個做什麼呀，我就是說說而已，現在什麼東西都吃不了的……」

十八歲的秦渡煞有其事地點頭，冷不丁道：「這個看起來挺好吃的吧？」

許星洲一呆：「是、是啊……？」

「挺好吃就對了。」秦渡道。

秦渡：「誰他媽是買給妳吃的？」

許星洲：「？」

然後他對許星洲惡劣道：「我是打算吃給妳看的。」

秦渡看著許星洲，啃了一口包子。

「…………」

下一秒，十八歲的秦渡施施然一個笑，指著旁邊的coco問許星洲，快樂地問：「想不想喝飲料啊？」

傍晚，樓裡大理石映射著燈光，垃圾桶上有幾個尚未被清理的菸頭。許星洲拎著半杯飲料跟在秦渡身後跑了兩步，看見垃圾桶，以長虹貫日之勢衝上去將飲料摜進垃圾桶。

砰地一聲巨響。

小……年輕版的秦師兄漫不經心道：「不就是個飲料。」

許星洲看看他，又看看他大包小包提在手裡的麻辣小龍蝦、裹醬甜甜圈、炸雞燒烤……眉開眼笑地哦了一聲。

電梯間裡，秦渡又忽而讚許道：「不過身體恢復了不少啊，詐騙犯，又跑又跳又三步上籃。」

小詐騙犯笑咪咪：「是呢，託您的福哦。」

許星洲笑得眉眼彎成兩輪小月牙，直接將這場居心險惡的對話終結了。

兩個人坐著電梯上樓，電梯叮咚一響，到了。秦渡將門打開，許星洲立刻將小人字拖一蹬，跑到客廳角落看書了。

秦渡並不攔。

兩個人就這樣處在同一個空間裡，也不聞，也不問，生分而尷尬——秦渡渾然不覺，去廚房倒了杯熱水，坐在電腦前開始做他的作業。

他抬起頭，看見那女孩坐在沙發下，破皮的手肘纏了兩道沒什麼用的綳帶，一團朦朧的天光籠罩在她的髮絲之上，神祕，脆弱而不確定，無法用任何方式去解釋她的出現與存在。似綻放於春日的蒲公英，又似是翱翔天際的飛鳥，無從捕捉，無法束縛。

秦渡看了半分鐘，將視線移回螢幕，疲憊地揉了揉眼皮。

許星洲闔上書，揉了揉眼睛，天已然有些黑了。

她沒看進去幾個字。

看書的時候許星洲滿腦子都是「難道換了個時間認識另外一個我，秦師兄就不喜歡我了嗎這虛偽的愛情」……這作得要命的想法在腦子裡好似扎了根，許星洲看一下書，就忍不住很作地偷偷瞄年少的負心漢一眼。

年少的負心漢還道貌岸然地戴副眼鏡，表情看不分明。

……雖然他也沒說過什麼能聽得過去的情話，也已經到了談婚論嫁的階段了，許星洲也沒怎麼考慮過這個問題……但是真的放到面前，還是心裡發酸。

如果能回去的話，許星洲憋著氣想，能回去的話，一定要找機會敲打他出出氣。

……如果能回去的話。

許星洲覺得自己又緩慢地發起了燒，連指節都痠痛難當，彷彿兩個時空中的她又一次連接成功，那端的病痛和酸楚全部被同步到這了似的。

她爬起來，搖搖晃晃去樓上拿毯子——路過門口時踩到了什麼，低頭一看才發現是那堆吃的，秦渡將它買回來後就沒再動過，也沒吃，此時冰飲的冰全化了，麻辣小龍蝦的油汁順著塑膠袋向下流。

許星洲腦子不甚明朗，她用腳踢了踢地上的袋子，模糊地問：「你買了這麼多東西不吃嗎？」

「……」年少的秦渡聲音一頓：「妳怎麼了？」

許星洲耳朵裡嗡嗡響，卻還能扶著牆撐住往前走。她上樓的時候恰好路過秦渡的身邊——這麼多年前他還在上大一的基礎課，餐桌上攤著課本，那作業她也做過。

飯廳裡漆黑一團，只有秦渡的電腦螢幕亮著。

許星洲聲音都變得模糊不清，道：「我有點累，去睡一覺。」

「……」

「哦。」他說。

許星洲眼角餘光突然看見他雙目泛著紅。

可是下一秒秦渡就轉過去了，看不太分明。

許是錯覺，是被螢幕映的吧。許星洲想。

仍是夢。只是夢變長了。

而且變得屈辱，許星洲甚至在夢裡生出了這輩子都不想生病住院了的想法，沒有比住院更沒尊嚴的事了——尤其還是深昏迷狀態，許星洲意識模模糊糊地回籠，恰好趕上了一次護士的護理操作。

許星洲沒辦法支配自己的身體，被一群護士姐姐擺弄過來擺弄過去，難受得都快哭了，秦渡偏偏還不走——還在背負詐騙犯罵名的許星洲簡直想找時光機把人生重來一次。

二〇一四年，許星洲醒來時天光暗淡泛紅，已是黃昏。

頭頂天花板熟悉而陌生，她曾經住過的房間側角明亮，床頭亮著盞檯燈。許星洲渾身力氣還沒回來，艱苦卓絕地轉過頭去看，看見旁邊的桌上擺著三四本書，秦師兄正在拿著筆批註。

……哦對，許星洲模糊地想。這個師兄年紀小，她還不熟識。

十八歲的秦渡轉過頭來，平淡道：「醒了？」

許星洲模糊地唔了一聲。

「醒了就跟我下去買飯。」年少秦渡聲音微微嘶啞：「妳不用吃飯但是我得吃，餓得很。」

許星洲：「……？」

下一秒秦渡眉頭一擰：「去不去？」

「……哎，」許星洲頭上冒出一串問號，迷惑道：「去、去吧……」

她換上衣服，跟著年少的師兄去樓下買飯，出門時看見垃圾桶裡堆著那天買的、她吃不到嘴裡的麻辣小龍蝦，那些吃食他似乎連一個指頭都沒碰過。

秦渡一路上話都不多，只去便利商店隨便買了些吃的，便在夕陽裡折返了回來。

許星洲撓了撓頭：「……說、說起來你真是大一就出來住了啊。」

秦渡漫不經心地一刷公寓門卡，道：「升學考結束就出來住了，在家住不慣，和爸媽住在一起有門禁。」

許星洲：「……」

「也是，」許星洲又撓了撓頭：「剛認識的時候你就挺浪，現在經常去夜店吧？」

秦渡拉著許星洲的衣袖將她拽進電梯：「問這個做什麼，打算回頭算帳？他沒跟妳說過？」

許星洲看著他按了樓層。如火夕陽穿過寬廣遼闊的大廳，落在他們兩個人的褲管上，將兩人的影子拉得很長很長。

許星洲想了想，還是沒敢說出「你就是他」這四個字，生怕把面前這尊大佛得罪了。誰也不知道秦渡是不是後來轉了性決定好好談戀愛，更沒人知道十八歲的秦渡心理活動究竟如何。

許星洲偷偷瞟了他一眼，答道：「嗯，沒說過。」

其實說過的，其實秦師兄對粥粥相當透明，對自己的過往，哪怕她只是偶爾問起，也總是會認真回答。但是，許星洲想，問本人話的機會常有，套十八歲本尊話的機會不常有。

十八歲的本尊安靜了許久。

他個子高，許星洲只有踮腳才能看他表情。

然後他開口，惡劣道：「我一個星期去六天，三天跳舞兩天喝酒還有一天聚眾賭博，剩的那一天趕作業，都這頻率了他都不告訴妳？妳還和他訂婚？」

許星洲：「……」

許星洲：「…………」

許星洲充滿好奇地說：「師兄你就這麼愛拆臺嗎？槓精體質是天生的嗎你？」

秦渡眉頭又一擰：「槓精是什麼？」

「槓精就是……」許星洲看了眼他拿的手機——二〇一四年，糾結道：「槓精這個詞好像是一七年出現的，形容一個人單槓成精，熱愛抬……」

然後許星洲一揉眉心，苦痛道：「……不對啊我跟你解釋這個幹什麼……」

秦渡發自內心地，輕蔑地哼了聲。

電梯平穩上升，氣流和夕陽從門縫湧入。

「不過，」許星洲甜甜一笑道：「既然你都這麼說了。」

那女孩揉捏著自己傷痕累累的指節上的訂婚戒指，那戒指上不可避免地有些血汙，卻仍然明亮。

然後許星洲微笑著問年少的秦師兄：「你是不是在勸我取消婚約？」

十八歲的秦渡：「……」

他耳根都在泛紅，過了許久後終於艱辛地開口說：「這……就算了。」

許星洲笑了起來，結果牽到了傷口，登時倒抽一口涼氣。

兩個人便沒怎麼說話，許星洲看秦渡似乎有心事，也沒有再沒話找話了，只是專注地盯著鏡子上的一隻小蟲看，彷彿準備用眼神將牠弄成蟻人。

電梯叮地一聲到了樓層。門開，灑落一地如水的金光。

許星洲跟著秦渡進了門，將門合攏。秦渡提著自己的飯，忽而想起什麼似的，從旁邊鞋櫃上摸起一張卡和一枚穿了繩的鑰匙，遞給旁邊的女孩。

「鑰匙，」他散漫道：「拿著。」

許星洲微微一愣：「給我這個做什麼？我也不知道什麼時候就會……」

……就會回去了。

那一瞬間她聽見小秦渡深吸了一口氣，吐出時聲音都有些不一樣。

「……先，」秦渡停頓了下，聲音裡有微不可察的顫抖，道：「先拿著。」

許星洲：「……」

她接過那串鑰匙和門卡，怔怔地看著面前的師兄。

夕陽裡，那年還年少的秦渡看了她一眼，一言不發地提著飯，回了飯廳。

許星洲那天晚上就在客廳玩遊戲。

她本身玩遊戲就沒什麼天分，在那些堆積成山的遊戲光碟中隨便挑了一個最弱智的封面，然後快樂地塞進了PS4裡面；秦渡則在飯廳扎根生長，在那裡閱讀一本神祕的數學系「通識」讀物。

那本書，幾年後的許星洲在這家裡四處探險時還見過一次，從第三章開始進入天書，許星洲看得腦仁都要萎縮了。

保送狗……許星洲一邊按手把一邊憋悶地想，不用升學考的小垃圾，沒見過人生疾苦……

然後她眼角餘光瞥見茶几上壓著一張課表。

許星洲：「……」

許星洲吃驚地看了眼時間，又看了眼課表——確定這是今晚的課，怔怔道：「你今晚有課吧？」

秦渡頭都不抬，漠然道：「不去。」

許星洲：「這……這就蹺課了？」

秦渡哦了一聲不再回應，又低頭去看書。許星洲呆呆地看了看這個熟悉到了極點也陌生到了極點的愛人。

這個人好像一直在壓抑著什麼。許星洲想。

……可是他又不會明說。

許星洲那天晚上休息很正常，像是對那一邊的護理操作產生了抵抗心理，不想再經歷深度昏迷患者所應該經歷的痛楚——尤其還是在秦師兄的圍觀下。

那簡直是人生的恥辱柱。

……但是與之相對的是她醒來之後卻沒什麼力氣，連下樓都有些氣虛。

像是即將用盡最後氣力的模樣，許星洲想。

她下樓後發現早上應該有課的秦渡也沒有出門，他坐在沙發上百無聊賴地玩手機，見到她下來了便隨意一點頭問好，在沙發上讓了個位子給她。

那天天氣陰沉沉的，風聲很大，秋天即將降臨華東。

「吃了嗎？」許星洲往沙發上一坐，友好地問：「早餐。」

年少的師兄從手機裡抬起頭，答道：「都九點了還不吃早餐嗎？」

得到答案的許星洲氣力不足，抱著沙發墊子，懨懨地蜷縮在沙發一角上。

窗外風聲急促，呼呼作響，側臥的女孩肩胛骨瘦削美好，茸茸的頭髮披在腦後，猶如一條漆黑溫順的河流。

哪怕是漫長的靜謐，十八歲的秦渡都在其中覺出了貓抓般的酥癢。

「……」

他忽然開口問：「妳說說我和妳是怎麼認識的？」

女孩子呆了呆，毛茸茸的腦袋在沙發上蹭了蹭，以柔軟的鼻音道：「……不好吧，說了的話會有蝴蝶效應，說不定就不會認識了。」

「人都掉我店裡了有什麼蝴蝶效應不效應的。」秦渡將手機鎖定，漫不經心道：「說就是。」

許星洲一愣，似乎被說服了，而後咳嗽了一下，認真道：「……大二我求雁雁一起去酒吧，你那時候坐的地方離我好像不是很遠。」

「酒吧？」十八歲的秦渡饒有趣味道：「妳幹了什麼我感興趣的事？跟電視劇一樣抄了杯子潑我一頭？據我對自己的了解誰對我做這種事那他第二天頭都得——」

……頭都得飛。

許星洲英勇就義地一閉眼，凜然道：「——我搶了你的妹。」

秦渡：「……」

「人家真的挺不願意的，」許星洲解釋道：「我在旁邊都聽不下去，而且我想著反正尋仇也尋不到我頭上……加上酒精上頭，我拽著那個小姐姐就跑了。」

秦渡：「……」

許星洲觀察了一下他的表情，謹慎地說：「順便說一下那個小姐姐去年……我那邊的去年，回老家結婚了，我一直都和她有聯絡。」

秦渡：「…………」

許星洲心虛地總結道：「……就，就是這樣。」

年少的秦渡面無表情了許久，忽而冷笑一聲：「就、是、這、樣？只、是搶了我的妹？姓許的，詐騙犯，妳到底幹了什麼？」

姓許的詐騙犯委屈巴巴：「我哪裡詐騙犯啦，又沒有騙你……」

「妳現在說清楚。」

許星洲：「噫？」

十八歲的秦渡咬牙切齒：「妳和那女的聯絡了多久——妳連她回老家結婚了都知道，我他媽早覺得……」

許星洲將毯子一裹，縮到了他看不到的地方。

秦渡：「……」

秦渡蹬了毯子一腳，許星洲又往遠處爬了爬。

「……真是不理解，」秦渡挑剔地說：「要胸沒胸要屁股沒屁股，我光以為妳生性散漫沒想到還要加個水性楊花四處留情，中二病，回宿舍路上都能演獨角戲——」

許星洲：「……」

「和我想的差他媽太多了，」秦渡嘲道：「我怎麼會喜歡這種人，嗯？」

「……」

許星洲蜷在毯子裡，憋悶地說：「我打死你。」

女孩聲音柔軟清亮，還帶著點撒嬌似的鼻音，惹得人心裡像被小花小草抓撓過一樣，哪怕是罵人都甜得很。

年少的秦渡嗤一笑，用腳不輕不重地踢她，許星洲爬得更遠了——然後他回去看書。

天光變幻，轉瞬起了風，窗外呼呼地響。

時近中午，秦渡手機一聲嗡鳴。他拿起來一看，是上海市政府傳來訊息，提醒市民颱風即將來了。

十月中旬了還有颱風，單從這點上來講東南沿海真的稱不上快樂，不過秦渡從小長在這地方，對魔都結界極有信心，便把手機一放，起身，將地上的白毯子輕輕扯了扯。

「走，」年少的秦渡扯著毯子莞爾道：「陪我下去買飯吃，颱風要來了，我囤點。」

秦渡眼角都是笑意，輕手輕腳地一扯裹住許星洲的厚重的毯子。

而下一秒，毯子的隆起，柔柔地垮塌了下去，露出下面的物事。

——她的毛毯下空無一物，只剩一個圓滾滾的抱枕。

許星洲消失得無影無蹤，彷彿從來沒有出現過。

08、燈火斑駁

許星洲模糊地睜開眼睛。

接著她愣了下：因為天已經黑得徹徹底底，外面風雨交加。

雷聲陣陣，客廳通往露臺的大玻璃上雨水嘩嘩往下淌，匯聚成萬千泛光的河流。

仍是二〇一四年。可是究竟發生了什麼事？怎麼突然從上午變成了晚上？許星洲上一段記憶還停留在白天，再一睜開眼，居然就變成了黑夜。

像是記憶斷層，又像是那段時間裡她根本就沒有存在過。

許星洲渾身像散了架一般痠痛，她艱難地動了動手指，光是動一下指頭，眼淚都不受控制地往下流。

下一秒，許星洲被一雙手臂牢牢地摟在了懷裡。

被抱住的許星洲眼眶裡都是淚水，短促含糊地叫了一聲。

女孩子的聲音並不明晰，像是連發聲的功能都暫時被剝奪了一樣，而年少的秦渡用力攬著她的腰肢，發著抖，按住她的後腦勺，將許星洲整個人摁進自己懷裡。

「怎、怎……」許星洲艱難地抬起頭，口齒不清地問：「怎麼……了？」

他沒說話，屋裡沒有開燈，混沌一片。

──但是許星洲聽見了年少的秦師兄如風箱般粗重痛苦的喘息。他喘著粗氣，按著許星洲的腰，重重地將她往自己的懷裡按。

「……怎麼了呀。」許星洲聲音稍微清晰了些。

他仍沒回答。

可是許星洲模糊地感知到，一股近乎漆黑的、如沉默亙古的石頭一樣的絕望與哽在喉頭的苦痛，盤繞在她年輕的愛人身畔。

「……沒事的。」許星洲哽咽著說，抬手抱住年少的秦渡。

秦渡粗重地呼吸，按住許星洲的後頸，將臉埋進她的頸窩。

「……沒、沒事的，」女孩子柔軟又難過地重複道：「怎麼……」

秦渡聲音幾乎滴著血，粗重地問：「妳去哪了？」

「我哪裡也沒……」許星洲幾乎被壓得喘不過氣：「哪也沒去……」

秦渡捏著她纖細的手腕，死死將她按在了地上──他和這個女孩力量差距懸殊，制服她是一件輕而易舉的事情，況且她沒有反抗。

十八歲的秦渡眼裡泛起血絲，盯著許星洲，粗啞問道：「──妳是不是去找他了？」

雨夜朦朧，秦渡只看見女孩鮮紅的唇微微動了動，聲音含混模糊，在雨聲中幾不可聞。

「……」

「妳是不是——」

他頓了一下，覺得自己像塊快碎裂的冰，亟需有人以手撫平，可是那個人即將成為永捉不住的春風。

誰能捉住來無影去無蹤的風？

「妳是不是去找他了——」十八歲的秦渡眼珠都紅了：「妳說啊？妳不是訂婚了嗎，許星洲？妳是不是去找妳那個未婚夫了？」

女孩漂亮的眉眼微微一顫，又模糊地說了什麼。

秦渡覺得自己快瘋了。

為什麼是我，他想——偏偏挑中了我？

沒人明白嗎，從山上下來的僧侶無法回歸山林，曾被家飼的獅子無法回歸草野，體會過溫暖便不會再願意體會寒冬，填補的空缺被挖出，是亙古的空洞。

「妳走了我怎麼辦——」秦渡幾乎垮塌了，說：「妳去找他，我呢？我怎麼辦？」

「……我自己過？」青年嘔血般瘋癲，用力捏著許星洲細瘦的手腕：「……我又有哪點不如他，他叫妳粥粥？他憑什麼……」

躺在地上的許星洲嘴唇鮮紅，微微動了動。

「……你……他。」

雨夜暴雨傾盆，露臺裡十八歲的秦渡笑了一聲，將許星洲壓得更緊了些，玩弄般揉捏著她細緻纖長的腕骨，輕蔑道：「聽不清，他怎麼妳了？」

「……你就是他。」

「……」

許星洲眼裡都是水光，在沖刷天地的雨聲裡，看著十八歲的秦渡，哽咽著重複道：

「——他就是你呀，師兄。」

話音落後，過了不知多久。

秦渡身形高大，撐在她身上，有力的雙手握著她的手腕，眉目在陰影裡看不分明——但是一顆水滴啪嗒墜落，砸在了女孩鎖骨處，溫熱地涼了下去。

長夜燈火斑駁，如春風化雨。

許星洲有一種強烈的預感，自己即將被拉扯回自己應在的時空，只不過這件事尚未發生。

第二天秦渡臭著臉與她寸步不離，保守估計，是蹺了五節大課。

客廳裡，十八歲的秦渡強硬地將許星洲的腦袋靠在自己肩膀上，許星洲渾身沒什麼力氣，更無法反抗，摸不到溫度且冰涼柔軟的軀體裹著被子，軟軟的，像隻小蝦米。

他倒是沒什麼進一步的動作——非常符合將來的他怎麼勾引都不動彈，非得等到二十歲生日才把小師妹吃光抹淨的龜毛人設。

秦師兄並不激動，也不像昨晚那樣失控了，只是抱著沒辦法動彈、軟綿綿的許星洲捏捏抱抱，斷斷續續地問點和她有關的事，她慢吞吞地一一作答。

「……我是二〇一五年入學的，」許星洲小聲告訴他：「討厭數學和物理所以學文，新聞學院一五〇三班。」

十八歲的秦渡哦了一聲，安撫地揉揉她的後腦勺，問：「怎麼來上海的？飛機還是火車？」

許星洲不滿道：「從上海火車站來的，你要組團來打我嗎。」

年少的秦師兄哦了一聲：「去迎新。」

前宣傳部副部長許星洲冷笑一聲：「我信你個鬼，前會長都知道你迎新那天感冒發燒拉肚子腸胃炎甚至還智齒疼，整個部都以為你要病死了，你怎麼不再往請假單上寫個痛經湊齊大學生假單必備六種疾病呢？」

下一秒，許星洲腦袋被使勁一拍，疼得嗷一聲。

「——誰他媽病死，沒見過比妳欠揍的，」秦師兄冷冷道：「疼妳個頭。」

許星洲欲哭無淚，又感到秦渡代為揉了揉她的後腦勺，揉完，捏著她的後頸皮捏了捏，連慣有動作都是一樣的。

然後他看著許星洲澄澈的瞳孔，又不受控制地湊過去，輕輕磨蹭女孩子微微破皮的額頭。

「怎麼是個屁話這麼多的，」他喃喃道：「我眼光可真差……」

許星洲細細的眉頭一皺，發現事情並不簡單：「我又罪加一等了？」

秦渡立刻威脅地拍她一下，她委屈巴巴，乖乖閉了嘴。

淡薄陽光從雲層墜落下來，流淌在她的毛毯上，秦渡輕輕揉揉她的後腦勺，像在摸某種毛茸茸的小動物，小動物柔軟順從，還可以輕易地把小動物摸得呼嚕呼嚕的。

「再……再揉我就要睡了，」許星洲迷迷糊糊蹭蹭他：「本來靠著你就容易睡著……」

十八歲的秦渡立即拍了她兩下：「不准睡，給我醒著，誰允許妳睡覺了？」

許星洲：「……」

「……你怎麼這麼折騰人，那我不睡了，」許星洲軟綿綿的，聲音裡全是倦意：「師兄你真的不去上課啦？」

秦渡沉默了許久，答道：「不去了。」

許星洲意識到了什麼，酸澀地閉上了眼睛。

「不過我告訴了你這麼多……」許星洲低聲道：「會有什麼改變嗎，還是會引起蝴蝶效應？」

秦渡靜了半晌，沙啞回答：「不知道。」

日光逐漸暗淡，被雲絲遮掩，風聲轟然作響，遙遠猶如鳳仙花下雷鳴。

「我和妳，」他忽然澀然地開口問：「幸福嗎？」

許星洲一愣，想抬起頭去看秦渡，卻被按著腦袋動彈不得。

「……我們也會吵架，」女孩答道：「有時候我會被你活活氣哭，你有時也會對我發脾氣，比如我這次離開之前你就衝我發了一大通脾氣，連我上飛機之前都傳訊息罵我，說我拋妻棄子是個純種人渣，要把我的小黑宰了餵嘟嘟——小黑是我的熊。」

十八歲的秦渡：「嘟嘟？」

許星洲避而不答，總結：「總之不歡而散。」

「畢竟住在一起有摩擦是難免的，」許星洲認真地說：「我們兩個人個性都很強硬，也都不是個愛妥協的人……」

「……」

「但是，確實很幸福。」許星洲道。

「和師兄你鬥嘴也很開心，」許星洲眼眶微微發紅：「和你一起下樓散步也很開心，一起去上課聽講座也很高興，早早爬起來做早餐給你，一起去逛超市也是，出去旅遊，平時早上還會很幼稚地一起擠洗手臺，用手肘擠來擠去……」

秦渡微微顫抖著吐了一口氣。

許星洲道：「你告訴我你原本沒想過婚姻。」

「——因為你覺得沒意思，」許星洲眼眶發紅：「是社會無效契約，因為人具備社會性和缺乏安全感的特質而存在的，本身毫無意義的非情感約定，百分之九十以上的締結配偶都是對世俗目光的妥協……我也這樣覺得。」

秦渡：「……」

「除此之外我還覺得我是個拖累，」許星洲道：「我生性自由，卻又畏人，不願意成為他人的負擔，不願意被審視，不想被挑揀。我本質是自卑而恐婚的。」

她停頓了許久，依靠在年少的師兄的肩膀處，沙啞地開口：「可是當我們在一起，體會過幸福之後——」

許星洲吃力地舉起她纖細的、破了皮的右手，展示上面的一枚指環：「我們自願戴上了這枚戒指。」

那指環上鑲著一圈小小的鑽石，在俗世中成為凡人指間的星辰日月。

許星洲看著鑽石，宛然一笑，釋然道：「……當然，在現在，締造這枚戒指的原石可能都沒被挖出來吧。」

年少的秦渡痛苦得不住喘息，連眼眶都是紅的。

「那一定……」十八歲的少年笑了起來，痛苦而酸澀道：「十分幸福吧。」

——那一定是佳期如夢，柔情似水。

許星洲鼻尖發酸，答道：「……嗯。」

的確如此。

許星洲將戴著戒指的手收回。

雨水一滴兩滴落在了窗戶玻璃上，許星洲心裡感慨著這地方的秋天真不是人過的，而正是那一瞬間她指尖緩慢地發起麻，雙臂力氣被盡數抽走。

那種無力並非來自肌肉，而是來自軀體本身，像河流乾涸，露出的河床。

「……」

下一秒，許星洲模糊地看見自己的指尖散出星點螢火，轉瞬又碎裂開來。

她凜然一驚，第二點螢火自髮梢飛起。

由許星洲的一部分構成的螢火飛起搖晃，如風中飛揚的燃燒草稈，在漆黑空間裡消失殆盡。

十八歲的秦渡渾身僵住了。

「妳……」他聲音幾乎都變了調：「妳突然……」

許星洲驚慌失措：「我……我也不知道……」

第三第四點螢火飄起，周圍一切化為黑暗。

「別——」秦渡倉皇地伸手去抓星洲的一部分，然而光點毫無實體，蒼白地穿過他的手掌，被黑夜吞沒。那一瞬間他覺得自己要碎裂開來，彷彿被填補的空缺又被連血帶肉地挖出，整顆心臟鮮血淋漓地又一次暴露在冬夜裡。

冰冷的黑暗本不足為懼。可他見過了燃燒於水中的、燎原的山火。殘忍至極。

許星洲抬起手按住他的肩膀，沙啞道：「別……別哭……」

她為十八歲的秦渡擦拭淚水，可舉起手才發現手掌已經只剩一片光，連觸碰他都做不到。

「你別哭啊，」許星洲哽咽道：「師兄你別哭，我還沒……沒見過……你……」

哭了？秦渡想。下一秒就感受到女孩抬起了頭，用額頭磨蹭他的面頰，細長髮絲蹭著冰冷的水，幫他擦眼淚。與往常不同，她的額頭是溫熱的，像一個真實存在的人。

「別哭了，」許星洲淚水啪嗒啪嗒地往下掉，虛幻而真實地說：「我還在、在的啊。」

秦渡心裡迭然一聲春雷，地動山搖。

「……這裡也有我，二〇一四年，在故事開始的前夜。」她說。

許星洲抽噎道：「我在這個當下也在好好活著，拚命活著，擺脫泥濘，再難過再辛苦也沒放棄，你如果見到我就會明白……我總……總會來。」

十八歲的秦渡眼瞳赤紅，徒勞地去抓那些由許星洲構成的光點：「許——」

她的周身飛繞的螢火爆出奪目光亮，猶如一枝綻放的迎春。

「我會來找你。」

許星洲說著，淚眼朦朧地抬起手臂，用變得透明模糊的面頰摩挲年少師兄的鬢髮，她身上光點如花綻放，在絕對空間中形成一個吸積盤般的漩渦。

秦渡幾乎發了狂，他自己都不知道自己在說些什麼。這個女孩的體溫是真實，是虛假，是匯聚成河的生命也是消散的灰燼。

「太……」他拳頭徒勞地攥著光點，懷裡攬著一朵花，痙攣般抽著氣道：「兩年太久了，為什麼……」

「妳早點來，」秦渡淚水砸在地上：「早、早點——好嗎？」

話音未落，他手臂重重地撞上胸口。

懷裡的花朵消散無蹤，空無一物，絕對的黑暗化為一片落雨黃昏。

十八歲的秦渡耳邊只剩颱風來臨前轟然的風聲，毯子整齊地疊在沙發上，水痕、有人居住過的痕跡全部恢復原樣，那個人從未出現過。

「……」

年少的秦渡茫然地抬頭，發現自己跪在客廳裡。

他維持那個姿勢維持了很久很久，然後無意識地摸了下臉，臉上乾澀，卻有些緊繃。

秦渡：「……」

他站起來去洗了把臉，看著鏡中的自己，完全不明白自己今天為什麼蹺了課。

……有什麼大事嗎？秦渡納悶，沒有啊，難道睡過頭了？

十八歲的秦渡看看眼裡的血絲，將其歸罪為通宵打了遊戲，拿起手機，發現公關部部長通知今天有部門例會，要求公關部幹事一概不許缺席。
秦渡評價這個行為：「有病。」
然後他將車鑰匙一拎，出門了。
十八歲的他離開的身後客廳空曠寂寥。
露臺門沒關嚴，門口有一本還沒合攏的書，像是被誰漏在了那裡，被大風吹得嘩啦作響，即將被大雨淋透。

09、陽光灑落

許星洲茫然地看著天花板，正午燦爛的陽光灑滿病房，醫院裡瀰漫著一股消毒水味，床邊的百合花早已換成了金黃向日葵，寬大葉子毛茸茸，看起來十分好摸。
「……」
回來了啊。
她模糊地想，接著掙扎著爬起來了一點。許星洲一動就渾身痠痛，幾乎像是被大吊車碾過，每個關節深處都在拆遷。
「……嗚，」許星洲動第二下就開始嬌氣地抽抽嗒嗒：「護……護士姐姐……」
但是單人病房裡沒有護士，許星洲感到孤獨，並且想要小妹妹——她掙扎著去按鈴，抬起頭的瞬間，和秦師兄四目相對。

秦渡：「……」

他穿著寬大休閒衣和牛仔褲，靠在一張橘色沙發上，長腿一翹搭著電腦，一手摩挲著鼻梁，從螢幕抬起眼，面色極度不善地盯著病床上剛醒的許小師妹。

許星洲：「……」

姓許的那一瞬間，就知道大禍臨頭。

「師，師兄……」許星洲瑟瑟發抖地拽了拽被子：「我……」

秦渡冷冷道：「一起來就叫護士姐姐？」

「……」

「不是的呀，」許星洲狗腿道：「我是覺得你可能不在，師兄你不是很忙嗎，而且……」

「我會不在？」秦渡嗤笑一聲，電腦放在沙發上，走過來問：「妳說說看，我他媽為什麼不在？」

許星洲：「…………」

「輕度腦震盪昏迷十天，」秦渡嘲道：「我第二天接到通知飛南美，然後在這睡了九天——辦公睡覺吃喝拉撒沒離開超過一百公尺，許星洲妳一睡睡十天妳還是個人？新來的小護士是個直腸子，問我是不是家暴妳，導致妳醒著裝睡妳知道嗎？」

許星洲：「……」

秦渡居高臨下地盯著她，幾乎將許星洲看得想鑽進床底——而後他冷漠地道：「有哪裡不舒服嗎？我幫妳叫醫生看看。」

許星洲揉了揉眼睛，可憐兮兮地回答：「……關節好痠哦……師兄我好像骨折了。」

秦渡冷笑一聲：「渾身骨頭屁事都沒有，骨裂都沒，妳同事個個都比妳嚴重，就妳最輕——那哭唧唧的小模樣給我收了，有用？誰都他媽救不了妳。」

然後他憤怒地一戳許星洲的額頭。

許星洲：「……」

秦渡凶狠道：「我是妳的專業陪床？」

「……不是，都是我的錯，請您原諒我，」許星洲虎目蘊淚：「別殺小黑，求你。」

「我出國前把妳那個小黑吊在陽臺上了，就用繩子這樣捆著，」秦渡惡毒地比劃了一下：「我叫我媽把它帶回家挖空肚子裡的棉花幫嘟嘟做窩，反正都他媽要冬天了，嘟嘟進去冬眠。」

許星洲：「別啊嗚嗚嗚！」

許小師妹毫無尊嚴，抱住秦渡的腰哀求。

秦渡冷笑一聲，意思是小黑命運已決，按了床頭的鈴叫醫生，然後嫻熟地以手背試了下她的體溫，想讓她躺回去。

而下一秒，這個小混蛋捉住了他試體溫的手，以柔嫩的臉頰，溫馴而脆弱地蹭了蹭他的手掌。

「師兄。」

陽光金黃，向日葵上仍滴著露珠，異國他鄉的病房裡，她的聲音小心又酸澀。

「……抱抱。」

聽上去好像快哭了。

秦渡心中春雷轟然，萬物萌發。

他嘆了口氣閉上眼睛，俯身抱住了她。

「……以、以後不亂跑了，」女孩帶著哭腔說：「再也不讓你難受了。」

她抱住秦渡。

——在這陽光灑落的人間，在滾滾俗世裡。

——《我還沒摁住她》全系列　完——

高寶書版 致青春

美好故事
觸手可及

蝦皮商城同步上架中！

https://shopee.tw/gobooks.tw

高寶書版集團
gobooks.com.tw

YH 178
我還沒摁住她（04）

作　　者　星球酥
封面繪圖　虫羊氏
封面設計　虫羊氏
責任編輯　楊宜臻
內頁排版　賴姵均
企　　劃　何嘉雯

發 行 人　朱凱蕾
出　　版　英屬維京群島商高寶國際有限公司台灣分公司
　　　　　Global Group Holdings, Ltd.
地　　址　台北市內湖區洲子街88號3樓
網　　址　gobooks.com.tw
電　　話　(02) 27992788
電　　郵　readers@gobooks.com.tw（讀者服務部）
傳　　真　出版部(02) 27990909　行銷部 (02) 27993088
郵政劃撥　19394552
戶　　名　英屬維京群島商高寶國際有限公司台灣分公司
發　　行　英屬維京群島商高寶國際有限公司台灣分公司
法律顧問　永然聯合法律事務所
初版日期　2024年12月

原著書名：《我還沒摁住她》由北京晉江原創網絡科技有限公司授權出版。

國家圖書館出版品預行編目(CIP)資料

我還沒摁住她/星球酥著. -- 初版. -- 臺北市：英屬維京群島商高寶國際有限公司臺灣分公司, 2024.12
　冊；　公分. --

ISBN 978-626-402-135-7(第3冊：平裝). --
ISBN 978-626-402-136-4(第4冊：平裝)

857.7　　113017650

凡本著作任何圖片、文字及其他內容，
未經本公司同意授權者，
均不得擅自重製、仿製或以其他方法加以侵害，
如一經查獲，必定追究到底，絕不寬貸。
版權所有　翻印必究